가슴에
넘치는
그리움
:

최중일 에세이

도서출판
청어

가슴에 넘치는 그리움

최중일 지음

발행처·도서출판 **청어**
발행인·이영철
영　업·이동호
홍　보·최윤영
기　획·천성래 | 이용희
편　집·방세화 | 원신연
디자인·김바라 | 서경아
제작부장·공병한
인　쇄·두리터

등　록·1999년 5월 3일
(제321-3210000251001999000063호)

1판 1쇄 인쇄·2017년 4월 10일
1판 1쇄 발행·2017년 4월 20일

주소·서울특별시 서초구 효령로55길 45-8
대표전화·586-0477
팩시밀리·586-0478

홈페이지·www.chungeobook.com
E-mail·ppi20@hanmail.net
ISBN·979-11-5860-471-4(03810)

이 도서의 국립중앙도서관 출판시도서목록(CIP)은 서지정보유통지원시스템 홈페이지
(http://seoji.nl.go.kr)와 국가자료공동목록시스템(http://www.nl.go.kr/kolisnet)에서
이용하실 수 있습니다.(CIP제어번호: CIPCIP2017003851)

가슴에
넘치는
그리움

:

책머리에

요즘은 세월이 가고 나이가 든다는 것이 그저 잠깐 사이임을 느낀다. 다행히 나는 나이가 들면서 몇 가지 취미와 여가 활동을 하게 되었다. 내가 대학시절부터 즐겼던 등산은 말할 것도 없고, 나이가 든 이후 수년 동안 흙을 빚어 도자기도 만들어왔다. 또한 음악에도 많은 관심을 갖게 되었다. 특히 우연한 기회에 오페라에 빠져들어, 여러 해 동안 오페라를 꾸준히 공부하고 감상했다. 그러다 보니 부족하지만 요즘은 오페라 해설도 하게 되었다. 수년 전에 평생교육의 필요에 따라 나에게 부족한 인문학과 미술, 음악, 공연예술 등 문화예술분야에 대한 공부를 방송통신 정규대학 과정을 통하여 하게 되었다. 그런데 그때에 공부했던 사항들을 오페라가 다 공유하고 있어, 자연스럽게 오페라에 빠져들게 되었다. 지금 돌이켜보면 이 모든 것이 세월이 가고 나이가 들어가고 있음을 잊게 하는 것들이 아니었나 하는 생각을 하게 된다.

하지만 나의 취미와 여가활동에도 불구하고, 해가 갈수록 내 가슴 속에는 그 어떤 그리움이 점점 자리 잡음을 새삼 느끼게 되었다.

그중 하나가 나의 어린 시절에 대한 추억이다. 어느 작가가 말했듯이 어린 시절의 추억은 '나의 보물이 보관되어 있는 창고'라는 말에 공감이 갔다. 그곳에서 이것저것 뒤져보다 보면 새삼 가슴에 넘치는 그리움을 느끼게 된다. 그리고 그 어린 시절의 추억들은 「사라져버린 언어」라는 미국 작가 셸 실버스타인의 시(詩)가 되어 더욱 내 가슴에 그리움을 넘치게 한다.

전에 나는 꽃의 언어로 이야기했었고
애벌레들이 말하는 걸 이해할 수 있었다
찌르레기의 중얼거림을 알아들을 수 있었고
파리에게 잠자리에 대해 물어보기도 했었다
전에 나는 귀뚜라미에게 대답을 해주었고
떨어지는 눈송이의 소리를 들었었다
전에 나는 꽃의 언어로 이야기했었다
그런데 그 모든 것이 어떻게 된 걸까
나는 통 그것들을 말할 수 없으니

그리고 또 하나 내 가슴을 그리움으로 넘치게 하는 것은 내가 거의 매주 하고 있는 등산이다. 등산 역시, 그 오르는 순간순간 산에 대한 나의 느낌은 그리움 그 자체이다. 대학시절부터 수십 년 동안 올랐던 서울 근교의 산길들은 그 어디든 간에 나에게 산에 대한 그리움을 넘치게 한다. 그 산길들은 그 옛날 젊은 시절에는 몰랐던 산에 대한 그리움이 이렇게도 크다는 것을 새삼 느끼게 한다.

또한 현재 내 주변에 있는 사람들과 일상의 소소한 일들이 그립고도 정겨움을 주고 있다. 물론 오랜 지기의 학교 동창이나 친구들도 정겹지만, 최근에 새로운 만남으로 나와 가족의 연을 맺은 나의 며느리들과 손주들이 더없이 그립고 정겹다. 원준이와 원욱이 그리고 지원이와 려원이……. 이 귀여운 것들은 내가 여행을 가거나 산에 오를 때, 혹은 잠자리에 누워서나 식사할 때 시도 때도 없이 문득문득 그 모습이 그려지고 그립다. 웃는 모습, 우는 모습, 밥 먹는 모습, 떼쓰는 모습들이 늘 내 눈에 선하다. 그 귀여운 것들과는 바로 옆에 함께 있어도 그리운 것은 마찬가지다.

나는 내 가슴에 넘치는 그리움을 생각날 때마다 음미하면서 틈틈이 산문으로 표현해보았다. 나는 초등학교에 다녔던 어린 시절에는 작문이란 것을 그 누구보다도 잘 못했고, 또한 젊은 시절에도 산문이나 시(詩)와 같은 문학적인 글은 써본 기억이 없다. 하지만 나이가 들면서 내 가슴에 차고 넘치는 그리움들을 무엇으로든 표현을 하지 않으면 견디어낼 수가 없다는 것을 느끼게 되었다.

　나는 어렸을 때의 여러 가지 일들을 완벽하게 다 기억해내지 못했다. 그러다 보니 일부 이야기는 띄엄띄엄 떠오르는 기억들을 합쳐 하나의 이야기로 만들기도 하였다. 그리고 다른 이야기들은 나와 주변의 생활과 삶의 진실을 정겹고도 그리운 마음을 담아 써보았다. 특히 귀여운 어린것들에 대한 이야기는 제일 먼저 태어나, 내가 처음으로 맞이한 손녀 지원이의 주변 이야기를 주로 썼다. 하지만 지원이의 이야기는 곧 려원이나 혹은 원준이와 원욱이의 이야기다. 그리고 모든 할아버지 할머니들이 느끼는 자신들의 손자 손녀 이야기라고 믿고 싶다.

나의 가슴에 넘치는 그리움을 이렇게 글로 표현하여 책까지 엮게 된 것이 처음에는 무척 두려웠고 엄두가 나질 않았다. 글에 대한 재능도 경험도 없는 나로서는 참으로 무모한 일이라 생각했다. 하지만 먼저 작성된 몇 편의 글을 아내에게 보였더니 아내는 재미있다는 반응을 보였다. 그리고 내가 글을 완성하게 되면 늘 제일 먼저 읽어보고 나름대로 문맥을 수정함은 물론 자신의 의견을 제시해주었다. 부족하지만 내가 나의 글을 책으로 엮으려고 결심할 수 있었던 것은 아내의 지원과 응원이 있었기 때문이라고 생각한다.

또한 나의 게으름과 이러저러한 일들로 당초 계획보다 책 엮는 일이 지연에 지연을 거듭하자, 아내는 자신의 친정식구들은 물론 부부모임에서 만나는 지인들에게까지 내가 곧 산문집을 낼 것이라고 미리 공표하여, 나로 하여금 꼼짝없이 책 내는 일을 서두르게 하는 압박(?)을 가하기도 하였다.

여하튼 내가 나의 산문집을 내겠다고 결심한 지가 몇 년이 흐른 지금에야, 부끄럽지만 이 산문집이 나오게 되었다. 스스로 자신의 책을 하나 낸다는 것이 이렇게 어려운 것이구나 하는 생각과, 책을 낸다는 것이 이렇게 기쁜 것이구나 하는 생각을 갖게 되었다.

따사로운 새봄에
최중일

가슴에
넘치는
그리움

.
.

차례

2장. 아름다운 산들

3장. 새로운 만남

4장. 주변의 즐거움

1장

고향의 그리움

고향의 그리움

우리에게는 누구나 고향이 있다. 고향의 사전적 의미는 자기가 태어나서 자란 곳, 조상 대대로 살아온 곳, 마음속에 깊이 간직한 그립고 정든 곳 등으로 되어 있다. 그렇다. '고향'이란 말은 언제 들어도 편안하여 마음의 휴식을 주고, '어머니'라는 말과도 상통하는 친밀감을 준다. 그리고 고향은 그곳에서 멀리, 그리고 오래 떠나 살 때에 더욱더 절실한 그리움을 느끼게 한다. 늘 가슴에 간직한 이상향과 같은 곳이 아닐까?

나에게도 고향이 있었다. 경부선 열차를 타고 남쪽으로 내려가다 보면, 경기도 남쪽 끝 쯤에 서정리라는 기차역이 있었다. 그 서정리역에서 내륙쪽(안성 원곡 쪽)으로 뻗은 신작로를 따라 10리쯤 들어가면 마을입구가 나왔다. 그 마을 입구에서 남쪽으로 꺾어 들어가면 큰말, 간뎃말(가운데말), 아랫말 등 세 개의 마을로 나누어져 띄엄띄엄 떨어져 위치해있었다. 사람들은 그 세 개의 마을을 통틀어 은혜를 널리 베푼다 하여 '방혜올'이라고 불렀다. 그리고 그중 아랫말이 나의 고향인데, 그 아랫말이 막다른 제일 안쪽에 위치한다 하여 통상 '막곡'이라고 불렀다.

 '막곡'은 초가집 30여 호가 옹기종기 모여 살고 있는 작고도 깔끔한 마을이었다. 마을 사람들은 친절했고 대부분 우리 최 씨 문중의 집성촌이었다. 마을 바로 뒤에는 소나무가 울창했던 마을 뒷산이 마을의 북쪽을 감싸듯 둘러져있었고, 마을 앞쪽으로는 너른 논밭이 전개되었다. 그리고 그 논밭의 중앙을 가로질러 제법 큰 개울이 흐르고 있었다. 또 논밭과 개울을 건너 더 멀리 남쪽에는 사당재라는 고갯길이 있는 앞산이 있었다. 마을의 땅이 비옥하고 물이 풍부하여 농사가 잘되었고 인심이 후했다.
 특히 마을의 어르신들은 막곡 마을이 규모는 작으나 풍수지리적으로 북쪽의 뒷산에 둘러싸인 혈(穴) 자리에 마을이 위치하고 있고, 마을 앞의 개울과 앞산 등의 형상으로 보아 후현무(後玄武)에 전주작(前朱雀)이 뚜렷

할 뿐 아니라 전형적인 배산임수(背山臨水)의 명당이라고 말씀들을 하시곤 했다.

  나는 서울에 사셨던 부모님 슬하에서 자라고 교육받았다. 그럼에도 막곡을 나의 고향으로 여기는 것은 할아버지에 이끌려 서울의 부모님 곁을 떠나 막곡에서 어린 시절을 보낸 적이 많았기 때문이다. 막곡 시골집에는 할아버지와 할머니 그리고 고모님 세 분이 사셨다. 원래 아버지 아래로 고모님이 네 분이 계시는데, 당시 큰고모님은 출가를 하셨고 시골집에는 둘째고모님과 고등학교를 다니셨던 셋째, 그리고 중학생이었던 넷째이자 막내고모님이 계셨다. 하지만 셋째와 막내고모님은 서울 우리 집에서 기거하며 중·고등학교를 다니셨다. 그리고 학교방학 때에만 시골집으로 내려가셨다. 때문에 나에게는 셋째와 막내고모님은 고모라기보다 큰누님과도 같으셨던 분들이었다. 그리고 당시는 남존여비 사상이 강했던 시절이었는데, 할아버지와 할머니는 네 분의 따님을 연이어 두신 후 맏손자로 나를 보셨다. 우리 집안에 그토록 바라던 고추 달린 아기가 드디어 태어났다 하여 나는 고모님들을 제치고 할아버지 할머니의 귀여움을 독차지했고, 할아버지께서는 서울에 올라오시기만 하면 으레 나를 시골집으로 데리고 내려가 당신들 곁에 두시고 지극히 아껴주셨다. 특히 내가 학교에 다니지 않았던 유년 시절에는 대부분 시골집에서 지냈고, 초등학교·중학교 때의 방학도 대부분 시골집에서 보냈다. 그래서 방학이면 막곡 시골집은 고모님들은 물론 나까지 가있게 되어 늘 북적거렸다.

막곡 시골집은 할머니가 기거하시는 안방과 대청, 건넛방, 부엌이 있는 안채와 사랑방과 곡간방, 쇠죽간, 일꾼방이 있는 사랑채가 있었다. 사랑채에 연이어 앞쪽으로는 대문과 외양간, 찬광이 있는 행랑이 붙어있었고, 뒤편으로 샛문과 큰 창고, 작은 창고가 붙어있었다. 잿간과 헛간 및 뒷간은 집 밖에 별동으로 있었다. 다시 말하자면 사랑채, 행랑, 창고가 안채를 둘러싸고 있는 형상에, 잿간, 뒷간 등이 집 밖에 조금 떨어져있는 전형적인 중부 농촌의 가옥 형태를 이루고 있었다. 그리고 안채와 사랑채, 행랑 사이의 앞마당과 뒤꼍에는 화단이 조성되어있었다.

화단에는 여러 종류의 화초가 있었는데, 특히 화초 키우기를 좋아하셨던 할아버지가 건사하며 가꾸셨다. 앞마당 화단의 맨 가장자리에 채송화와 백일홍이 심겨있었고, 그 다음에는 분꽃을 비롯하여 수국과 과꽃이, 그리고 가장 중앙에는 키가 큰 칸나와 접시꽃들이 심겨있었다. 뒤꼍과 장독대 옆에는 봉선화와 역시 키가 큰 접시꽃이 피어있었다. 특히 아침에는 뒤꼍 담장을 따라 나팔꽃이 언제나 싱싱하게 피어있었다.

막내고모와 나는 분홍, 노랑, 하양으로 물든 분꽃의 꽃을 따서 꽃 중앙의 꽃술을 빼버리고 마치 작은 나팔처럼 입에 물고 놀았다. 또한 분꽃에 콩자반 같은 검은 열매가 열리면 그 열매를 모아서 얼굴에 던지며 장난을 치기도 했다. 다른 고모들은 저녁 잠자리에 들기 전에 손톱에 봉선화를 짓이겨 붙이고 봉선화 잎으로 감싸서, 다음날 아침 붉게 물든 손톱을 보며 즐거워했다. 할머니께서는 여러 꽃 중에 특히 보라색 과꽃을 좋아하셔서 보라색 과꽃을 제일 많이 피게 하셨다. 그래서 우리는 당시 보라색 과꽃을 할머니 꽃이라 했고, 앞마당의 화단 중앙과 뒤꼍에 우뚝 서있는 접시꽃은 키가 크신 할아버지를 닮았다 하여 할아버지 꽃이라 했다. 막곡 시골집의 여름은 늘 꽃에 묻혀있었다.

또한 시골집은 집 안팎이 너무나도 청결하고 정돈이 잘되어있었다. 특히 안방과 대청, 부엌은 많은 사람이 드나듦에도 불구하고 한마디로 윤이 반질반질 났었다. 할머니는 틈만 나면 쓸고 걸레질하며 주변을 정돈하셨다. 할머니는 주변이 지저분하거나 정리정돈이 안 되어있으면 불안하고 뭔가 께름칙하다고 느끼셨던 것 같았다. 할머니의 깔끔한 성격은 주변 정리뿐 아니라 매사의 사리 분별이 정확하고 올바르셨다. 그래서 그런지 일가친척들은 물론 마을 아낙들이 할머니를 찾아와 이야기를 나누며 할머니의 의견을 묻곤 하는 바람에 우리 시골집은 늘 많은 사람들이 오갔었다.

지금 내가 살고 있는 아파트 발코니에는 제법 많은 화초들이 있다. 음력으로 정월이 되면 해가 바뀜을 알리기 위해 핀다는 홍화보세, 산천보세 등 보세(報歲) 종류의 난(蘭)과 주로 고운 백색의 꽃을 가진 철골소심, 관음소심 등 소심(素心) 종류의 난, 그리고 봄에 꽃이 피는 춘란, 한란 등등 동양란들이 있다. 또한 화려하게 꽃핀 서양란, 각종 선인장, 공기 청정에 좋다는 산세비에리아와 관음죽, 그리고 소철 등 피닉스 종류 등의 화초들도 있다. 그 화초들은 제법 화려한 도기나 자기 화분에 심겨 깨끗한 받침대에 올려져있고, 화분 바닥 흙에는 화초영양제 액이 조금씩 흘러나오는 유리대롱이 꽂혀있거나 영양제 알갱이가 뿌려져있다.

하지만 왠지 아파트 발코니에 있는 소위 고상하고 품위가 있다는 동양란이라 할지라도 어린 시절 할아버지가 심어놓은 과꽃이나 분꽃처럼 순수하고도 청순한 맛은 없어 보인다. 눈부시게 화려한 서양란이나 특히 아열대가 원산지인 선인장과 소철 등은 사람의 손길이 많이 간 흔적이 보이며, 잎의 형태나 꽃의 색깔이 호화롭고 질서정연한 느낌을 준다. 반면에 시골집의 화초들은 화려하게 보이지는 않았지만 자연스럽고 신선한 맛이 있었으며, 보면 볼수록 그냥 정이 가고 친근하게 느껴졌다. 그러나 아파트 발코니의 화초들은 현재 내가 열심히 가꾸고 있음에도 불구하고, 친근하게 느껴지기보다는 함부로 접하기가 조심스럽고, 그냥 화려하게 보일 뿐이다.

막곡에서의 여러 가지 추억 속에서 나는 시인 셸 실버스타인이 노래한 대로, 꽃의 언어로 분꽃이나 과꽃, 그리고 접시꽃들과 이야기를 나누고 있다. 그리고 지금도 그 꽃들과 나누던 이야기 소리가 귀에 분명히 들리고, 방실거리는 그 모습이 내 눈에 또렷하게 보이고 있다.

고향의 봄·1

막곡 사람들은 긴 겨울을 지나면서 봄이 오는 것을 민감하게 느끼고 알아챘다. 들판에는 여전히 눈과 얼음이 쌓여있었고, 들판 어디에도 언 땅을 뚫고 움트기 시작하는 새순은 없었다. 하지만 그들은 봄기운을 감지할 수 있었고, 한 해의 농사 준비도 할 수 있었다. 막곡에 봄기운이 돌면 제일 먼저 마을 앞개울에서 겨울의 적막을 깨는 작은 소리가 나기 시작했다. 가만히 귀를 기울여 듣노라면, 꽁꽁 얼어붙은 앞개울의 얼음장 밑으로 돌돌돌 하고 물 흐르는 작은 소리가 들렸다. 마을 사람들은 그 작은 소리로 봄이 가까이 있음을 감지하였다.

어린 시절 나는 겨울이면 마을 앞개울에서 동네꼬마들과 썰매를 타며 놀았다. 앞개울이 꽁꽁 얼어붙어 아무리 두꺼운 얼음으로 뒤덮여있어도 할아버지가,

"앞개울에서 며칠 전부터 소리가 나기 시작했어. 아이들 썰매 타러 가

지 말라고 해요."

하고 안방을 향해 할머니에게 말씀하시면 신기하게도 앞개울 얼음이 녹기 시작했다. 말 안 듣는 동네 꼬마들이 썰매를 타다가 얼음이 꺼져 빠지는 경우도 많았다. 앞개울에서 그 작은 소리가 들린 후에는, 뒷산에 쌓였던 눈은 물론 논도랑이나 밭고랑에 얼었던 물과 얼어붙은 들판은 어김없이 조금씩 녹아내리기 시작했다.

또 앞개울로 흘러들어가는 도랑 입구는 물기가 돌기 시작하여 그 부분만 거무스름한 흙색으로 변해있었다. 앞개울은 물의 양이 조금씩 늘어났고, 물 흐르는 소리도 날이 갈수록 점점 커졌다. 겨울을 지나고 흐르는 새봄의 개울물 소리는 그 어느 때의 개울물 소리보다 크게 들렸다. 여름 장마 때에 요란하게 흐르는 흙탕물 소리보다도 새봄에 차고 맑은 물이 좔좔 흐르는 그 소리가 더 크고도 경쾌하다는 것을 새삼 느끼게 했었다.

마을 사람들은 그 소리에 따라 농사 준비를 하였다. 잿간에서 재를 가져다가 아직 잔설이 남아있는 논바닥과 밭에 뿌렸고, 뒷산에서 흙을 날라다가 논밭에 객토도 하였다. 또 외양간과 돼지우리 혹은 두엄터에서 두엄을 날라다가 마을의 모든 논과 밭에 뿌리기 시작했다. 그러면 마을 들판은 그 특유한 고향 냄새가 짙게 풍기기 시작했다.

그즈음이면 개울가의 버들강아지가 회백색의 솜털을 내밀며 제일 먼저 움트기 시작했다. 그리고 연이어 개울둑과 밭둑, 길섶 주변 양지바른 곳이면 어김없이 봄나물이 돋아나왔다. 냉이를 비롯하여 달래, 씀바귀 등이 얼마든지 있었다. 마을 아낙들은 지루한 겨울에서 깨어났다는 듯, 너 나 할 것 없이 대바구니와 손바닥만 한 칼을 지니고 개울과 밭둑길 주변 양지바른 곳으로 나왔다. 그들은 봄나물을 캐는 것도 캐는 것이려니와, 모처럼 기지개를 켜고 신선한 바깥 공기도 마시고 봄볕을 쐬려는 것이었다. 고요했던 마을의 들판에서는 개울물 흐르는 소리, 아낙들의 수다 소리, 웃음소리를 쉽게 들을 수 있었다.

마을 앞개울은 아무리 가뭄이 들어도 물이 마르질 않았다. 그러나 그 개울물의 깊이가 꼬마들의 무릎 정도였고 기껏 깊은 곳이라 해도 배꼽 정도의 깊이였다. 그리고 그 개울을 따라 조금 하류로 내려가면, 덕암산에서 발원하여 도일리를 거쳐 흐르는 제법 큰 도일천이라는 하천에 합류되었다. 그러나 그곳의 물의 깊이도 꼬마들의 키를 넘지는 못했고 물살도 세지 않았다. 당연히 개울물은 농사철에는 농사용수로 쓰였고, 농한기에는 제법 많은 물고기를 잡을 수 있었다. 또 앞개울과 도일천이 합류되는 곳에는 큰 미루나무 여러 그루가 줄지어 있었고, 그 옆으로는 제법 큰 자갈밭도 있었다.

긴 겨울을 지내고 새봄이 되면 사람들은 청명한 날을 잡아 겨울 이불과 같은 큰 빨래들을 그 자갈밭에서 했었다. 그러면 으레 그곳에다 마을 공동으로 빨래 가마솥을 걸었다. 그리고 한쪽 편에서는 짚단이나 콩깍지를 태운 재로 잿물을 만들었다. 큰 자배기 위에 시루를 올려놓고 시루 바닥

26

에 헝겊을 깐 후, 그 위에 재를 넣고 위에 물을 조금씩 부어 통과시켰다. 그러면 시루 속의 재를 통과한 거무데데한 물이 시루 밑에 있는 큰 자배기에 고이는데 이를 휘휘 저어 잿물이라는 친환경 천연세제를 만들었던 것이다. 그 잿물에 빨랫거리를 담갔다가 비벼 빨면 신기하게도 때가 잘 빠졌다. 그리고 잿물을 넣은 가마솥 물을 장작불로 펄펄 끓여 마을 모든 집의 빨랫거리를 차례로 삶아냈다.

그러면 흰 옷가지와 이불이 살균은 물론 새하얗게 표백도 됐다. 남자들은 아직 냉기가 있는 개울물에 들어가 삶은 빨래를 헹궜다. 아낙네들은 빨랫방망이로 방망이질을 했다. 자갈밭은 빨래 헹구는 소리와 함께 빨랫방망이 소리가 요란했다. 또 다 된 빨래는 항상 바람이 있고 햇볕이 좋은 그 자갈밭에 널어 쉽게 말렸다.

빨래하는 동안 한편에서는 앞개울과 도일천을 가로질러 긴 그물을 치고 물고기도 잡았다. 잡은 물고기에 봄 들판에서 캐온 냉이와 달래를 넣고, 빨래 가마솥 불로 매운탕을 끓였다. 그리고 빨래를 하던 사람이건 아니건, 아이들까지 마을 사람 모두가 모여들어 나누어 먹었다. 마을 사람들에게는 빨래하는 날이 힘들게 일하는 날이지만, 한편으로는 물가에서 봄 냉이 매운탕을 함께 먹는 마을의 잔칫날이었다. 그들은 힘든 일과 천렵의 즐거움을 함께 즐길 줄을 알았다.

마을 앞개울은 농사철에는 농사용수의 공급원이었고, 자갈밭 미루나무

그늘은 여름날 농사일에 지친 마을 사람들의 쉼터였다. 사람들은 그곳에서 시원한 개울 바람을 쏘이며 잠시 낮잠을 즐기거나 미역을 감으며 땀을 식혔다. 앞개울과 도일천은 마을 사람들의 생업과 삶의 원천이었다. 또 그 합류지점의 자갈밭은 마을 사람들의 공동 작업장이며, 모임의 장소로 소통과 위락의 중심이었다. 그리고 그것은 이른 봄 마을 공동 빨래 작업에서부터 시작되었다.

고향의 봄·2

솔 향과 송홧가루

마을 뒷산에는 소나무가 숲을 이루고 있었고, 봄이 되면 그 소나무 숲으로부터 솔 향내가 짙게 퍼졌다. 소나무에 물이 오르면 나뭇가지 끝마다 어김없이 푸르고 싱싱한 새순이 하늘을 향해 뻗쳤다. 그리고 하늘로 뻗친 새순에는 어김없이 쌀알만 한 송화(松花) 봉오리가 맺혔다. 송화가 옥수수 알만큼 커지면 노란 송홧가루로 속이 터질듯 꽉 차게 된다. 그렇게 송화가 꽉 차 터질 때쯤, 나는 둘째 고모님을 따라서 뒷산 솔밭에 송화를 따러 갔었다. 자루에 송화를 따 담으며 고모님은 나에게,

"소나무에도 꽃이 있단다. 소나무의 꽃을 송화(松花)라고 부르는데, 바로 이 끈적끈적한 진액으로 감싸인 파란 새순에 다닥다닥 붙어있는 노란 꽃가루 덩어리와 그리고 제일 위쪽에 있는 콩알만 한 갈색 몽우리가 하나의 꽃이란다. 송화는 꽃잎도 없는 멋대가리 없는 꽃이지만, 봄이 되면 어

김없이 피어서 송홧가루 덩어리가 터져 그 노란 가루가 바람에 날려 위쪽 몽우리에 붙는단다……. 그러면 솔방울이 주렁주렁 달리게 된단다."

하고 열심히 설명하셨지만, 나는 무슨 말인지 이해되지 않았다. 꽃잎도 없는 송화가 꽃이라는 것에 의아했고, 몽우리에 송홧가루가 날아가 붙어 솔방울이 생긴다는 게 이해되지 않았다. 그 이후 중학생이 되어서야 송홧가루가 소나무의 수술의 꽃가루이고 위쪽에 붙은 몽우리가 암술임을 알게 되었다. 그리고 송화는 향내는 강하지만 암술의 진액이 달콤하지 않아 벌과 나비가 안 오고, 대신 바람에 송홧가루가 날려 붙어 정받이된다는 것을 알게 되었다.

뒷산 소나무 숲 송화는 대량의 꽃가루를 바람에 날려 보내서 새순뿐 아니라 온 마을 길을 노랗게 물들였다. 마을 사람들은 때를 맞추어 송화를 따서 햇볕에 바싹 말린 후, 물에 담가 가루를 분리하여 침전시켰다. 그리고 그 침전된 가루만을 모아서 다시 말려 송홧가루를 얻어냈다. 마을 사람들은 송홧가루로 송화다식은 물론 꿀물에 타서 송화밀수를 만들어 마셨고, 추석에는 송화송편 등을 만들어 먹었다. 특히 할아버지는 감기 예방 등 건강에 좋다고 송화밀수를 자주 드셨고, 할머니는 송홧가루를 추석 무렵까지 보관해두셨다가 송화다식과 송화송편을 즐겨 만드셨다. 할머니는 다양한 무늬가 새겨진 다식판에 송화다식을 찍어내셨다. 또 송화송편은 떡시루에 솔잎을 깔고 쪄서 솔 향이 배어있었다.

할아버지는 송화밀수를 마실 때마다 늘 우리 막곡 마을과 소나무와의 특별한 인연에 대하여 말씀하시곤 하셨다. 당시 우리 마을이 속해있었던 송탄면(松炭面)의 한자 뜻부터가 소나무 송(松) 자에 숯 탄(炭) 자로 소나무와 관계가 깊다는 것이었다. 그 옛날 이 지역은 소나무 숲으로 되어있었는데 소나무의 품종이 우수하여 사람들은 숯을 구워 널리 사용했을 뿐만 아니라, 송홧가루가 많이 만들어져서 우리 조상 대대로 먹어왔다고 하셨다. 그러시면서 막곡 마을에서 나의 큰고모님이 출가한 오산 솔하리(松下里)라는 곳을 갈 때 그 중간쯤에 쑥고개라는 언덕길이 있었다면서,

"그 쑥고개가 전부터 소나무가 많았던 곳인데, 그곳에는 소나무 숯을 구웠던 가마가 많았단다. 그래서 숯고개라고 불렀었고, 지금도 쑥고개라고 부르고 있단다."

하고 말씀하셨다. 또 당신이 어렸을 때에는 지금보다 훨씬 울창한 소나무 숲이 있었고, 송홧가루가 각종 식재료는 물론 약재로도 쓰였다 하셨다. 솔잎으로 차를 끓이거나 술을 담가 마시면 피를 맑게 했고, 솔잎을 빻아서 욕창에 발라도 잘 나았으며, 송진으로 등불을 밝히기도 했다 하셨다. 할아버지가 소나무 예찬을 시작하면 끝이 없었다. 그러면서 늘,

"송충이는 솔잎을 먹어야 살듯이, 막곡 사람이면 송홧가루를 많이 먹어야 좋은 것이란다."

하고, 소나무와 막곡 사람들의 떼려야 뗄 수 없는 관계를 강조하셨다.

마을 뒷산을 뒤덮은 소나무 숲의 장중하고도 고결한 모습은 고향 막곡의 상징이었다. 그리고 사계절 언제나 한결같은 솔숲의 짙푸름과 송화다식의 은은한 노란색이 바로 고향 막곡의 색깔이었다. 또한 그 솔숲에서 그

리고 송편에서 나는 그윽한 솔 향이 바로 고향의 냄새였다.

쑥밭

　마을 뒷산의 솔숲을 따라 서쪽 방향으로 가다가 마을 쪽으로 난 골을 따라 내려가면, 거의 마을 뒷산 입구에 이르러 펀펀한 작은 공터가 나왔다. 그리고 그 공터의 서쪽으로 아름다운 작은 저수지가 내려다보였다. 마을 사람들은 그 저수지를 통상 방죽이라 불렀다. 비가 오면 뒷산의 골을 따라 빗물이 고였고, 고인 빗물은 방죽으로 들어가 모였다. 방죽의 둑 한쪽에 수문이 있었고, 수문을 올리면 방죽물이 제법 큰 도랑을 따라 논밭을 가로질러 마을 앞개울로 흘러들어갔다.

　봄이 되면 방죽의 둑에는 물론, 방죽을 끼고 돌아 뒷산 입구의 공터에 이르도록 봄철 내내 들꽃이 만발하였다. 이른 봄이 되면 들꽃은 언제나 작고 샛노란 꽃이 제일 먼저 피었다. 특히 양지꽃이라는 샛노란 들꽃이 방죽 둑과 그 방죽을 끼고 도는 길을 장식했다. 양지꽃은 마치 작고 노란 보석을 여기저기 뿌려놓은 듯 반짝였다. 노란색 꽃에 이어 흰색 꽃이 피었고 그리고 제비꽃과 같은 보라색 꽃이 연이어 피었다. 그다음 붉은 자주색의 할미꽃과 붉은색의 넝쿨장미가 뒤이어 피었다.

그렇게 들꽃들이 피고 지는 사이에 결국 그곳을 뒤덮는 것은 쑥이었다. 쑥은 양지바른 곳이면 어디에나 하얀 솜털에 싸인 어린 싹을 내밀고 올라왔다. 어린 싹이 나오기 시작하면 쑥은 들꽃들과 다른 풀들을 제치고 순식간에 그 일대를 차지했다. 마을 사람들은 쑥의 어린 순을 떡에 넣어서 쑥떡을 만들어 먹거나 된장국을 끓여 먹었다. 또 몸에 상처가 나거나 염증이 있는 부위에 쑥을 짓이겨 붙이고 열을 가하면 신기하게도 지혈이 되고 깨끗이 나았다. 그리고 쑥을 햇볕에 말려 곱게 빻아 뭉쳐서 쑥뜸을 만들어 몸의 혈 자리에 뜸을 뜨면, 몸의 피로를 풀어주고 혈액 순환을 좋게 해주었다.

다시 말하면 쑥이야말로 마을 사람들의 좋은 식자재였으며, 만병통치의 영약으로 사용됐다. 마을 사람들은 쑥을 봄부터 단오 때까지 식용이나 약용으로 채취하였고, 단오가 지나 초여름이 되고 쑥대가 무성해지면 콩대 자르듯 낫으로 잘라 여러 짐을 채취했다. 약용이나 식용에 쓰이는 어린 쑥은 작은 칼로 아낙들에 의해, 그리고 무성한 쑥대는 남자들이 주로 낫을 사용하여 대량으로 채취하였다. 채취된 쑥대는 쑥 잎이 달린 채로 말려서 여름철에 화롯불에 태워, 그 연기로 날아드는 여러 종류의 날벌레들을 쫓았다. 말린 쑥을 태운 연기는 쑥의 특유한 냄새가 있었으며, 특히 여름 모기를 쫓는 특효가 있어 여름철의 필수품이었다.

모든 쑥이 다 먹을 수 있는 쑥은 아니었다. 그 종류에 따라 혹은 발육된 정도에 따라 먹을 수 있는 쑥, 약재로도 쓸 수 있는 쑥, 혹은 태운 연기로 벌레들을 쫓는 데에 쓰이는 쑥 등으로 구분되었다. 할머니는 쑥에 대해 마을의 어느 누구보다도 잘 알고 계셨다. 쑥의 종류와 구분하는 방법, 쑥을 식재나 약재로 사용하는 방법은 물론, 쑥을 채취하는 정확한 시기를 잘 알고 계셨다.

"쑥은 종류가 많은데, 겨울 동안에도 언 땅 속에서 끈질기게 살아있다가 봄이 되어 싹을 내밀고 뿌리와 줄기가 퍼져나가는 참쑥이 있고…… 그냥 한 해만 살다가 겨울에는 죽는 개땅쑥이라는 쑥이 있단다."

하고 말씀하시며, 사람들이 국이나 떡을 해 먹고 또 약으로 쓸 수 있는 쑥이 바로 참쑥이라고 하셨다.

할머니는 쑥을 캐러 다니실 때에는 나를 데리고 다니셨다. 그리고 쑥을 캐면서 오래전부터 전해지는 옛날이야기는 물론 쑥에 대한 재미있는 이야기도 해주시곤 하셨다.

"옛날에 어느 시골에 앞산 너머에 밭을 가지고 있던 농부가 있었는데, 봄이 되어 그 밭에 가보니 잡초와 쑥이 무성하게 자라있었단다. 그래서 농부는 잡초와 쑥을 말끔히 뽑은 후에 그 밭에 씨앗을 뿌렸지. 그 밭이 산 너머 멀리 있는 밭이라 다음 날 바로 가보지 못하고 열흘 정도가 지난 후에 갔단다. 그런데 그 밭에는 씨앗의 싹은 전혀 보이지 않고, 쑥이 무성히 자라 쑥밭이 되어 있었단다."

라고 말씀하시며, 그 밭이 열흘 만에 쑥밭이 된 이유를 다음과 같이 설명하셨다. 당초 농부가 그 밭에서 뽑아낸 잡초와 쑥을 그 밭둑 너머에 버렸는데, 버리다가 쑥 뿌리 하나가 밭 안쪽으로 떨어졌다. 그런데 그 쑥 뿌리가 아주 작고 다 말라버린 상태라 농부는 쑥 뿌리를 무시하고 그대로 씨앗을 뿌렸는데, 쑥이 워낙 생명력과 번식력이 강하여 그 말라버린 작은 뿌리 하나가 열흘이라는 짧은 기간 동안 번식하여 밭 전체를 뒤덮었다는 것이었다. 그래서 농부는 쑥으로 인하여 그해 농사를 망쳤고, 그 후로 '어떤 일이 망쳐져서 엉망이 된 상태'를 표현하는 말로 "쑥밭이 되었다."라는 말이 생겨났다는 것이다.

내가 더 커서 알게 된 쑥밭에 관한 고사(古事)는 "어느 노인이 산속의 신선에게 가서 지내다가 세월 가는 줄 모르고 있다가 집에 돌아와 보니 집터는 쑥만 무성한 쑥밭이 되었다."는 것이었는데, 나에게는 할머니의 쑥밭 이야기가 더 재미있고 실감이 났었다.

또 할머니는 쑥에 관해 우리의 전래 신화인 환웅과 웅녀 이야기를 해주셨다. 마늘과 쑥을 먹은 곰이 아름다운 여인인 웅녀가 되었고, 우리의 선조 단군할아버지를 낳았다는 이야기를 실감나고도 재미있게 들은 기억이 나에게는 아직도 생생하다. 나에게 고향 막곡의 봄은 나의 할머니의 재미있던 이야기와 함께 지금도 기억되고 있다.

고향의 봄

고향의 봄은
마을 앞 개울물에
돌 돌 돌 흘러
개울가 버들강아지
은빛 솜털에 스미더니

뒷산 솔밭 솔잎 따라
솨~ 아악 솨~ 아악
소리 내며 달려와

내 가슴속
샛노란
작은 꽃잎에 잠긴다

고향의 여름·1

나는 시골에 가면 늘 마을 또래 꼬마들과 어울려 다니며 놀았다. 내가 초등학교 2학년쯤의 여름방학이었다. 그날도 마을 앞 개울가 미루나무에는 매미 소리가 요란했었고, 나는 마을 꼬마들과 개울가에서 놀다가 도일천 합류지점의 자갈밭까지 내려갔다. 그리고 자갈밭에 옷을 벗어놓고 마을 꼬마들과 미역을 감으며 시간 가는 줄 모르고 놀았다. 그러다가 자갈밭으로 올라와서 몸을 말리고 있었는데, 그때 제법 큰 구렁이 한 마리가 마을 앞개울의 논둑에서 스르르 내려와 자갈밭을 가로질러 도일천 둑을 향해 지나가고 있었다. 나는 놀라서

"저 뱀 봐라……!"

하고 소리를 질렀고, 꼬마들도 물가에 있다가 모여들었다. 구렁이는 자갈밭에서 도일천 둑 위로 오르려하다가 소리에 놀란 듯, 다시 자갈밭으로 내려와 스르르 움직여 기어가고 있었다. 그 순간, 꼬마들이 던진 자갈이 우연찮게 구렁이의 머리를 정통으로 맞췄다. 구렁이는 자갈밭 위에서 몸

을 비비꼬고 있었다. 처음에는 겁에 질려 주춤거리던 꼬마들까지 합세하여 더욱 맹렬하게 구렁이에게 자갈을 던지고, 죽어 움직이지도 못하는 구렁이를 나뭇가지로 난타질을 해댔다. 그러고는 누군가가

"죽은 구렁이는 땅에 놓으면 안 돼! 나뭇가지 위에 걸쳐놓아야 한다고……."

하고 말했다. 꼬마들은 죽은 구렁이를 조심조심 개울 옆 큰 미루나무 가지 위에 걸쳐놓았다. 나는 그렇게 놀다가 늦게 집에 돌아왔다. 할머니는 서울에서 온 지 며칠 안 된 어린 손자가 늦도록 집에 돌아오지 않는 것에 무척 걱정하신 듯, 내가 대문에 들어서자 고모들이 먼저 다가와서

"너 어디 갔다가 지금 오니? 너 찾으러 온 마을 다 다녔다. 할머니한테 빨리 가봐!"

하고 말하며, 내가 마치 어떤 큰 잘못이나 한 양, 나를 잡아채듯 할머니가 계신 안방으로 끌고 갔다. 할머니는 내가 무사히 집에 온 것에 안도하시는 듯, 시무룩한 얼굴을 한 나를 꼭 껴안으시고는

"승일* 아……! 어딜 갔다 왔니? 이 할머니는 우리 승일이가 늦도록 오지 않아서 많이 기다렸단다. 어디서 누구하고 놀았는지 말해보렴……."

말씀하시면서 내가 어디서 누구하고 무엇을 하며 있었는지 꼬치꼬치 캐물으셨다. 처음에는 우물쭈물했으나 할머니의 부드러운 말투에 이내 내가 자갈밭에서 미역을 감고 놀았고, 그러다가 구렁이가 나타난 이야

---

*내가 어릴 때에 집에서 부르던 이름(兒名)

기를 했다. 나는 마치 내가 그 구렁이를 혼자 잡은 양, 할머니와 식구들에게 자랑스레 구렁이 잡은 이야기를 무용담처럼 늘어놓았다. 할머니는,

"다시는 저녁 늦게까지 개울가에서 놀지 말고, 도일천까지는 절대 가지 말아라. 특히 뱀 같은 것은 절대 잡거나 건드리면 안 된다."

하고 타이르셨다. 그런 후 둘째고모님이 나에게 다시 다가와서는

"구렁이는 죽었다가도 새벽녘에 땅의 기운을 받으면 다시 살아난다. 구렁이가 다시 살아나면 말야…… 구렁이는 자기를 죽인 사람들을 찾아다니며 원수를 갚는단다. 그러니까 다음부터는 뱀 같은 것에 가까이 가서는 절대 안 돼. 알았지……?"

하고 나에게 은밀히 말했고, 다른 고모들도

"그럼, 살아나지. 그리고 원수 갚으러 찾으러 다니지……."

하고 맞장구를 치면서 겁을 주었다. 고모들 말에 겁이 난 나는 밤새 그 죽은 구렁이를 생각하느라 쉽게 잠을 이룰 수가 없었다. 그 죽은 구렁이가 계속 나뭇가지에 걸려있는지, 아니면 고모들 말대로 땅으로 내려와 다시 살아나서 원수를 갚으려고 어디에 숨어있는 것은 아닌지…….

밤새 잠을 설치고 다음 날, 나는 아침 일찍 집을 빠져나와 마을 앞개울을 지나 정신없이 자갈밭으로 달려갔다. 그 죽은 구렁이가 아직도 죽어서 나무에 걸려있는지 확인하고 싶었다. 나는 미루나무들을 이 나무 저 나무 허겁지겁 둘러보며 죽은 구렁이를 찾아보았다. 그러나 죽은 구렁이를 찾을 수가 없었다. 나는 겁이 덜컥 났고 너무 무서워 가슴이 콩닥콩닥 뛰는

것을 느낄 수 있었다. 나는 울상이 되어 어찌할 바를 몰랐다. 시간이 한참 지체된 후에야 자갈밭에 있는 큰 미루나무가 아닌 도일천에 합류되는 앞 개울 둑 작은 미루나무 가지에 걸린 죽은 구렁이를 발견할 수 있었다. 나는 그제야 속이 후련하고 날아갈듯 마음이 가벼워짐을 느꼈다.

나는 콧노래까지 부르며 집을 향했다. 내가 집 대문 앞에 도착해 집 안으로 들어서려 할 때에 할아버지의 큰 소리가 밖에까지 들려왔다.

"애가 꼭두새벽에 없어지는 것도 모르고…… 무엇들 하는 거야? 도대체 아이를 돌보는 거야 뭐야?"

어린 손자가 아침 일찍 없어져서 아침 식사시간이 지나는데도 행방이 묘연하니 할아버지의 불호령이 떨어지고, 집안이 난리법석이 난 것이었다.

나는 그제야 어제 할머니가 '도일천까지는 절대 가지 말아라'라고 한 말이 생각났다. 그리고 말도 없이 아침 일찍 집을 빠져나와 아침 식사 시간이 지난 줄도 모르고 있었으니, 뭔가 내가 잘못했구나 하는 생각이 들었다. 나는 대문에 들어서기가 좀 겁이 나서 대문 앞에서 머뭇거리다가 마지못해 안으로 들어섰다. 그러자 고모들이 먼저 나를 발견하고 달려 나와,

"승일이 너…… 어디 갔다 온 거니? 너는 왜 그렇게 천방지축이니?"

하고 할아버지에게서 받은 호된 꾸지람을 분풀이라도 하듯 나를 몰아세웠다. 그리고 나서 고모들은 사랑채의 할아버지 방 문 앞으로 나를 데리고 갔다. 할아버지는 한바탕 할머니와 고모들에게 역정을 내고 막 방에 들어가신 듯, 방문 앞 댓돌 위에 할아버지의 커다란 검은 고무신이 엉켜

놓여있었다. 고모들은 댓돌 아래에 나를 세워놓고,

"아버지……! 승일이 왔어요."

하고 합창하듯 말했다. 고모들의 말이 떨어지기도 전에 할아버지 방의 여닫이문이 덜컥 열리며 할아버지의 근엄한 얼굴이 보였고, 순간 나는 무슨 죄인처럼 고개를 푹 숙이고 서있었다. 할아버지는 문을 나와 댓돌에 다리를 내려놓고 툇마루에 걸터앉으셨다. 그리고 나에게 고개를 들어보라며 내 얼굴을 찬찬히 살피시더니,

"승일아……! 너 어디 갔다 온 거니?"

할아버지 특유의 굵은 목소리로 물으셨다. 나는 아무 말도 못하고 고개를 숙이고 있었는데, 잠시 후 내 뒤에서 누가 나를 꼬옥 껴안으며,

"왜 아이를 붙잡아 세워두고 이러세요? 빨리 데리고 들어오지 않고……."

무엇을 따져 묻는 듯한 할머니의 목소리가 들렸다. 할머니는 내가 집에 들어오는 소란스런 소리를 듣고서 안채에서 쫓아 나오신 것이었다. 할머니는 내 손을 꼭 잡은 채로 안방으로 나를 데리고 들어오셨다.

할머니는 당신이 옆에 데리고 자던 손자가 새벽에 부스스 일어나 슬며시 모기장을 빠져나가 문밖으로 가는 것을 보고, 당신 마음속으로 '고놈이 조금 컸다고 요강에다 용변 보는 것을 극구 싫다 하더니 문밖의 뒷간으로 가나보다'라고 여기셨다 한다. 그러나 모기장을 걷고 이부자리를 정리하고 방바닥 걸레질을 다할 때까지도 오지 않아서, 혹시나 발을 헛디며 한 길도 넘는 뒷간 분뇨탱크에 빠지지나 않았나 하는 불길한 생각이 들으셨다 한다. 그래서 할머니는 대문 밖에 별동으로 있는 뒷간은 물론, 잿간

과 헛간까지 몸소 가보고 집 안팎을 샅샅이 뒤져도 손자가 보이질 않자, 사랑채에서 아직 주무시던 할아버지를 급히 깨워 나를 찾게 하셨다 한다. 할아버지는 집 앞의 공동 우물과 도랑, 그리고 우리 마을 길에서 송탄초 등학교로 들어서는 흙다리 밑의 좁은 수로까지 구석구석 수색하는 등 소동이 벌어졌다 한다. 결국 할아버지는 나를 찾지 못하고 집으로 돌아오셨고, 그 급한 성격에 격노하시어 집안이 발칵 뒤집어졌던 것이었다.

할머니는 바로 조금 전까지 우신 듯 눈자위가 벌겋게 충혈된 얼굴로 나에게

"승일아 어딜 갔다 온 거냐? 괜찮으니까 이 할미에게 다 말해봐라."

하고 나직하고 약간 목이 멘 목소리로 물으셨다. 내가 계속 대답을 안 하고 있자 할머니는 더욱 부드러운 목소리로,

"승일아 지금 말하기 싫으면 나중에 말해도 된다. 배고플 텐데…… 어서 밥이나 먹자꾸나."

말씀하시며 부엌을 향해,

"아침상 들여오고, 아버지 아침 드시러 건너오시라 해라."

하고 소리치셨다. 그러고 나서 할머니는 다시 나를 꼭 안아주시며 아무 말씀도 없으셨다. 순간 나는 마음이 홀가분해짐을 느꼈다. 나는 할머니에게 아침 일찍 집을 빠져나와 도일천 자갈밭의 죽은 구렁이가 아직도 그대로 나뭇가지에 걸려있는지 보고 왔다고, 그 자초지종을 다 말씀해드렸다. 할머니는

"도일천 자갈밭에……? 거기가 어딘데 아침에 거기까지 갔다는 거냐? 이것아! 그러면 할머니에게 먼저 말을 해야지……. 우리 승일이처럼 어린 애들이 뱀을 건드리면 큰일 나니까 고모가 그렇게 말한 거지…… 죽은 구렁이는 다시 살아날 수 없는 거야……."

하고 어이없어 하셨다. 그날 할아버지와 할머니, 그리고 우리 식구 모두가 평시보다 늦었으나 맛있게 아침 식사를 한 기억과 죽은 구렁이에 마음 졸였던 추억이 지금도 생생하다.

고향의 여름·2

　도일천 자갈밭에서의 구렁이 소동이 있은 후, 할머니는 나에 대해 알게 모르게 늘 감시(?)를 하셨다. 마을 꼬마들과 마을 앞 논이나 혹은 들판을 쏘다니며 놀 때는 물론 집 밖에 혼자 나갈 때에는 늘 할머니에게 어디에 간다고 미리 말씀을 드려야 했다. 특히 내가 마을 앞개울에나 도일천 자갈밭 쪽으로 간다고 하면, 할머니는 셋째고모나 아니면 바로 옆집에 사셨던 나의 당숙이신 세혁 아저씨를 불러, 나와 동행토록 하셨다. 세혁 아저씨는 당시 중학교를 막 마친 예비 청년으로 천성이 착하고 꼬마들을 잘 돌봐주셨다. 그분은 내가 늘 따르고 가장 좋아했던 아저씨이자, 큰형님 같은 분이었다.

　그날도 나는 세혁 아저씨와 함께 앞개울에 가려 하는데, 사랑채에서 '승일아!' 하고 할아버지가 나를 부르는 소리가 들려왔다. 나는 사랑채 할아버지 방문 앞으로 갔다. 열려있는 방문을 통해 할아버지가 무슨 노끈 망

같은 물건을 이리저리 만지고 계시는 것이 보였다. 할아버지는

"승일아! 너 도일천 자갈밭에 가서 놀고 싶지? 오늘은 할아버지가 우리 승일이와 함께 가서 물고기를 잡으려 한다. 세혁이도 왔구나…… 같이 가자."

말씀하시며, 당신께서 새로 만들었다며 고기잡이 그물을 내보이셨다.

할아버지는 손자에게 도일천에 가지 말라고 해도 이제는 좀 컸다고 자꾸 가니, 혹시 또 다른 큰일을 저지르지나 않을까 하는 걱정을 하셨다. 그래서 당신이 직접 손자를 데리고 다니며 물고기도 잡고 자주 돌봐야겠다고 하셨다 한다.

당시 할아버지는 종종 낚시질을 즐기셨는데, 낚시질은 긴 낚싯대를 자유롭게 다루어야 하고 또 조용하고 느긋하게 기다려야 하기 때문에 초등학교 2학년인 내가 낚시질을 하기는 곤란하다고 생각하셨던 것 같았다. 그래서 그물로 물고기를 잡는 것이 좋다고 여겨, 다음 날 평택 읍내에 나가 고기잡이 그물 짜기에 필요한 노끈과 봉돌 납 등을 사고, 이틀 밤낮으로 손수 고기잡이 그물을 새로 짜셨던 것이었다. 할아버지는 생활에 필요한 물건이면 대부분 손수 다 만들어 쓰셨는데, 워낙 손재주가 좋고 생활의 지혜도 많아 못 하는 것이 없으셨다. 당신이 갖고 있던 5절짜리 대나무 낚싯대는 물론 돗자리, 왕골방석, 삼태기, 멍석 등 뭐든지 두루두루 잘 만들어 쓰셨다.

새로 만든 그물은 커다란 잠자리채 형태로 된 그물과 아기 포대기만 한

네모난 그물 등 두 개였는데, 네모난 그물은 그물망 양쪽 면을 대나무 작대기에 연결한 형태로 제법 큰 것이었다. 그물망 아래쪽에는 완두콩만 한 봉돌 납덩이 여러 개가 쭉 달려있었다. 나는 마을 사람들이 그물로 물고기 잡는 것을 여러 번 본 적이 있었다. 하지만 그 그물망 밑에 봉돌이 여러 개 달려있는 줄은 몰랐다. 어린 나의 눈에는 마름모꼴의 연속인 그물망이 그렇게 아름답게 보였고, 특히 그물망 아래에 쭉 붙어있던 회백색의 봉돌 납들이 새삼 신기했고 멋있어 보였다. 그리고 새 노끈으로 새로 짠 그물은 윤이 반짝반짝 나는 듯 보였다. 할아버지는 고기 몰이 떡밥이며 잡은 고기를 담을 양동이와 망사 자루며 기타 여러 도구들을 챙기셨다. 할아버지와 세혁 아저씨는 고기잡이 도구들을 나누어 드셨고, 나는 맨몸으로 앞장서서 집을 나섰다. 난생처음 고기를 잡으러 가게 된 것이었다. 마을 사람들이 고기 잡는 것을 봐왔지만 어리다는 이유로 둑 위에서 혹은 먼발치에서 구경만 했었다. 나는 흥분된 마음으로 집을 나서고 있었다.

우리는 먼저 마을 앞개울로 갔다. 할아버지는 앞개울처럼 물이 많지 않은 곳에서는 잠자리채 그물이 좋고, 도일천처럼 물이 많이 넓게 흐르는 곳에서는 네모난 그물을 펼쳐 잡는 것이 좋다고 하셨다. 그리고 물고기가 많이 몰려다니는 곳과 그물을 다루는 방법, 물고기 몰이를 하는 방법 등을 나에게 설명해주셨다. 할아버지는 개울물이 몰려 흐르는 후미진 곳이나, 수초가 제법 자라있는 깊은 곳이면 물고기들이 많이 있다 하셨다. 그리고 그물을 물속 밑바닥에 밀착시켜서 그물이 물살에 따라 움직이지 않도록 해야 물고기들이 빠져나가지 못한다 하셨다. 또한 고기 몰이는 소리를 지르면 안 되고, 그냥 천천히 물속에서 그물 쪽을 향해 걷기만 하면 된다 하셨다. 나는 할아버지가 일러주신 대로 그물을 단단히 잡고 있었고, 세혁 아저씨는 고기 몰이를 하며 앞개울에서 도일천 합류지 쪽으로 훑어 내려가며 고기잡이를 하기 시작했다. 할아버지는 내가 그물을 들고 뒤뚱거리며 어설프게 고기잡이하는 모습이 재미있으신 듯,

"처음 하는 고기잡이지만, 잘하는구나. 한번 바닥에 박아 넣은 그물은 물살에 휩쓸리게 해서는 절대 안 된다. 물살을 이겨야 한다……."

하고 빙긋이 웃으시며 말씀하셨다. 그리고 당신은 도일천 쪽으로 먼저 가서 떡밥을 놓고 있겠다며 개울둑을 따라 아래로 내려가셨다. 나와 세혁 아저씨는 열심히 잡았으나 물고기는 쉽게 잡히질 않았다. 작은 물새우 몇 마리와 고둥 몇 개 그리고 도일천 합류지에 이르러 미꾸라지 두 마리를 잡은 것이 전부였다. 할아버지는 합류지 자갈밭에서 개울의 상태를 살펴보다가 우리가 그곳에 이르자,

"고기가 있을 만한 곳에 떡밥을 다 놓았다. 이제 잡기만 하면 된다……. 그동안 승일이는 많이 잡았냐?"

하고 물으셨다. 그리고 미꾸라지 두 마리가 달랑 들어있는 망사 자루를 들여다보셨고 그래도 미꾸라지 두 마리라도 잡은 것이 기특하다는 듯이,

"어…… 잡았구나. 이거 승일이가 정말 잡은 거니? 이 미꾸라지가 눈이 멀지 않았나 어디 좀 보자……."

하며 껄껄 웃으셨다.

도일천 합류지에서 할아버지와 세혁 아저씨의 고기잡이가 시작되었다. 할아버지는 떡밥을 놓은 자리 근처에 네모난 그물을 펼쳐 물속에 넣으셨고, 세혁 아저씨는 그 위쪽에서 고기몰이를 했다. 할아버지가 그물을 들어 올리자 제법 많은 물고기가 잡혔다. 단 한 번에 여러 마리의 붕어와 피라미, 메기는 물론 은어도 잡혔다. 미꾸라지는 여러 마리가 뒤엉켜 덩어리째로 잡혔다. 붕어는 살이 통통히 오른 것들이었고, 메기는 수염이 길게 난 것들이 많이 잡혔다. 할아버지가 그물을 쳐들 때마다 매번 고기가 나왔고, 그 횟수를 거듭할수록 양동이는 고기로 채워졌다. 두어 시간도 채 안 돼서 양동이에 고기가 가득 채워졌고, 할아버지는 고기 잡는 것을 일단 끝내고 자갈밭으로 올라오셨다.

할아버지는 자갈밭에 그물망을 펼쳐놓고 양동이에 가득한 고기들을 그물망 위에 쏟아놓으셨다. 그리고 나에게 물고기의 이름을 일일이 알려주셨다.

"머리가 크고 입이 큰 메기는 잘 알 테고…… 여기 배 부분이 백색의 고운 빛을 띤 고기가 은어다. 붕어보다 몸이 가늘지. 여기 옆구리와 배 쪽이 은백색으로 비슷한 이놈은 피라미라 하고……. 그리고 얼룩무늬가 있는 이놈이 쏘가리라는 고기인데, 작은 물고기들을 잡아먹고 사는 무서운 놈이다. 역시 몸에 반점 무늬가 있고 몸이 둥근 이놈은 위험을 느끼면 모래를 파고들어가 숨는다 하여 모래무지라 한단다."

나는 할아버지 말씀에 깜짝 놀라서,

"어떻게 물고기가 물고기를 잡아먹나요? 그리고 물고기가 모래를 파고

들어 가다니……. 무엇으로 파지요?"

나는 크지도 않은 쏘가리가 다른 물고기를 잡아먹고 산다는 데에 놀랐고, 모래무지가 모래 속에 숨는다는 것이 신기했다. 물고기를 잡아먹고 사는 것은 고래 혹은 상어 같이 큰 것들만 그러는 줄 알았고, 주둥이로 모래를 파헤친다는 것은 이해가 되지 않았다. 그물망에는 펄떡펄떡 뛰는 놈, 입을 벌리고 눈을 끔벅이는 놈, 미꾸라지처럼 몸을 뒤틀며 그물망을 빠져나가려는 놈 등 고기들이 저마다 필사적으로 움직였다. 할아버지는 손가락보다도 작은 잔챙이들은 그물망에 그대로 남겨두고 큰 고기만 양동이에 옮겨 담으셨다. 그리고 그물에 남겨진 잔챙이 물고기들은 다시 개울물에 살려 보내셨다. 할아버지는 양동이에 옮겨 담은 고기들의 배를 딴다 하시며, 큰 물고기부터 일일이 배를 갈라 내장을 빼내기 시작하셨다. 펄떡펄떡 뛰던 고기들의 배에서 거무스름한 내장들이 빠져나오자마자 고기들은 그냥 바로 죽어갔다. 나는 죽어가는 고기들이 징그럽고 좀 불쌍하다는 생각이 들었다. 그리고 집에 갈 동안이라도 살려가지고 가서 그냥 통째로 찌개를 해서 먹어도 될 텐데 하는 생각에서,

"할아버지! 그 고기들 죽이지 말고 그냥 집에 가지고 가면 안 되나요? 집에서 키워도 좋을 텐데……."

하고 말씀드렸다. 할아버지는 키울 데도 없고 개울에서 살던 고기라서 키운다 해도 오래 살기가 어렵다고 하시며,

"이런 고기들은 매운탕을 끓여 먹으면 맛이 있지……. 그리고 은어 같은 고기는 물 밖으로 나오면 쉽게 죽는다. 죽으면 더운 여름에는 금방 상

해서 먹을 수가 없게 된단다.”

하고 고기들의 배를 따는 이유를 설명하셨다. 나는 물고기 찌개나 튀김을 먹은 적이 있었고, 그럴 때에 항상 머리에서 꼬리까지 완전한 물고기 형태 그대로 먹었다. 하지만 그 물고기들이 배를 가르고 내장을 모두 빼낸 것이라는 사실은 그때까지도 몰랐다. 할아버지는 배를 딴 고기들은 따로 그물에 넣으셨고, 미꾸라지들은 망사 자루에 넣어가지고 집으로 갈 채비를 하셨다. 그리고 붕어와 은어 등 몇 마리만을 산 채로 집으로 가져가는 것을 허락하셨다. 내가 양동이에 물을 담고 살아남은 물고기들을 넣자, 그것들은 죽기 직전에 운 좋게 살아난 것을 안다는 듯 파닥파닥 물을 튀기며 더욱 활발히 움직였다.

집으로 돌아왔다. 우리가 잡은 물고기들은 할머니에게 넘겨졌다. 할머니는 잡아온 물고기들을 살펴보며

“지난번보다 고기도 크고 많이 잡았네……. 여기에 승일이가 잡은 것들도 많이 있겠지?”

하시고는 둘째고모에게 비늘을 다듬고 다시 씻어서 매운탕을 준비하라고 하셨다. 그러고는 미꾸라지는 튀김을 해서 먹을 거라며, 미꾸라지가 들어있는 망사자루를 펼치고 좀 작다고 생각되는 미꾸라지들을 골라 마당에다 던지셨다. 마당에 던져진 미꾸라지들은 아직도 살아서 몸을 뒤틀며 펄떡거렸다. 마당 저쪽에 있던 닭들이 순식간에 모여들었다. 닭들은 미꾸라지가 한 마리씩 던져질 때마다 네다섯 마리가 동시에 주둥이를

들이밀며 쟁탈전을 벌였다. 통째로 한입에 찍어 삼키고 아무 일 없었다는 듯 다음 것을 노리는 놈, 잽싸게 찍어 물고 저쪽 편으로 줄행랑을 치는 놈, 미꾸라지 한 마리를 동시에 물고 서로 당기는 놈들, 옆의 놈 대가리를 쪼아 쫓으며 기선을 제압하는 놈……. 닭들은 미꾸라지를 던지는 방향에 따라 이리저리 몰려들며 쟁탈전을 벌였다. 나는 닭들의 미꾸라지 쟁탈전이 너무 치열한 것에 놀랐고, 작은 주둥이로 살아있는 그 큰 미꾸라지를 한입에 통째로 찍어 삼키는 것에 더욱 놀랐다. 그리고 나에게는 제일 만만하고 하찮았던 닭들이 사실은 강하고 무서운 놈이란 것을 새삼 느꼈다.

나는 다음 날 아침 늦도록 잠에 취해있었다. 어제 난생처음 고기잡이를 하고 저녁에는 매운탕을 맛있게 먹고, 언제 잠자리에 든 줄도 모르고 곯아떨어진 것이었다. 잠결에 밖에서 뭔가 소란한 소리가 들렸다.

"그 우물이 생각보다 깊어. 물을 다 퍼내려면 오래 걸려. 오늘 한나절은 퍼야 될 거야……. 도대체 누가 그랬을까? 아무래도 승일이 짓인 것 같아……."

하는 소리에 잠을 깼다.

우리 시골집 바로 앞에는 마을 공동 우물이 있었다. 우물은 샘 우물로 아무리 춥거나 덥더라도 늘 일정한 온도의 물이 샘솟듯 솟아나왔다. 그래서 한여름에는 매우 차게 느껴졌고 겨울에는 아무리 추워도 얼어붙기는커녕 따뜻한 온기가 느껴지는 우물이었다. 그리고 아무리 가뭄이 들어도 물의 양이 줄어드는 법이 없었다. 우물물을 긷는 것도 두레박으로 퍼 올리는 것이 아니고, 팔을 쭉 내밀어 바가지로 물을 떠서 물동이에 담는 것이었다. 우물의 물 깊이는 족히 한 길은 되었으나, 물이 워낙 맑아 바닥이 훤히 들여다보이므로 얕은 것처럼 보였다. 물맛 역시 좋아 그 일대에서는 그 우물물이 약수라고 소문이 나있었다. 마을 사람들은 그 우물을 마을의 보물처럼 여겨왔고, 당연히 우물을 사용하는 마을의 불문율이 엄격했다. 우물 근처에서 빨래는 물론 세수를 해서는 안 되고, 쌀이나 야채를 씻거나 다듬는 것도 금지시켰다. 우물 주변에 닭과 개 등 가축이 접근하는 것과 주변을 어지럽히는 것도 철저히 금지시켰다. 당번을 정해 정기적으로 우물주변을 청소도 했었다.

그런데 오늘 아침에 마을 아낙들이 물을 길으러 우물에 와보니, 우물물 위에 물고기 여러 마리가 하얀 배를 위로 뒤집은 채 죽어서 둥둥 떠 있었다는 것이었다. 아낙들은 우물물에 썩은 물고기들이 들어가 비린내가 난다며 마을 이장을 불렀고, 이장님은 청년 몇 사람을 아침부터 동원하여 양동이로 우물물을 전부 퍼내는 소동을 벌이고 있었다. 할아버지는 이를 보시고 어제 개울에서 우리들 외에는 고기를 잡는 사람들을 못 보았던 것 같다며,

"세혁이가 그랬을 리가 만무하고, 이건 분명 승일이 짓이야……. 왜 그런 짓을 했는지, 승일이를 빨리 깨워 데려와."

하고 고모들을 재촉했고, 할머니는 그걸 어떻게 단언하느냐, 비록 승일이가 그랬다 해도 자고 있는 아이를 왜 깨우려 하느냐며 안방 문 앞을 가

로막고 계신 중이었다.

　나는 어제 잡은 물고기 중 산 채로 집에 가져온 붕어와 은어 등을 어디엔가 키워보고 싶었다. 그래서 생각해낸 곳이 바로 집 앞의 우물이었다. 그곳은 물이 맑았고 사람도 먹는 물이니까 물고기도 잘 자랄 것이고, 또 바로 집 앞이라 매일 가서 물고기가 자라는 것도 볼 수도 있을 것이라 생각되었다. 나는 저녁을 먹기 직전 물고기들이 들어있는 양동이를 들고 집을 빠져나와 우물로 갔다. 그리고 양동이에서 한 마리씩 물고기들을 꺼내서 우물물에 집어넣었다. 날은 좀 어두웠으나 물이 맑아 물고기들이 활발하게 헤엄을 치며 우물 안을 헤집고 다니는 것을 볼 수 있었다. 나는 내 판단이 옳았음에 속으로 쾌재를 부르며 집으로 들어왔었다.

　내가 아침잠에서 깨어 안방 문밖으로 나오자, 할머니는 얼굴에 미소를 짓고 내게 다가와 내 손을 잡으시며,
　"우리 승일이 잘 잤어? 오늘은 늦잠을 잤네……. 빨리 세수하고 아침 먹어야지."
　하시며, 아무 일도 없었다는 듯이 내 앞에 세숫물을 갖다 놓으셨다. 나는 세수를 하고 영문도 모르는 채로 아침 밥상에 앉았다. 그날 나는 평시와 같이 식구들과 아침 식사를 끝냈다. 그리고 나는 우물에 잠시 볼일이 있다고 말하면서 서둘러 일어섰다. 그러자 할머니는 그 특유의 부드러운 목소리로,

"승일아…… 우물가에 가려 하니? 물고기들은 우물물에서는 살 수가 없단다. 물고기들이 모두 죽어서, 사람들이 지금 우물물을 다 퍼내고 있단다."

하고 나를 꼭 껴안아주셨다.

고향의 가을·1

　고향 막곡의 가을하늘은 늘 맑고 푸르렀다. 또한 가을 햇살을 받은 뒷산의 검푸른 소나무 숲은 보석을 깔아놓은 듯 번쩍였다. 푸른 사파이어의 투명함이 막곡 가을 하늘에 있었고, 뒷산 소나무 숲은 에메랄드의 진한 녹색이었다. 하늘이 청옥(靑玉)처럼 맑았다면 숲은 남옥(藍玉)처럼 진했다. 하늘이 편안하고도 평화롭다면 숲은 건강하고도 활력을 느끼게 했다. 고향 마을에서 올려다보이는 숲과 하늘이 닿는 부분은 특히 자연스럽게 조화되어 보면 볼수록 눈부시게 아름다웠다. 마을의 초가지붕에는 빨갛게 익은 고추가 널려있었고, 고추잠자리가 떼 지어 다녔다. 그리고 들판은 온통 황금빛 물결이 출렁거렸다.

　그러나 막곡의 가을은 늘 소란하고 분주했다. 마을 사람들은 가을걷이에 눈코 뜰 새 없이 바빴다. 마을 앞 들판에 그득히 차있는 곡식들과 논에 있는 나락들을 다 거두어들이고 건조시켜 타작이나 탈곡기로 탈곡해야 했다. 콩은 콩대를 베어 거둔 다음, 짚으로 세워놓고 말린 후 마당에

널어놓고 도리깨로 타작을 했다. 콩알이 다 떨어져 나오고 콩대와 콩깍지 등을 갈퀴로 긁어모으면 콩만 남았다. 콩 타작은 마당을 깨끗하게 쓸고서 그냥 맨땅에다 했어도 대부분의 콩알이 흙이나 작은 돌과 섞이지 않았다. 당시 어린 나는 콩 타작을 맨땅에 해도 흙이나 돌이 섞이지 않는 것을 늘 신기하게 여겼다. 다만 마지막에 쓸어 모은 일부 콩알 무더기에 돌이 섞였는데, 할머니는 이 돌들은 키질하여 쉽게 솎아내셨다. 하지만 참깨는 거두어들인 참깨 주저리를 단으로 묶어서 세워 말린 후, 멍석을 깔고 멍석 위에 홑이불까지 펼쳐놓고 털었다. 모든 밭곡식이 다 온갖 정성을 들여야 되지만, 참깨야말로 수확과정에서 허실이 많아 재배과정은 물론, 특히 거두어들일 때에 많은 정성을 필요로 했다.

또 고추는 빨갛게 익으면 그 색깔이 매우 곱지만, 이 역시 고추 모종을 심어서 거둬들여 고춧가루까지 만드는 데에는 너무나 어려운 과정을 거쳐야 했다. 비가 잦으면 잦은대로 고추가 익지 않고 떨어지고, 가뭄이 들면 병충해가 번성하여 고추가 하얗게 썩어 낭패를 봤다. 수확 후에도 어느 정도 건조하고 나서 가위로 일일이 반쪽씩 내어 완전 건조시키고 방앗간에서 빻아야만 고춧가루를 얻을 수 있었다. 할머니는 늘,

"이 고춧가루만 없다면 농사도 한번 해볼 만한 일일 텐데……."

하시며 붉은 고춧가루의 어려움을 말씀하셨다.

하지만 쌀농사를 많이 지었던 막곡 마을의 가장 큰 가을걷이는 역시 벼를 거두는 일이었다. 벼를 거두는 일은 봄에 못자리에서 모를 틔우고, 자

란 모를 모내기하여 본 논에 옮겨 심고, 여름 내내 김매주는 긴 농사일정의 마지막 갈무리였다. 마을 사람들은 아침 일찍부터 저녁 늦도록 있는 힘을 다 쏟아, 네 일 내 일을 가리지 않고 바삐 움직였다. 온 마을에 탈곡기 돌아가는 소리가 '윙윙윙' 하며 계속 들렸고, 이낙들이 키질하는 소리가 '사르륵 사르륵' 들렸다. 볏짚단을 부리는 소리도 이곳저곳에서 들려왔다. 탈곡된 벼는 가마에 넣어 우마차에 싣고, 서정리 읍내의 정미소로 보내졌다. 정미소에서 벼를 정미하여 쌀이 만들어져 나오면 그제야 비로소 마을 사람들의 긴 농사일정이 끝이 났다. 그들에게 쌀을 생산하는 것은 많은 땀과 노력, 그리고 긴 과정과 시간을 필요로 했다. 그들에게는 쌀은 생명과도 같았고, 자식처럼 소중했다. 특히 마을 사람들이 그 어느 때보다도 벼를 거둘 때에 더욱 긴장하고 더욱 진지해졌던 것도 이러한 사유에서였다.

이렇게 바쁜 중에도 할머니는 늘 나를 감시하셨다. 나를 당신 곁에서 가능한 한 떠나지 못하게 하거나, 아니면 나를 온종일 집 안에만 들어가 있도록 하셨다. 가을걷이를 할 때의 마을은 하나의 작업장이었다. 탈곡기가 돌아가고, 도리깨로 타작을 하고, 풍구를 돌리고, 갈퀴로 모으고, 키질하고……. 이 모든 것들이 꼬마들에게는 위험천만한 농기구였다. 또 어른들이 볏단이나 곡식 가마 등 큰 짐을 걸머지거나 옮기며 일을 하다 보면 꼬마들이 거추장스럽고 방해가 되었다.

한번은 우리 집 대문 밖 앞마당에서 탈곡을 하던 날, 할머니의 간곡한 말씀으로 나는 오전 내내 집 안에 있었다. 오후가 되자 집 뒤쪽에서 누가 나를 부르는 소리가 들렸다. 나는 할머니 눈을 피해 집 뒤쪽 샛문을 통해 집 밖으로 빠져나갔다. 집 뒤에는 동네 꼬마들 여럿이 모여있었는데, 항상 먹을 것이 있던 영민이네 집에 가서 놀자는 것이었다. 영민네는 이미 탈곡을 끝내고 어른들이 벼 가마를 읍내 정미소로 가지고 나간 상태라 집이 비어있었다. 영민네 마당에는 참깨 주저리를 말리려고 단을 지어 줄을 세워놓았고, 한쪽에는 멍석이 둘둘 말려있었다. 그리고 저쪽 구석에는 풍구도 놓여있었다. 꼬마들은 집 안 방이건, 찬광이건, 곡간이건 문을 다 열어놓고 제 세상 만난 듯이 드나들며 뛰고, 마당 한가운데에는 멍석도 펴놓고 놀고 있었다.

나는 그들 꼬마들과 한참 놀다가 풍구 쪽으로 가서 풍구의 손잡이를 잡고 돌려보았다. 풍구는 신기할 정도로 잘 돌았고, 잠시 더 돌리니 가속이 붙은 듯 '윙윙' 소리까지 내며 돌아갔다. 풍구는 손잡이를 돌리면 안쪽의 날개가 돌며 바람을 일으켜서 곡식에 섞인 쭉정이, 검불, 먼지, 겨 등을 밖으로 배출하는 농기구인데, 손잡이와 안쪽 날개가 톱니바퀴로 물려있어 손잡이를 천천히 돌려도 안쪽 날개는 아주 빠른 속도로 돌았다. 그러다 보니 안쪽 날개는 얇은 나무 날개지만 무서운 속도로 돌기 때문에 꼬마들의 손이 닿거나 나무 막대 같은 것을 넣으면, 손을 크게 다치거나 날개가 부러질 수도 있었다.

내가 풍구를 돌리자 꼬마들은 너나없이 몰려와 서로 풍구를 돌리겠다고 소동을 벌였다. 멍석에 앉아서 삶은 밤을 먹고 있던 영민이도 다가와서,

"우리 아버지가 풍구는 돌리지도 말고 만지지도 말라고 했는데……. 너

희들 우리 풍구 돌리지 마…… 만지지 말라고……!"

하고 소리를 지르며 달려들었다. 그러나 꼬마들은 풍구 돌리기를 멈추지 않았고, 영민이는 풍구 날개 구멍에 손을 넣어 돌아가는 날개가 못 돌도록 날개를 잡으려 했다. 그러자 영민이의 "아……!" 하는 외마디가 들렸고, 풍구의 날개가 "딱" 하는 소리와 함께 떨어져 튀어 나왔다. 영민이 손에서는 피가 철철 흘렀고, 꼬마들은 쥐 죽은 듯 조용해졌다. 그리고 꼬마들은 하나둘 도망가듯 집으로 돌아가기 시작했다. 영민이만 혼자 남아 "엉엉" 울고 있었다.

저녁때가 다 되어 탈곡일이 끝난 듯, 우리 집 앞마당의 탈곡기 소리가 그쳤다. 그리고 방 밖에서 어른들의 말소리와 함께 할머니의 목소리가 들렸다.

"영민이 그놈이 워낙 말썽꾸러기라서…… 손가락이 다 떨어져 나갔다니 어떻게 할 거야?"

그 소리를 듣는 순간 나는 간이 콩알만 해졌다. 나는 숨죽이며 방에 누워 계속 자는 척하고 있었다. 잠시 후, 할머니가 방으로 들어오셨다. 할머니는

"승일아 일어나거라. 우리 승일이는 할미 말도 잘 듣고…… 하루 종일 힘들었지. 맛있는 것 만들어줄게……."

하시면서 나를 꼭 껴안아주셨다.

영민이는 그 사고로 오른손 집게손가락의 끝마디가 떨어져 나가 손톱 하나가 없는 아이가 되었다. 그 후, 마을 사람들 간에 농기구가 아주 위험

한 물건이라는 것을 강조할 때에는 으레 영민이의 예를 들어 말하게 되었다. 그럴 때면 할머니는 늘 당신의 손자만은 어른 말 어려워하고 또 공경할 줄 아는 아이라서 그날 하루 종일 집에 있었다고 극구 칭찬(?)하셨다한다. 그 바람에 나는 영민이의 사고와는 전혀 무관한, 착하고 할머니 말을 잘 듣는 무던한 아이로 마을에 알려지게 되었다.

고향의 가을·2

고향 마을에서는 가을걷이가 끝나면 그해의 농사가 끝난다. 분주하고 바삐 돌아가던 막곡은 풍요롭고 평화로운 농촌이 된다. 시기적으로는 보통 10월 중순경이 되는데, 사람들은 이 달이 일손이 한가해지고 풍요로워지는 달로 일 년 열두 달 중 으뜸가는 달이라 하여 상달이라 하였다. 상달에는 햇과일과 햇곡식으로 상을 차려, 조상에게 그해의 풍년을 감사하고 새해의 풍년을 기원하는 '당제'라는 마을 제사를 합동으로 올렸다. 또한 상달에는 그해에 있던 마을 사람들 간의 다툼이나 반목을 서로의 용서와 이해로 풀어냈다. 또 농사를 잘못지어 곤란을 겪을 염려가 있는 집은 마을 사람들이 십시일반으로 모두가 조금씩 부조해주었다. 그리고 일년 동안 수고한 고용 일꾼들에게는 새경을 후하게 쳐주어, 그들이 즐거운 마음으로 고향에 갈 수 있도록 배려해주었다. 마을 사람들은 10월 상달이면 존중하고 근신하는 마음가짐으로 서로를 대했다. 하지만 나름대로 흥과 멋도 있었다. 당제 이후 청명한 날을 잡아 풍악을 울리며 신명나게 놀 줄도 알았다.

당제를 마을 앞산 사당재길 옆에 있는 사당에서 경건한 마음으로 올렸다면, 풍물놀이는 마을의 남쪽인 '띠우지 뜰'이라는 곳에서 시작했다. 띠우지 뜰은 마을 사람들의 밭이 넓게 펼쳐져 있었던 들판이었다. 마을 사람들의 논이 주로 마을 앞개울 양옆에 뻗쳐있었다면, 밭은 주로 띠우지 뜰에 있었다. 띠우지 뜰은 봄에 제일 먼저 씨앗을 뿌렸던 곳이었고, 또한 김장 배추와 무 등을 제일 마지막으로 거둬들이던 곳이었다. 그래서 띠우지 뜰에서 농사 일손이 멈추어야 비로소 마을의 그해 농사는 끝이 나는 것이었다.

마을 뒷산 서남쪽 끝에 위치한 방죽 위쪽에는 마을 공동창고가 있었다. 그 창고에는 풍물놀이에 필요한 물품은 물론 장례용 상여와 꽃가마 등 여러 종류의 마을 공동 물품들이 보관되어 있었다. 당초에는 마을 사람이 죽었을 때 장지로 시신을 운반해 가는 상여를 보관하기 위해 지은 창고로, 마을 사람들은 통상 '상엿집'이라 불렀다. 그런데 이 상엿집에 공간의 여유가 있어서 마을 처녀가 다른 마을로 시집갈 때에 타고 가는 꽃가마는 물론 마을의 기타 여러 공동재산물품을 보관하게 되었다. 마을의 풍물패는 아침 일찍 상엿집에 모여 풍물놀이 옷으로 갈아입고 고깔과 상모도 쓰고 꽹과리, 장구, 북, 징 등 사물(四物)과 나발, 소고, 날라리 등의 악기를 점검하고 역할을 나누어 맡았다. 그리고 띠우지 뜰로 이동하여 그곳에서 무사히 그해의 농사일을 끝낸 기쁨을 풍물놀이로 신명나게 표현했다. 풍물패는 장대 농기(農旗)를 든 기수를 선두로 해서 상쇠재비가 꽹과리로 리

드를 하면서 길게 꼬리를 물고 들판을 돌며 풍악을 울리며 서서히 마을로 진입하였다. 빨강, 파랑 그리고 노랑과 백색의 종이꽃으로 장식된 고깔을 쓰고 치배들이 풍물을 울려댔다. 잡색들은 풍물패의 양옆은 물론 앞뒤에서도 상모를 돌리기도 하고, 춤을 추고 흥을 놓우며 풍물패를 이끌었다. 풍물패는 풍악을 울리면서 마을의 이집 저집 마당을 찾아 돌며 집집마다의 풍작을 축하해주고 또한 내년에도 풍년이 들기를 기원해주었다. 그런 후 풍물패는 마을 앞 송탄초등학교 운동장으로 자연스레 이동하여 남녀노소 모든 사람과 신명나게 풍악을 울리며 한바탕 뛰어놀고 그해의 풍물 행사의 대미를 장식했다. 마을 사람들은 학교 운동장에 술과 음식을 준비하고, 풍물패가 마을에 진입하기 훨씬 전부터 마을 어귀와 학교운동장을 오가며 그들을 맞을 준비를 하면서 법석을 떨었다. 그리고 풍물행사가 끝이 나면 마을 사람 모두는 학교 운동장에 멍석을 깔고 둘러앉아 준비된 햇곡식으로 만든 음식을 나누어 먹으며 유쾌한 하루를 보냈다.

풍물놀이 날이 다가오면 올수록 나의 할아버지의 8촌 형님인 적봉리 할아버지는 늘 바쁘고 신바람이 나셨다. 적봉리 할아버지는 평생토록 마을의 풍물놀이를 이끌어온 산증인이었고, 풍악에 대한 해박한 지식을 가지고 계셨다. 또한 그분은 실제로 누구 못지않게 꽹과리 등 사물은 물론 날라리, 퉁소, 대금 등도 훌륭히 연주하였을 뿐 아니라, 특히 상쇠재비로서 풍물패를 이끄는 지도력을 갖고 계셨다. 그분은 총각 시절에도 풍물놀이에 대한 열정과 재주가 뛰어나 막곡 마을에서는 물론 평택군의 풍물놀이

관련자라면 그분을 모르는 사람이 없었다 했다.

　나의 할머니는 학교 마당에서 마을 아낙들과 음식 등을 준비하며 당신
께서 막곡으로 시집을 오고 처음으로 맞이한 그 옛날 가을 풍물놀이에서
의 적봉리 할아버지에 대한 일화를 말씀해주셨다.

　당시 우리 막곡 마을에는 풍물 잘하는 준수한 용모의 총각이 있었는데,
그날도 그 총각이 우리 마을 풍물패의 상쇠재비가 되어 풍물놀이를 주도
하고 있었다 한다. 그날따라 마을의 풍물패는 그 어느 때보다 더 신명나
고 일사불란하게 풍물놀이를 하였고, 특히 풍물패의 특성상 개성들도 강
하고 나이도 많은 치배들과 잡색들을 장악하여 이끄는 새파랗게 젊은 상
쇠재비의 역할이 눈에 띄게 돋보였다. 평택군의 몇몇 곳에서 그날도 우
리 마을의 풍물놀이를 보러왔는데, 서탄면 적봉리라는 곳에서도 여러 분
이 오셨다. 그런데 적봉리에서 오신 분들이 특히 그 젊은 상쇠재비에 매
료되어 며칠 후에 있을 적봉리의 풍물놀이에 그를 초청하게 되었다. 초청
을 받은 젊은 상쇠재비는 적봉리에 가서 며칠간 있으면서 적봉리의 풍물
패를 지도해주었다. 그동안 적봉리 이장 댁에서 유숙을 했는데, 이장님
은 그의 풍물에 대한 재주보다는 풍물패를 이끄는 지도력과 매사에 능동
적이고도 적극적인 모습이 무척 마음에 들었고, 당신의 딸을 그 젊은 상
쇠재비에게 시집보내도 처자 굶기는 일은 없으리라 판단했다. 그리하여
곱고 성실한 적봉리 이장님 따님은 우리 마을로 시집을 왔고, 이후 적봉
리 댁으로 불렸다. 그리고 그 젊은 상쇠재비는 적봉리 서방님으로, 적봉

리 형님으로, 적봉리 아저씨로, 그리고 연로하신 후에는 적봉리 할아버지로 불리게 되었다.

마을에 풍물놀이가 벌어지던 그날도 적봉리 할아버지는 그 누구보다도 활발히 풍물놀이 뿐 아니라 온갖 마을 일에 참견하며 바쁜 하루를 보내셨다. 적봉리 할아버지의 모습은 내가 그때 그 어른의 나이가 된 지금, 아직도 내 눈에 생생히 그려진다.

고향의 겨울·1

　막곡 마을은 유난히도 참새들이 많았다. 가을이 되어 넓게 전개된 들판에 황금빛 물결이 출렁거리면 막곡 마을의 참새들은 제 세상을 만난 듯 떼를 지어 날아다니면서 벼 이삭을 쪼아댔다. 마을 사람들은 가을걷이에 눈코 뜰 새 없이 바빠져서, 참새를 잡거나 쫓을 시간적 여력이 없었다. 다만 들판에 띄엄띄엄 허수아비를 세워놓는 것이 참새 떼를 쫓는 유일한 방법이었다. 하지만 농사일이 끝나고 한가해진 겨울철에는 사정이 달라졌다. 겨울이 되면 마을 사람들의 참새 소탕전이 활발히 진행되었다. 참새 소탕전은 마을 사람들이 겨울 여가를 즐기는 방법도 되려니와, 잡은 참새를 구워서 별미로 먹기도 하였다. 그리고 만일 참새 소탕을 소홀히 하기라도 하면 그 다음 새봄서부터 참새 떼들이 더욱더 극성을 피워 마을의 골칫거리가 되곤 하였다. 물론 여름에는 참새들이 여러 해충들도 잡아먹어 약간의 도움이 되기도 하지만, 참새 떼들은 봄철에는 밭에 뿌린 씨앗을 파먹고, 가을에는 벼 이삭뿐 아니라 조와 수수는 물론, 마당에 펼쳐 세워 말리는 참깨와 들깨 더미에도 까맣게 달라붙어 곡식들을 쪼아 먹어 적지 않은 피해를 주었다.

할아버지는 당시 우리 막곡 마을은 물론 인근 마을의 어느 누구도 갖고 있지 않았던 참새잡이용 공기총을 한 자루 가지고 계셨다. 그 공기총은 총열 중간을 꺾어서 밥알 반쪽만 한 납으로 된 총알을 장전하여 방아쇠를 당겨 발사하게 되어 있었다. 할아버지가 그 총을 메고 나서면 마주치는 마을 사람들은 누구나 할아버지의 공기총을 호기심 가득한 눈으로 바라보며, 새 사냥 가시냐고 할아버지께 인사를 했다. 할아버지는 마을 외곽에서 참새를 주로 잡으셨으나, 어떤 때는 마을 앞 개울가나 마을 뒷산을 따라 천천히 오르며 박새나 메추라기 등을 잡기도 하셨다.

특히 눈이 많이 내린 겨울날이면 할아버지는 참새잡이에 나섰고, 그러면 나는 들뜬 마음으로 양쪽 끝을 매듭지은 새끼줄을 가지고 따라 나섰다. 나는 할아버지가 잡은 참새를 그 새끼줄에 끼워 엮어 들고서 온종일 할아버지를 쫓아다녔다.

할아버지는 눈이 덮인 날은 참새들이 마을 외곽으로 많이 모여든다 하셨다. 또한 눈이 덮여있을 때에는 참새가 더 또렷이 보여서 참새를 발견하기도 쉽고, 조준하기도 쉽다 하셨다. 그리고 총에 맞은 참새가 흰 눈 위에 놓여있어야 쉽게 발견할 수 있었다. 눈이 없으면 잡은 참새를 찾는 데 많은 시간이 걸렸고 잃어버리는 경우도 많았다. 아침부터 할아버지와 마을 외곽을 돌며 참새를 잡으면 대개는 점심 먹을 시간을 훌쩍 지나게 된다. 저녁 무렵 참새잡이를 마치고 집으로 돌아오면 할머니는 나에게,

"승일이 왔구나……! 점심도 쫄쫄 굶고. 배고프지도 않니? 손도 이렇게 꽁꽁 얼고…… 다음부터는 점심때가 되면 너는 그냥 집으로 돌아오너라, 이것아! 이러다가 감기 들면 어떡하려고……."

하시며 나를 아랫목에 앉히고 손을 꼭 잡아 녹여주시곤 하셨다. 할머니는 당신의 손자인 내가 점심을 거르는 것을 염려하셨고, 또한 추운 날 이곳저곳 쫓아다니는 것을 늘 걱정하셨다.

할아버지에게는 참새잡이 방법이 또 하나 있었다. 참새 떼가 많이 다니는 길목에 검은색의 가느다란 노끈으로 참새잡이용 그물망을 짜서 마치 배구코트의 네트처럼 넓게 펼쳐 설치해놓으면 참새들이 날아가다가 그 그물망에 걸려드는 것이었다.

우리 시골집에서 간뎃말로 가는 길목 옆으로 제법 큰 앞밭이 있었다. 할아버지는 그 밭에 여름에는 콩이나 깨나 수수를 심어 수확하셨고, 늦가을에는 김장 배추와 무를 재배하기도 하셨다. 그 앞밭의 북쪽 면에는 곧게 뻗은 미루나무들이 마치 방풍림처럼 줄지어 심겨있었고, 그 미루나무 뒤로는 작은 도랑이 앞밭을 감싸듯 흐르고 있었다.

그런데 그 미루나무에는 참새 떼가 늘 득시글거렸다. 참새들은 앞밭에 심겨있는 아직 영글지도 않은 깨나 수수줄기에 달라붙어 쪼아 먹었고, 가을 추수를 앞두고서는 더욱 극성스레 쪼아댔다. 웬만한 인기척에도 아랑곳하지 않고 새까맣게 달라붙어 마치 조그만 쥐새끼들처럼 슬슬 기어서 오르내리며 쪼아 먹어댔다. 그러다가 사람이 아주 가까이 다가가면 그제

야 후루룩 떼를 지어 날아올라 미루나무 가지에 올라앉아 요란하게 쨱쨱
거렸다. 그러고는 사람이 물러가면 기다렸다는 듯이 다시 밭으로 내려앉
아 곡식들을 쪼아댔다. 농사일로 바쁜 사람들이 항상 지키며 일일이 참새
떼를 쫓을 수도 없는 노릇이었고, 허수아비를 여러 곳에 세워도 소용이
없었다. 할아버지는 "앞밭의 수수는 참새들이 반을 먹고, 나머지 반을 우
리가 거둬들인다."고 늘 말씀하시곤 하셨다. 참새들은 추수가 끝난 후 밭
에 작물이 없어도 밭고랑을 여기저기 헤치며 간혹 남아있는 알곡들을 찾
으며 다녔고, 겨울에도 그 미루나무에 모여들어 쨱쨱거렸다.

겨울이 되어 농사일이 한가해지고 특히 눈 덮인 날이면 할아버지는 참
새잡이용 그물망을 앞밭에 줄지어있는 미루나무들의 가지와 가지 사이에
펼쳐 매어놓으셨다. 그리고 쇠죽 찌꺼기를 눈 덮인 앞밭 여기저기에 뿌려
놓고 잠시 기다리면, 참새들은 잘도 알고 많이 모여들었다. 참새들은 눈
밭 위 쇠죽 찌꺼기를 헤쳐가며 여기저기에 흩어져 있었다. 그러면 할아버
지는 눈밭에 흩어진 참새들을 향하여 갑자기 우~ 하고 소리치며 달려들
어 쫓았고, 참새들은 허겁지겁 날아올라 미루나무 쪽으로 도망쳐 날다가
그물망에 걸려 잡히곤 했다.
참새들을 몰아 쫓을 때마다 그물망에는 통상 서너 마리는 잡혔고, 많이
잡힐 때는 한 번에 열 마리도 넘게 잡혔던 경우도 있었다. 하루에 몇 번을
그렇게 하면 공기총으로 잡는 것보다도 훨씬 많은 참새들을 잡을 수 있었
다. 그물망에 머리를 박고 버둥대는 참새는 즉시 그물망에서 머리를 빼서

떼어 내야 하는데, 그러지 않고 시간이 지체되면 참새의 온몸에 그물망이 엉켜 결국 그물망을 끊어내야만 했다. 할아버지가 참새 몰이를 하면 참새가 많이 잡혔을 뿐 아니라, 그물망에 걸린 참새도 너무나 쉽고 감쪽같이 빼내셨다. 그래서 그물망이 찢어지거나 구멍이 나는 경우가 거의 없었다.

눈이 제법 많이 온 어느 날. 그날도 할아버지는 나의 성화에 못 이겨 참새 그물망을 앞밭 미루나무들 가지 사이에 펼쳐 매어놓으셨다. 그러고서 할아버지는 '읍내에 볼일이 있어 빨리 갔다 올 테니 승일이는 방에서 기다리고 있어라'라고 말씀하시고, 서둘러 집을 나서 읍내로 가셨다. 그리고 그날 오후가 되었는데,

"거기 승일이 있냐? 내가 올 때까지 기다리고 있으라 했는데 말 안 듣고……. 참새 잡았구나!"

안방 밖에서 할아버지의 큰 소리가 났다. 할아버지는 읍내에서 일을 다 보고 돌아오신 것이었다. 나는 깜짝 놀라 방 밖 대청으로 나갔다. 그리고 내가 오전에 참새 몰이를 한 것을 어떻게 할아버지가 아셨는지 궁금했다.

나는 그날 아침 할아버지 말씀대로 안방에서 한참을 기다리면서 곰곰이 생각해보았다. '참새를 공기총으로 잡는 것도 아니고, 그냥 몰아 잡는 게 뭐가 그리 어려운 건가? 그물망 쪽으로 참새를 쫓아 몰면 참새가 혼자서 그물망에 머리를 박는 건데…….'라고 생각한 끝에 참새잡이에 나선 것이었다.

나는 쇠죽간의 쇠죽가마에서 쇠죽 찌꺼기를 날라다가 눈 덮인 앞밭에 뿌려놓았다. 그리고 참새 떼가 오기만을 기다렸다. 하지만 그 많던 참새들은 쉽게 오질 않았다. 한참 후에야 서너 마리의 참새가 드디어 눈 덮인 앞밭에 앉았다. 나는 기회가 왔구나 생각하고 뛰어나가 와~ 하고 소리를 지르며 참새들을 향해 뛰어가며 몰았다. 참새들은 내가 참새들이 있는 곳까지 가기도 전에 위로 날아 올랐다. 그리고 더욱 황당한 것은 참새들이 미루나무의 그물망 쪽으로 가는 것이 아니고, 오히려 내가 달려오는 쪽으로 날아올라 내 머리 위를 지나 마을 쪽으로 날아가는 것이었다. 나는 몇 번 더 참새 몰이를 했으나 모두 헛수고였다.

참새잡이를 하던 앞밭에서 간뎃말 쪽을 바라보면 미루나무 뒤편 너머로 동말리 할머니라는 분이 살고 계신 초가집이 빤히 보였다. 동말리 할머니는 당초 아들 내외와 손자 등 네 식구가 살았었는데, 아들은 6·25사변 통에 잃어버리고 며느리와 재석이라는 손자를 데리고 살고 있었다. 당시 재석이는 나보다 대여섯 살 위였고, 2~3년 전에 마을 앞 송탄초등학교를 졸업하고 생활 형편이 어려워 중학교 진학을 못하고 집안의 농사일을 거들고 있던 중이었다.

재석이는 그날 내가 혼자 앞밭에서 참새 몰이를 하는 것을 자기 집에서 건너다보다가, 또래 친구 두서너 명을 데리고 우리 앞밭으로 건너와서 나와 같이 참새 몰이를 하게 되었다. 재석이는

"승일아! 쇠죽 찌꺼기를 더 뿌려야 해. 그리고 참새들 여러 마리가 올 때까지 기다리고 있다가 몰아야지……. 몇 마리 오지도 않았는데 그렇게 자주 몰면 참새들이 오질 않는다. 처음 서너 마리 오는 참새는 정탐하러 오는 놈들이야. 그러니까 좀 더 기다렸다 본진이 오면 몰아야 되는 거야……."

하고 말하며 나름대로의 참새 몰이 작전 지론을 장황하게 폈다. 우리는 그의 말이 맞는 것도 같아서, 우리 집의 쇠죽솥에서 쇠죽 찌꺼기를 더 많이 갖다가 앞밭 눈 위에 뿌렸다. 그리고 우리 집 행랑방의 바깥 툇마루에서 기다리고 있다가 재석이의 지시에 따라 앞밭으로 달려 나가 참새들을 몰았다. 예상외의 성과가 있었다. 참새가 처음으로 그물망에 네 마리나 걸렸는데, 우물쭈물하는 바람에 한 마리는 도망을 했고 세 마리가 걸려있었다. 그리고 두 번째 몰이에서도 대여섯 마리가 걸렸다. 그렇게 몇 번을 더 몰아 참새 열댓 마리를 잡았다. 그런 후에는 눈이 다시 계속 내리는 바람에 참새들은 없어지고, 앞도 잘 보이지 않게 되었다. 우리는 아쉬웠으나 어쩔 수 없이 참새잡이를 중단했다. 재석이와 또래 친구들은 나에게 참새 한 마리를 달랑 쥐어주고는 잡은 참새들을 모두 가지고 그들이 사는 간넷말로 가버렸다.

"누가 그물망을 그렇게 못쓰게 만들었냐? 내가 없을 때는 참새잡이를 하지 말라고 했지? 내 이럴 줄 알았다."

할아버지의 역정이 계속 되다 보니, 나는 할아버지 말씀을 어기고 참새잡이를 한 것에 더하여 참새 그물망이 못쓰게 된 것에 무척 당황스러웠다. 이때에 할머니가 방에서 나와 당황해하는 나를 보고는

"읍내에 갔다가 늦게 오신 할아버지가 잘못한 거예요……. 승일이가 무슨 잘못이란 말이에요? 그리고 그물망 망가진 것이 승일이하고 무슨 상관이에요? 그물망에 키도 안 닿는데…… 승일아! 춥다, 들어가자."

하고 두둔하시며, 나를 데리고 안방으로 들어오셨다. 할머니는 나에게 누구하고 참새 몰이를 하였는지, 그리고 참새는 어떻게, 몇 마리나 잡았는지 상세히 물으셨다. 나는 사실대로 다 말씀드리고, 재석이가 나에게 준 참새 한 마리는 쇠죽간 부뚜막 위 선반에 올려놓았다고 말씀드렸다.

할아버지는 읍내에서 돌아오다가 눈이 갑자기 다시 내리는 바람에 집에 늦게 오게 되었다 하셨다. 그리고 마을로 들어오면서 길목에 있는 앞밭에 먼저 들러, 참새 그물망이 거의 다 찢어지고 못쓰게 된 것을 발견하셨다 했다. 그래서 대문을 들어서자마자 불호령을 내리셨던 것이었다.

그날 저녁 무렵 재석이가 할아버지 앞에 불려왔다. 할아버지는 재석이에게 어떻게 하여 참새를 잡게 되었는지, 그리고 참새 그물망이 왜 여기저기 구멍이 나고 찢겨 못쓰게 된 것인지 물으셨다.

"이놈이 무슨 소리를 하는 거야……! 되지도 않게 남의 핑계만 대고 거짓말까지 하네."

하고 할아버지는 호통을 치셨고, 재석이는 고개를 푹 숙이고 있었다. 안방에 계시던 할머니가 보다 못해 사랑채로 나오셔서,

"재석아 잘못했다고 말씀드리고…… 어서 너의 집으로 가라. 날이 춥구나."

하고 말씀하셨다. 할아버지는 할머니의 말씀에 마지못해 재석이를 돌려보내셨고, 그러고 나서도 재석이가 괘씸하기 짝이 없는 놈이라고 매우 언짢아하셨다. 할머니는 재석이가 효성도 지극하고 착한 아이인데 왜 그리 역정을 내셨냐고 할아버지께 물으며 덩달아 거북해하셨다.

할아버지는 재석이가 참새잡이를 혼자 하고 있던 승일이에게 잡는 법을 가르쳐주고 도와주려 한 것이고, 그물망이 망가진 것은 자신은 모르는 일이라고 딱 잡아떼었다고 하셨다. 그러다가 나중에는 그물망의 노끈이 워낙 약해서 퍼덕이는 참새를 빼낼 때마다 그물망이 그냥 터지더라고 둘러대기까지 했다고 하셨다.

"그놈이 지 좋아서 친구까지 데리고 왔고, 그물망 여러 곳이 싹둑싹둑 칼로 잘린 것이 분명한데…… 그렇게 핑계를 대며 거짓말을 하다니……."

할아버지는 남의 참새 그물망이지만 그것으로 참새 좀 잡아간 것이 뭐 그리 크게 잘못한 일이겠냐며, 그보다는 이것저것 남의 핑계를 대고 정직하게 말하지 않아서 혼을 좀 내주었노라고 말씀하셨다.

그 후 며칠이 지나 다시 밤새 눈이 많이 온 어느 날, 할아버지는 또다시 참새 그물망을 앞밭 미루나무에 치셨다. 할아버지는 이미 재석이가 망쳐 놓은 참새 그물망을 하루 한나절 넘게 걸려서 고쳐놓으셨다. 찢어지고 잘린 부분을 다시 풀고 새 노끈으로 짜서 감쪽같이 만들어놓으신 것이었다. 그날 할아버지는 다른 볼일이 없는 듯, 아침부터 나를 데리고 참새 몰이를 하셨다. 할아버지는 손자를 데리고 하는 참새 몰이가 퍽이나 재미있다는 듯 즐거워하셨고, 나도 덩달아 참새들이 그물망에 걸릴 때마다 탄성을 지르며 추운지도 모르고 유쾌하게 참새 몰이를 계속하였다. 점심때가 되어 집으로 들어와 점심을 먹은 후 다시 침새잡이를 시작하려고 집을 막 나섰는데, 집 앞에는 뜻밖에 재석이가 서성이고 있었다. 그는 나를 보더니 반갑다는 듯 어색하게 웃음을 지으며,

"너의 할아버지 어디 계시니……? 너의 할아버지가 나를 오라고 하셔서 왔는데……."

하고 말했다. 할아버지는 며칠 전에 재석이를 혼내고, 그날 또다시 그를 호출하셨던 것 같았다. 할아버지는 사랑방에서 쉬고 계시다가 대문 밖의 인기척을 들으시고는,

"거기 재석이 왔냐? 추운데 왜 그러고들 있니, 들어오라 해라."

하고, 마치 기다렸다는 듯이 사랑방 문을 열고 우리를 불러들이셨다. 그러고는 재석이에게

"재석이 왔구나? 이리 들어오너라."

하고 말씀하셨다. 재석이는 조금은 겁먹은 표정으로 마지못해 사랑방으로 들어갔다. 할아버지는 재석이가 사랑방에 들어와 앉기가 무섭게,

"재석아! 요전에 참새 그물망이 약해서 그냥 터진 것이었냐? 그리고 너는 참새잡이가 하기 싫은데 승일이를 도와주려고 한 것이냐?"

하고 며칠 전의 일을 다시 추궁하셨다. 재석이는 잠시 머뭇거리다가 퍼덕이는 참새를 그물망에서 빼내다 보니 자꾸 그물망이 엉키기만 하고 빼

낼 수가 없었다며

"그래서 그냥 제가 가지고 있던 칼로 그물망을 잘랐어요. 잘못했습니다."

하고 고개를 떨구고 있었다. 이에 할아버지는,

"남의 물건을 함부로 하여 못쓰게 만든 것보다도, 그것을 정직하게 말하지 않는 것이 더 나쁜 것이란다. 그리고 자기가 한 일에 남의 핑계를 대는 것도 나쁜 것이다. 오늘은 내가 그물망에서 참새 빼는 방법을 알려줄 터이니, 승일이와 같이 다시 참새를 잡아봐라."

하시며 나와 재석이를 데리고 앞밭으로 나섰다.

참새잡이가 다시 시작되었다. 처음에 재석이는 매우 어색해하다가, 그물망에 참새가 걸려들면서 차츰 홀가분하고도 밝은 표정이 되었다. 할아버지는 걸려든 참새를 그물망에서 쉽게 빼내시며,

"재석아! 자 잘 봐라. 퍼덕이는 참새는 우선 먼저 한 손으로 참새의 날개와 몸통을 움켜쥐어 조금도 움직이지 못하게 해야 한다. 그리고 다른 손으로는 참새 머리를 지그시 누르면서 목에 감긴 그물망의 끈을 슬며시 젖히면 쉽게 빠진단다. 중요한 것은 당황하지 말고, 퍼덕이는 참새를 꼼짝 못하게 하는 것이란다."

하고 재석이에게 그 방법을 상세히 알려주었다. 재석이는 재미있다는 듯 온종일 할아버지의 뒤를 바짝 쫓아 다녔다. 그날은 서른 마리가 훨씬 넘는 꽤나 많은 참새를 잡았다. 또한 잡은 참새의 몸집도 제법 큰 것이 많았다.

시골집의 바깥사랑채는 일자형으로 길게 지어진 건물로 맨 위쪽에 곡간방이, 그 아래로 할아버지의 사랑방이, 또 그 아래로 일꾼이 기거하는 행랑방이 연이어있었다. 그리고 곡간방과 사랑방 사이에 쇠죽간이 있었는데, 그 쇠죽간에는 가마솥이 걸려있는 아궁이가 있어 아침저녁으로 사랑방에 넣는 불로 쇠죽도 쑤었다. 쇠죽가마 가득 쇠죽을 쑤어 외양간 구유에 옮겨 붓고 난 후, 그 아궁이의 재 속에 계속 남아있는 불씨로 잡은 참새를 구웠다. 참새들을 그 재 속 불씨 속에 통째로 밀어 넣어 묻어두면, 날개와 깃털 등은 깨끗하게 타서 없어지고 구워진 참새 알몸만 남았다. 그런 후에 한 마리씩 배를 갈라서 내장을 들어내고 소금을 뿌려 석쇠에 펼쳐 다시 구워내면 너무나도 맛좋은 참새고기를 먹을 수 있었다.

그날도 잡은 참새를 쇠죽간에서 구웠다. 내가 풍구를 돌려 아궁이 불이 사그라지지 않게 하면, 할아버지와 재석이가 참새들의 배를 가르고 소금을 뿌리며 구워냈다. 참새고기 굽는 일이 거의 다 끝나갈 무렵, 할머니가 쇠죽간 앞으로 오셨다. 할머니는 쇠죽간을 들여다보시며,

"재석이 왔구나! 참새를 많이도 잡았구나. 재석아! 오늘 구운 참새는 네가 다 가지고 가렴."

하고 말씀하셨다. 나는 할머니 말씀이 매우 의아하게 여겨져서 어리둥절한 표정으로 할머니와 할아버지의 얼굴을 번갈아 올려다보았다. 할아버지는 이미 다 생각해놓았다는 듯이 빙긋이 미소를 지으며 재석이를 바라다보고 계셨다. 할머니는 그날 구운 참새고기를 모두 다 싸서 재석이

에게 주셨다.

　나는 왜 힘들여 같이 잡은 참새들을 할머니가 모두 재석이에게 주는지 알 수가 없었다. 나는 슬그머니 화가 치밀어 시무룩해졌다. 할머니는 시무룩해진 나를 데리고 안방으로 들어오셨다. 그리고 엊그제 재석이 할머니가 오셨다 가셨다며, 나에게 재석이네 집에 대한 이런저런 사정을 말씀해주셨다. 재석이네는 아버지가 없기 때문에 어렵게 사는 집이고, 또한 재석이 할머니는 연로하여 재석이 어머니가 늘 남의 집 일을 맡아 해주고 살아간다고 하셨다. 그리고 재석이는 그런 할머니와 어머니를 끔찍이 모시는 효자라고도 말씀하셨다. 며칠 전에도 재석이가 잡아 가져간 몇 마리 되지도 않는 참새도 모두 할머니와 어머니께 드시게 했고, 재석이는 전혀 먹지 않았다고 하셨다. 또한 재석이는 오래전부터 저 건너편에서 할아버지와 내가 참새잡이를 하는 모습을 바라다보며 무척이나 부러워했고, 며칠 전에 나와 참새잡이를 한 후로는 매일 참새잡이 타령만 했다는 것이었다.

　재석이네에 대한 말씀을 마치신 할머니는 내 손을 꼬옥 잡으시고는 나직한 목소리로 읊조리듯 말씀하셨다.

　"우리 승일이가 이다음에 커서 다른 사람들을 헤아릴 줄 아는 사람이 되어야 할 텐데……."

고향의 겨울·2

중학교 2학년 겨울방학이 막 시작될 무렵이었다. 할아버지가 서울 우리 집에 올라오셨다. 할아버지는 서울에 오면 통상 길어야 하루 이틀 머물다가 시골에 건사해야 할 급한 농사일이 있다는 둥, 서울은 갑갑하다는 둥의 구구한 이유를 들며 이내 내려가곤 하셨다. 겨울 농한기 때에도 서울에 이틀을 넘겨 머무신 적이 없었다. 그런데 이번에는 올라오기 무섭게 어머니에게,

"어멈아! 내가 이번에는 한 보름 너희 집에서 지내야겠다."

하고 선언하듯 말씀을 하셨다. 어머니는

"무슨 좋은 일이 있으신가요? 보름이 아니라 겨우내 계셔도 저희야 좋지요."

대답하시면서도, 할아버지에게 무슨 일이 있는지 궁금하다는 표정을 지으셨다.

할아버지는 원래 농악과 사물에 관심이 많으셨을 뿐 아니라 피리, 퉁소,

단소, 대금은 물론 해금까지도 웬만큼은 연주하셨고, 창(唱)도 잘하셨다. 특히 막곡 마을 사물놀이의 영원한 상쇠인 적봉리 할아버지와 어울리면 시간 가는 줄 모르고 국악을 즐기셨다. 하지만 할아버지는 창을 제외하면 사물이나 여러 국악기에선 늘 적봉리 할아버지보다는 못하다는 평을 받았고 스스로도 인정하고 계셨다. 그런 점에서 할아버지는 적봉리 할아버지를 존경하면서도 늘 경쟁의식을 가지셨던 것 같았다.

할아버지는 당시 종로구 안국동에 있었던 국립국악원에서 국악에 대한 특별겨울강좌가 있다는 것을 아시고, 2주간의 해금 강좌에 참석차 서울에 오신 것이었다. 당시 국립국악원은 여름방학과 겨울방학 동안 매년 2차에 걸친 특별강좌를 개설하고 대학생들은 물론 일반인까지 수강할 수 있도록 했다. 그러나 당시만 해도 우리나라는 세계 최빈국에 속했던 나라로 국악을 전공으로 공부하는 학생 외에는 취미로 배우겠다는 사람은 찾기 힘든 시기였다. 특히 시골에서 농사짓는 할아버지 같은 분이 강좌에 등록하여 배우는 것은 특이한 경우로 여겨졌다 했다.

할아버지는 서울에 올라온 바로 다음 날 아침 일찍 안국동의 국립국악원으로 가셨다. 그리고 오후 늦게 집으로 돌아오셨다. 할아버지는 국악원의 강좌가 흡족한 듯 기분 좋은 낯으로 그날 있었던 일들을 소상히 말씀하셨다.

"내가 일찌감치 갔더니 그곳 직원이 처음에는 내가 강의하러 온 선생인 줄 알아서, 배우러 왔다고 하니까 연세가 어떻게 되시는데 배우려 하시냐고 묻더라."

하고 말씀하시며, 배우려는 학생과 가르치는 선생님들을 통틀어 당신께서 제일 연장자였다며 '껄껄껄' 하고 할아버지 특유의 너털웃음을 웃으셨다. 그리고 해금 강좌는 할아버지를 포함하여 단 두 명만이 등록을 해서 처음에는 수강 인원 부족으로 취소될 예정이었는데 지방에서 노인 분이 모처럼 올라와 수강 신청을 했다 하여 특별히 당초 계획대로 강좌를 진행하게 되었다고 하셨다. 그러다 보니 해금 강의는 마치 할아버지의 개인 교습처럼 되었다는 것이었다. 또 해금을 가르치시는 선생님은 50대의 장년이라고 말씀하시면서,

"그 선생님이 나이는 나보다 한 10살 정도 연하인데, 사람이 점잖고 열의도 대단한 것 같더라. 그리고 거문고도 같이 가르치고, 퉁소와 피리까지 잘 분다고 하더라."

하고 좋은 선생님을 만나게 되었다며 매우 흡족해하셨다.

할아버지는 다음날부터 아침 일찍 국악원으로 가서서 오후 늦게 돌아오셨다. 그리고 저녁을 드시면서 그날그날 국악원에서 있었던 일들을 소상히 털어놓으셨다. 선생님이 할아버지에게는 특히 친절히 대하고, 해금뿐 아니라 할아버지만 좋으시다면 거문고까지도 지도해주겠다고 했다 하셨다. 또 오전 해금 강좌가 끝난 이후에도 계속 강의실에 남아 늦도록 연습을 하든지 아니면 거문고 강좌에 참여해도 된다고 했다면서, 할아버지는 매일매일 국악원에 다니시는 것이 퍽이나 즐거워 보이셨다. 국악원에서 2주간의 강좌를 마친 할아버지는,

"여러 가지로 참 좋은 시간이었다. 내가 나이 들어 이처럼 열심히 한 적

이 없었단다. 조금만 더 길었다면 좋았을 텐데…….”

하고 흡족해하셨다. 다만 강좌 기간이 짧은 것이 아쉬운 듯이 말씀하시며 막곡으로 내려가셨다.

나는 당시 할아버지의 해금 소리보다는 창이 더욱 듣기가 좋았다. 거문고나 가야금보다 훨씬 작은 해금이란 악기에서 그렇게 높은 소리가 크게 나는 것이 신기했지만 할아버지의 해금 소리를 계속해서 듣는 것이 왠지 부담스러웠고, 가끔은 ‘삐~익’ 하고 불협화음이 날 때는 정말 듣기가 생소하고 거북했다. 하지만 할아버지의 창은 언제든지, 오래도록 들어도 거부감이 없었다. 가락이 흥겹고 창의 노랫말도 쉽게 알아들을 수 있어 좋았다.

한편 적봉리 할아버지는 여러 국악기들을 두루 잘 다루셨지만, 특히 퉁소를 잘 부셨다. 적봉리 할아버지의 퉁소 소리는 구성지면서도 애절함을 느끼게 했고, 어느 곳에서든 누구나 귀를 기울이게 하였다.

할아버지는 국악원의 강좌를 받았던 그해 겨울 내내 적봉리 할아버지와 해금과 퉁소, 그리고 창을 하시면서 보냈다 하셨다. 내가 학년 말 봄방학에 며칠 동안 막곡 시골집에 갔을 때에도 할아버지는 사랑방에서 적봉리 할아버지와 어울려서 국악으로 진종일 흥겹게 보내고 계셨다. 국악원 강좌 이후 할아버지의 해금 소리가 특히 많이 좋아져서 적봉리 할아버지는,

“자네 해금 소리가 많이 좋아졌어. 해금은 단 두 줄밖에 없어 웬만큼 잘 켜기 전에는 듣기 거북스런 소리가 날 수밖에 없지……. 하지만 국악원을

다녀온 후로 거북한 게 싹 없어졌구만…….”

하고 할아버지의 해금 실력이 향상되었음을 몇 번이고 말씀하셨다. 그러면서 국악을 전혀 모르는 나에게 당신이 부는 퉁소에 대해서도 그 원리를 자세히 설명해주셨다. 퉁소는 매듭 속이 뚫린 내나무 대롱에 입김을 불어넣는 U자형 취구와 손가락으로 막고 열어 음높이를 선택 조절하는 5개의 구멍(지공)과 뒤편 구멍 1개 등 아주 간단한 구조의 악기라 하셨다. 그리고 연주자가 입술을 오므려 U형 취구에 입김을 불어넣는 상태에서 혀를 미세하게 움직여 음을 변화시키면서 그때그때 음을 꾸며내야 한다고 하셨다. 그러다 보니 퉁소는 부는 사람에게 많은 내공이 쌓이기 전에는 듣기 좋은 소리를 낼 수 없는 악기라 하셨다.

또한 예부터 국악기의 수련 기간을 비교하여 3일 장구, 3년 피리, 5년 가야금, 7년 거문고, 9년 퉁소, 10년 해금이라는 말이 있다 하셨다. 즉 장구는 3일이면 잘 칠 수 있는데 반하여 퉁소는 9년, 해금은 10년은 걸려야 제대로 소리를 낼 수 있다는 것이다. 그리고 당신들께서는 우리 국악기 중 가장 연주하기가 힘든 퉁소와 해금을 다루고 있음을 자랑스레 말씀하셨다.

당시 나도 퉁소를 하나 가지고 있었다. 그 퉁소는 나의 할아버지의 형님이신 나의 큰할아버지께서 어느 새해 선물로 내게 주신 것이었다. 큰할아버지께서는 그 퉁소를 나에게 주시면서 영어나 수학 등 일반 학과 공부도 중요하지만 음악, 특히 국악에도 관심을 두라는 의미로 준다고 하셨다. 그러면서 큰할아버지는 그 퉁소로 흥겹고도 구성진 농부가 한 곡조를 직접 불어 보이셨다. 또한 큰할아버지는 그 퉁소가 당시 최고의 퉁소장인이 전라도 담양에서 살이 두껍고, 표면의 골이 양쪽으로 나있고, 매듭이 총총한 적당한 굵기의 쌍골죽이라는 대나무를 골라 만든 것이라 말씀해주셨다. 대롱이 곧고 반듯한 고운 암갈색의 그 퉁소는 한눈에 봐도 일품으로 보였다. 나는 그 퉁소를 선물 받은 후 여러 번 불어 보았다. 하지만 전혀 소리가 나질 않았다. 어쩌다가 삐~익, 삐~ 하고 외마디 비명 같은 소리가 날 뿐이었다.

나는 그날 큰할아버지가 주신 그 퉁소를 적봉리 할아버지에게 보였다. 적봉리 할아버지는 퉁소를 자세히 살펴보고 대롱 자체가 잘 여문 보기 드문 좋은 대나무라며, 불어보지 않아도 맑고 고운 소리가 날 것이 분명하다고 말씀하셨다. 그러시고도 이리저리 한참을 더 뜸을 들인 후, 드디어 입술에 퉁소를 갖다 대고는 풍년가와 성주풀이, 그리고 희망가를 연속으로 흥겹게 부셨다. 적봉리 할아버지의 맑고 고운 퉁소 소리는 사랑채는 물론 안채와 온 집 안에 울려 퍼졌다. 향기로운 냄새가 은은히 퍼지듯 온 집안에 고상하고도 고풍스럽게 울려 퍼졌다. 안채에 계시던 할머니와 고모들은 추운 겨울날인데도 불구하고 안방 문까지 열어젖히고 들으셨고, 막내고모는 안방에서 나와 사랑채 앞에까지 다가와 들으셨다. 적봉리 할아버지는 당신이 불어본 퉁소 중에 이처럼 고운 소리가 나는 명품은 처음이라 말씀하시며,

"승일아! 이 퉁소는 배우는 어린 학생이 불기에는 너무도 아깝도록 좋

구나. 내가 명인이라 할 수는 없으나 명품은 명인이 불어야 좋은 소리가
나는 법인데……."

하고 내 퉁소를 이리지리 만지면서 탐을 내셨다. 그러자 할아버지는,

"승일아, 큰할아버지께서 주신 귀한 것이다. 잘 간수토록 해라."

하고 다른 사람에게 줘서는 안 된다는 듯이 서둘러 말씀하셨다.

적봉리 할아버지는 다음 날에도 출근하듯 오전 일찌감치 우리 집 사랑
방에 오셔서 할아버지의 해금은 거들떠보지 않고 하루 내내 내 퉁소만을
부셨다. 당신이 아시는 노래곡이란 노래곡은 모조리 다 부셨던 것 같았
다. 그리고 잠시 쉴 때마다 내 퉁소를 이리저리 몇 번이고 살피면서,

"불어보면 볼수록 명품인데…… 명품이야……."

하고 되뇌며 내 퉁소에 대한 미련을 떨치지 못하셨다. 나는 내가 불면
소리도 나지 않는 그 퉁소가 그렇게도 좋은 것인지 몰랐고, 그 퉁소에서
그렇게도 맑고 아름다운 소리가 나올 줄은 더더욱 몰랐다.

작년 봄 한식이었다. 나의 할아버지와 할머니 그리고 아버지 어머니를
모신 시골 뒷산의 가족 묘소에 내려갔었다. 어머니께서 돌아가시고 처음
으로 맞는 한식 성묘였다. 가족들과 성묘를 마치고 농촌이 좋다고 막곡에
내려와서 살고 있는 나의 아우와 함께 오솔길을 따라 산을 내려오고 있었
다. 그동안 늘 무심하게 지나쳤던 어느 묘소가 내 눈에 들어왔다. 나는,

"저 묘소가 어느 분의 묘소지? 저기 늘 있었던 것 같은데…… 새로 단장
을 해서 그런가. 오늘 특히 눈에 띄네."

하고 내 아우에게 물었다. 아우는 그 전부터 있던 적봉리 할아버지네 묘소인데, 그 할아버지 손자가 바로 한 달 전쯤에 새로 비석도 세우고 상석도 놓았다는 것이다. 나는 적봉리 할아버지라는 말을 듣고,

"뭐라고……? 아니, 여기가 적봉리 할아버지 묘소란 말이냐?"

귀가 번쩍 뜨이도록 놀랐다. 갑자기 내 머릿속에서 그 옛날 적봉리 할아버지의 모습들이 연달아 떠올랐다. 나는 차를 타고 서울 집으로 올라오는 내내 그 할아버지의 생각에 잠겨있었다.

나는 집으로 돌아와 아내에게 내가 중학 시절부터 가지고 있었던 통소에 대해 말했다. 그리고 집 안 어디서 혹시 그 통소를 본 적이 있냐고 물었다.

"그런 물건이 우리 집에 있었나요? 내가 시집온 이후 한 번도 본 적이 없어요. 그리고 있었다 해도 그동안 이사를 수없이 했잖아요……."

아내가 대답하며 별 이상한 것을 다 찾는다는 듯이 의아한 표정을 지었다.

나는 그날 밤 잠자리에 누워도 적봉리 할아버지가 멋있게 통소를 부는 모습과 아름다운 통소 소리, 그리고 명품이라던 그 통소 생각에 잠을 이룰 수가 없었고, 또 그때에 그 통소를 그 할아버지에게 드리지 못한 것이 몹시 후회가 되었다.

가재리 감리교회

마을 앞산의 고갯길 사당재에 오르다 보면 그 중턱 옆으로 교회가 있었다. 그 교회는 나의 어머니가 시집오기 전부터 있었다 하니 꽤나 오래된 교회였다. 교회는 붉은 외벽에 아래위로 긴 창문들이 나있었고, 함석 박공지붕에 높고 뾰족한 종탑을 가진 건물이었다. 마치 밀레의 그림 〈만종〉의 먼 배경으로 보이는 교회 모습과 흡사했었다. 그 교회는 감리교회로 막곡뿐 아니라 앞산 너머의 돌우물 마을, 더 먼 도일마을은 물론 인근 마을 사람들의 유일한 예배 장소로 제법 많은 신도들이 다녔다. 예배는 일요일과 수요일, 일주일에 두 차례 있었는데, 봄서부터 가을까지의 농번기에는 농사일을 감안하여 일요일이건 수요일이건 저녁 예배만 있었다.

할머니와 고모들은 그 교회를 꽤나 열심히 다니셨다. 하지만 할아버지는 집안 식구들이 교회에 다니는 것을 탐탁하게 여기지 않으셨고, 특히 저녁 예배에는 나를 절대 데려가지 못하게 하셨다. 6살짜리 어린 내가 다니기에는 밤길이 위험하고, 더욱이 밤에 앞개울을 건너다니는 것이 아이들은 물론 어른들에게도 위험했기 때문이었다. 사실 나는 저녁 예배에 가면 늘 잠에 곯아떨어져서, 집으로 돌아올 때면 누군가 나를 업고 어두운 밤길을 와야만 했었다. 그러저러한 이유로 할머니는 저녁 교회를 가실 때면 으레 나를 할아버지에게 맡기고 가셨다. 또한 할아버지는 저녁에 안채를 비울 수 없다는 나름대로의 이유를 들어 저녁 예배를 갈 때에는 고모님들 중 한 분은 반드시 집에 남아있도록 강요하셨다.

늦가을 추수가 다 끝나면, 농사일에 바빠서 예배를 거르던 사람들도 다시 교회에 가서 예배를 드렸다. 그리고 쉽게 만날 수 없었던 다른 이웃 마을의 지인들도 자연스레 다시 만나곤 했다. 교회에서는 교회 나름대로 더욱 활기차게 특별기도회다, 부흥회다, 추수감사예배다 하며 바빠지고 활기를 띄게 되었다.

그날도 교회에서는 오전에 햅쌀로 만든 떡과 과일을 준비하여 추수감사예배를 드린다고 했다. 그런 날이면 당시 풍족지 못했던 식량 사정의 영향도 있었겠지만, 마을의 꼬마들은 물론 평소에 교회에 다니지 않았던 사람들도 교회에 몰려가서 그곳에서 나누어주는 떡이며 과일을 얻어먹기도 했다. 그러다가 추수감사예배를 계기로 신도가 되는 일도 있었다. 나도 그날 할아버지의 승낙을 받아 할머니를 따라 교회에 갔었다. 교회는 예상했던 대로 많은 사람들이 와있었다. 마을 아낙들과 꼬마들, 그리고 얼굴이 익숙하지 않은 이웃 마을 사람들로 초만원을 이루고 있었다. 교회 안은 꼬마들이 떠드는 소리, 아낙들의 웃음소리, 서로 인사하는 소리로 몹시 소란스러웠다.

할머니는 교회에 도착하자마자 그 소란한 가운데에도 이리저리 기웃거리시며 여러 신도들과 인사를 나누셨다. 그리고 곧이어 찬송가가 불리는 가운데 목사님이 입장하고서야 교회 안은 조용해셨다. 예배가 시작되었다. 목사님의 설교가 있었고, 어느 장로님이란 분의 기도도 있었다. 여기저기서 아멘이라는 소리도 들을 수 있었다. 또한 찬송가도 두어 차례 불렀는데, 할머니는 목청을 가다듬어 고운 목소리로 부르셨다. 찬송가였지만 나는 할머니가 부르는 노래 소리를 처음 듣게 되었다. 그런데 평시에는 말씀을 하셔도 늘 조용조용 작은 소리로 하시던 할머니가 찬송가만은 주변의 그 누구보다도 아주 낭랑하고도 높은 목소리로 부르셨다. 나는 할머니가 찬송가를 잘 부른다기보다, 처음 보는 진지하게 노래하는 할머니의 모습이 왠지 낯설고 오히려 신기하게도 느껴졌다. 나는 할머니의 그 모습을 찬송가가 끝날 때까지 계속 동그란 눈으로 올려다보았다. 그리고 무엇보다 나를 의아하게 한 것은 항상 나를 향해 인자하게 미소 짓거나 다정하게 말을 건네던 할머니가 예배가 끝날 때까지 한마디도 없으셨던 것이었다. 그리고 예배가 끝난 후에는 앞 강단 쪽으로 가서 맨 앞줄에 앉아있던 분들과 무엇을 상의하시는 듯, 말씀들을 주고받으며 계속 고개를 끄덕이고만 계셨다.

강단 옆의 출입구 문이 열리고, 젊은 아낙들이 교회에 온 사람들에게 나눠줄 떡과 과일 등을 가지고 들어오기 시작하였다. 드디어 마을 꼬마들이 지루함을 참고 기다리던 시간이 다가온 것이다. 꼬마들은 다시 떠들기 시작했고, 어느 꼬마는 앞쪽으로 미리 쫓아 나가기도 하여 다시 교회 안은 소란해졌다. 할머니는 젊은 아낙들에 둘러싸여 함께 떡과 과일을 나누고 계시는 듯 할머니의 모습이 보였다 안 보였다 했다. 나는 꼼짝 안 하고 계속 내 자리를 지키고 있었다. 나는 떡이나 과일에 정신 팔리기보다는 할머니가 왜 빨리 자리로 돌아오지 않나 하는 생각에 기분이 우울해졌고, 혹시 할머니가 나를 잊고 계신 것은 아닌가 하는 불안한 감도 있었다. 젊은 아낙들은 앞쪽부터 떡과 과일을 나누어주면서 가까이 다가오고 있었고, 그 뒤로 할머니의 모습도 보였다.

"김 권사님! 이건 도일 마을 신도들이 가져온 찰떡인데 모든 분에게 나누기는 좀 부족하네요……. 김 권사님! 이쪽으로 오셔서 여기 좀 봐주세요……."

할머니는 내가 앉아있던 자리를 지나면서도 여기저기 일에 열중하고 계셨다. 그리고 고모들은 고모들대로 뭐가 그리 바쁜지 자리에 붙어있질 않았다. 그 과정에서 나는 철저히 소외되었고 외톨이가 되어있었다. 낯선 사람들 사이에 끼어 뭘 어찌해야 할지 불안했고 당황스럽기도 했다.

그리고 더욱 당황스런 것은 그 젊은 아낙들이나 교회 사람들이 할머니를 '할머니' 혹은 '승일이 할머니'라는 이름으로 호칭하지 않고, '김 권사님'이라든지 아니면 '김옥인(金玉仁) 권사님'이라고 불러대는 것이었다. 나는 할머니를 '김 권사님'이라고 부르는 것이 너무 생소하고도 이상했다. 왜 남의 할머니의 이름을 함부로 고쳐 부르는지 이해할 수 없었고, 더욱이 그런 이상한 이름을 할머니는 당연하다는 듯 받아들이고 계셔서 나를 더욱 놀라게 했다. 이러저런 이유로 나는 몹시 심통이 나있었고, 교회에서 주는 떡이나 과일도 전혀 먹지 않고 있었다. 당시 나는 무슨 일로 심통이 나면 먹는 것을 거부하는 것으로 곧잘 유세를 부렸다. 나는 끼니때마다의 식사도 마치 내가 다른 식구들이나 특히 할머니를 위해서 먹어주기라도 하는 것처럼 밥투정을 부리곤 했다. 그런 나였으니, 그날 교회의 떡을 전혀 안 먹는 것은 어찌 보면 너무도 당연(?)한 일이었다. 그날 이후 나는 교회에 가는 것이 꺼려졌을 뿐 아니라, 할머니가 교회에 가시는 것도 싫어졌다. 나는 할머니가 '김 권사님'이라는 전혀 모르는 사람이 되는 것 같아 두려워졌던 것이다.

  그 후 세월이 흘러 내가 중학교에 입학할 무렵, 나는 할머니의 여러 가지 신상에 대하여 들을 기회가 있었다. 할머니는 서울의 인왕산 아래 맑은 물이 흐르던 동네인 옥류동이란 곳에서 태어나 그곳에서 자라셨다. 그러다가 지인의 소개로 당시 휘문고보 졸업반이셨던 할아버지를 만나 결혼하게 되셨다 했다. 결혼 직후, 할아버지는 당시 농촌봉사활동으로 문맹퇴치운동을 하고자 고향 막곡으로 낙향해 가재리 강습소를 개설, 운영하시게 되었다. 이에 할머니도 같이 낙향해 결국은 곱게 자란 서울 처녀가 막곡에서 살게 되셨다는 것이었다.
  그리고 할머니의 성함이 김(金) 옥(玉) 자 인(仁) 자이신데, 이는 당연히 옥류동(玉流洞)의 옥(玉) 자와 인왕산(仁王山)의 인(仁) 자를 따와서 지으셨으리라. 그런데 그 후 그 일대가 종로구 옥인동(玉仁洞)이라고 부르게 되어, 할머니의 함자를 뒤따른 꼴이 되었다 했다. 그러나 김 아무개라는 할머니의 성함은 중학교에 입학할 만큼 자란 나에게 여전히 생소하여 전혀 모르는 분의 이름 같았다. 나에게는 그냥 할머니라고 호칭하는 것이 진짜 내 할머니로 느껴졌다.

지금 나와 아내에게는 어린 시절의 나처럼, 마치 제 어미나 할미를 위해서 밥을 먹어주는 것으로 여기는 손자들이 있다. 아마 그들이 부르는 '할머니'라는 호칭 대신에 누군가가 내 아내를 권(權) 아무개 여사라고 한다면 그들은 얼마나 황당할까? 나나 우리 귀염둥이들에게 할머니의 이름은 어릴 때나 노년이 되어서나 언제까지나 '할머니'이고, 계속 철없는 어린 손자와 인자한 할머니로 남아있는 것이 아닐까?

사라진 고향 막곡

내가 사는 서울처럼 큰 도시는 농촌에 비하여 여러 가지 장점이 있다. 다양한 직업들이 있어 선택의 폭이 넓을 뿐 아니라 문화적 혜택이 크고 또한 교육 여건도 농촌에 비해 좋은 편이었다. 그러다 보니 우리나라 농촌의 많은 사람들이 저마다 꿈을 가지고 대도시로 모여들었으리라. 하지만 대도시는 수질과 대기오염, 쓰레기와 청소 등 환경에 많은 문제가 있을 뿐 아니라 이웃에 누가 사는지 뭐하는 사람인지도 모른다. 오로지 이기주의적 사고로 마음의 여유가 없고 피폐해진다. 이런 점들 때문에 비록 대도시가 사람의 편의 시설이 잘 발달되어있다 하더라도 형편만 허락한다면 농촌에서의 전원생활을 꿈꾸게 된다고 생각한다. 특히 나처럼 고향을 농촌에 두어, 어릴 때의 아름다운 추억을 가지고 있는 사람이라면 누구나 도시 탈출을 생각해볼 수밖에 없다. 당연히 나도 은퇴 후에는 고향인 막곡에서의 농촌 생활을 꿈꿔왔었다.

"형님! 마을 여기저기 자세히 살펴보시고 마을 사람들도 만나보세요. 막곡이 많이 달라졌어요. 형님이 생각하는 그런 막곡이 아니에요."

수년 전에 막곡에서 농촌 생활을 하려는 내 계획을 그곳에서 계속 생활해온 아우와 일단 상의했을 때 아우가 대뜸 나에게 했던 말이다. 이후 나는 아내와 막곡의 이곳저곳을 돌아보고 마을 사람들도 여러 사람 만나보았다. 나는 당연히 막곡이 어느 정도는 변했으리라고 생각했었으나, 그처럼 크게 변하여 전혀 다른 곳이 된 것에 몹시 당황했다. 나는 그동안 매년 추석 때 성묘차 막곡 마을 뒷산에 있는 조부님 묘소를 찾았으나, 그때마다 마을 여기저기를 돌아보지는 못했다. 다만 마을 입구 야산을 개발하여 그곳에서 젖소를 키우며 사는 아우의 집에만 잠시 들렀다가 바쁘다는 핑계로 서울로 돌아가곤 했었다. 아우의 집과 막곡 마을은 도보로 불과 약 10분 남짓 거리에 있지만, 마을 뒷산을 돌아 들어가야 했었다. 그러다 보니 나는 막곡이 그토록 크게 변했다는 것을 전혀 모르고 있었다.

당시는 꽤 많은 양의 맑은 물이 흘러 마을 사람들이 고기도 잡고, 수시로 목욕도 하고 빨래도 했던 마을 앞개울은 장마철이 아니면 물이 흐르지 않는 건천(乾川)이 되어있었다. 뿐만 아니라 물이 맑고 차던 마을의 우물은 없어지고 집집마다 심정(深井) 펌프를 설치하였으나 매년 물이 줄어들어 식수나 생활용수가 충분치 않다 했다. 그리고 마을 앞밭 등 농경지에는 지하수가 고갈되어 그 수위가 저하된 듯, 땅 밑에서 수분이 올라오지 않아 작물을 심어도 쉽게 말라 죽기 일쑤라고 했다. 다만 마을 앞 논에는 벼가 자라고 있었는데, 이는 용인이동저수지에서 농수로를 통하여 물이 공급되어 가능하다 했다. 그런데 그 물은 모를 이양하는 시점에 맞추어 2~3일 동안만 한시적으로 공급된 후 중단되어서, 논농사는 가능하나 밭농사는 어렵다는 것이나.

또한 논농사의 영농법에도 큰 변화가 있었다. 품앗이에 의한 공동노동 방식이 아니고, 영농 장비업자가 마을 주민들에게서 단체 도급을 받아 마을 논 전체에 이앙기로 모를 심고, 가을에 콤바인으로 마을 논의 벼 전부를 단번에 수확하는 기계화 영농 방식이 일반화되었다. 그리고 수확된 벼는 영농업자가 지역 농협이나 정부양곡창고에 운반 납품하고 납품대금이 마을 사람들의 은행계좌에 입금되면 그 돈으로 시장에서 쌀을 구입한다 했다. 마을 사람들은 생업으로 농사를 짓는 것이 아니고, 논농사는 영농 장비업자에게 도급을 주고 농사 관리만 하는 수준으로 짓고 있었다. 밭농사는 자기 식구들이 자급하는 정도의 텃밭 수준 농사를 짓고 있었다. 마을 사람들 중 거의 절반은 다른 일자리를 찾아 마을을 떠나 읍내나 다른 곳으로 이사하여 살면서, 논에 모를 이양하거나 농약이나 비료를 주기 위하여, 일 년에 고작 서너 번 마을을 찾을 뿐이라 했다.

마을이 변한 것은 이것만이 아니고, 마을 남쪽 띠우지 뜰에는 산업공단이 들어섰다. 산업공단은 30여만 평의 부지에 금속/비금속, 화학, 기계 등 약 150여 개의 공장이 들어서있었다. 상당수의 공장은 대기 오염은 물론 다량의 산업폐기물을 발생시키고 있었다. 특히 폐기물 처리업자들은 산업폐기물을 재활용품 등으로 분류한다는 명목으로 마을 내의 공터 이곳저곳을 임대하여 대형 적치장으로 사용하고 있었다. 마을에 산업폐기물을 적재한 대형차량이 드나들고, 공기는 오염되어있었다. 그리고 마을 뒷산 남쪽 옆으로 산업단지 근무자 가족을 위한 고층 아파트가 여러 동 들어서 있어 더욱 낯설게 느껴졌다. 또한 마을에도 도로가 포장되었고, 도랑 대신에 하수관이 시설되었으며, 농가의 화장실까지 수세식으로 바뀌었으나 왠지 어울리지 않아 보였다. 또한 마을에는 마을 사람들 일부가 읍내로 떠나감에 따라 농가 가옥은 줄어든 반면, 그 자리 일부에 다가구주택들이 무질서하고 볼썽사납게 들어서 있었다. 나를 더욱더 당황스럽게 하는 것은 원래의 마을 주민들보다 외지에서 온 그들이 훨씬 더 많다는 것이었다. 그리고 그들 중 더러는 뒷산 밤나무의 밤이며 밭의 풋고추며 애호박 등을 함부로 채취하는 경우도 있어 마을 사람들과 사이가 돈독지 않다는 것이다. 특히 산업단지의 특성상 유동 인구가 많아짐에 따라 막곡은 이제는 누가 누군지 모르는 낯선 사람들의 차지가 되었고, 또한 그들은 막곡이라는 마을 이름 대신에 가재동이라는 행정 동명(洞名)을 사용하고 있어 더욱 생소했다. 그들은 원래 마을 사람들과는 물론 그들끼리도 소통이 되지 않아 마을 분위기를 더욱 차갑게 하고 있었다. 마을의 인심은 각박해졌고, 상부상조의 농촌 공동체에서 개인주의적 물질사회가 되었다. 인성은 여유와 양보가 없이 이기적이고 계산적으로 변화하여, 유기체적인 마을에서 기계론적 사회로 변했다.

이와 같은 큰 변화는 농촌 소득 증대라는 목적으로 띠우지 뜰에 산업공단이 들어선 이후에 시작되었다. 그들 공장들은 각 공장부지 내에서 심정(深井)을 개발하여 지하수를 뽑아 공업용수와 생활용수로 쓰고 있었다. 이는 곧 마을의 개울물과 지하수가 말라버리는 하나의 원인이 되어, 비옥한 막곡의 농토 일부는 밭농사도 짓기 어려운 곳으로 변했다는 것이다.

내 고향 막곡은 변했다기보다는 사라졌다고 말하는 것이 정확한 표현이었다. 나는 막곡, 아니 가재동이란 곳을 둘러보고 마치 둔기로 뒤통수를 한 방 얻어맞은 듯이 머리가 멍해짐을 느꼈다. 그리고 은퇴 후 고향 막곡에서의 농촌 생활을 꿈꾸었던 나의 안이한 계획을 자연스럽게 포기할 수밖에 없었다. 어릴 때의 아름다운 추억과 말로는 표현할 수 없는 아련함이 있는 곳이었다. 자연의 풍광과 인심이 좋았던 그곳이, 농촌도 아니고 그렇다고 현대적 편익이 있는 도시도 아닌 낯선 곳으로 바뀐 현실이 믿기지 않았다. 불과 십수 년 사이에 그렇게도 낯설고 메마른 곳으로 변할 수가 있는 것인지? 이렇게 변화시킨 소위 산업화라는 것은 무엇이고, 농촌 소득 증대 사업이란 그 누구를 위한 것인지? 나는 여러 날 동안 온갖 상념에 잠겨있었다. 나는 도저히 변화된 고향의 모습을 그냥 그대로 받아들일 수가 없었다. 그 옛날의 휘돌아 흐르는 개울 물소리며 개울가 논에서의 쇠뜸부기소리가 밤낮으로 들리는 듯했고, 또한 저 멀리 띠우지 뜰에서 마을 농악대가 덩실거리는 모습도, 노란 송홧가루 날리던 솔밭길도 계속 나의 눈에 아른거렸다.

나는 막곡이 시대적 변천에 따라 꼭 변화해야 한다면, 옛 전통과 모습을 간직하고 있으면서도 현대적이고도 목가적(牧歌的)인 도시 농촌 형태의 한 차원 높은 새로운 막곡으로 변화할 수는 없었을지 밤낮으로 곰곰이 생각해봤다. 그리고 지금이라도 막곡을 다시 새로운 농촌으로 복원할 수는 없는지 나름대로 많이 고심도 해봤다. 나는 원래의 막곡 사람들과 막곡 관계자들을 여럿 찾아다니며 만나보았다. 내가 만난 여러 사람들은 평택이 농촌으로서는 곧 끝나게 될 것이라면서, 막곡도 농촌을 버리고 도시가 되는 것은 필연적인 것이라고 말했다. 또한 농촌을 이해 못 하는 외지인이 훨씬 더 많아서, 공단이 옆에 있어서, 혹은 공단부지로 수용된 농경지로 인해 농가당 적정농지면적이 적어서 농촌으로의 복원이 어렵다고도 했다. 나는 도저히 그들의 주장에 동의할 수가 없었다.

나는 서울에서 생활하면서 가끔은 서울 강남을 조성할 때 그 한복판에 완벽한 기능을 갖춘 친환경 농촌 마을을 조성했다면 세종문화회관 화단에 부실한 보리밭을 조성해놓고 농촌을 그리워하는 것보다 더 좋지 않았을까…… 하는 생각을 해보곤 했던 기억이 새삼 떠올랐다. 그리고 몇 년 전에 루마니아의 수도 부쿠레슈티를 여행했을 때에 보았던 농촌 같은 그곳 도시도 생각났다. 그곳 도시의 유휴 공터에는 어김없이 유채꽃이 피어 있었는데, 이는 정유용 바이오 식물로 재배하는 것이라 했다. 또한 가을에는 해바라기 꽃으로 대치되어 해바라기유를 생산한다 했다. 도시를 노란 꽃으로 뒤덮었고 부수적으로 양질의 꿀도 많이 생산한다 했다. 그 꿀의 가격은 설탕보다도 저렴하여 루마니아에는 가짜 꿀이 존재할 수 없다 했다. 또한 주택가에서는 마당을 텃밭으로 만들어 그 밭에서 생산된 채소를 대문 앞 간이 매대에서 무인판매하고 있었다. 국토 면적은 한반도보다도 조금 크고, 인구는 남한 인구의 절반도 못 되는 그 나라가 농지가 부족해서는 아니었다. 도시 생활자건 농촌 사람이긴 모든 국민이 농민이고 도시는 모두 도시 농촌이 되어 있음이 아닌가? 또한 쿠바의 경우에는 더욱더 도시 농촌이 발달해있음을 나는 잘 알고 있다.

나는 고향을 그리는 마음으로 도시 속에 있는 친환경적이고 생태적인 농촌인 막곡을 상상해보았다. 편리한 도시기능을 가진 도(都)·농(農)·공(工)의 지속 가능한 농촌 마을을 그려보았다. 복잡하고 번화한 대도시도 녹지화되고, 농촌화되어야 한다. 그것은 환경적으로나 정서적으로는 물론이고, 식량자급률이 30%도 안 되는 우리의 식량 안보상으로도 필요한 것이다. 아직 크게 복잡하거나 번화하지도 않은 막곡이야 더 말할 나위가 없다.

외지에서 막곡으로 전입해 온 많은 외지인들을 오히려 막곡이 지닌 장점으로 만들어보자. 그들에게 영농교육을 시켜 농민으로 만들고, 막곡 사람으로 받아들여 보자. 그들이 사는 아파트건 공장건물의 옥상이건 주차장이건 마당이건 가능한 곳은 다 녹지로 만들고 텃밭을 일구도록 하자. 경작지 부족만 탓하지 말고, 보다 부가가치가 높은 막곡만의 특수작물을 개발해보자. 오염원인 공단의 일부 화학공장을 퇴출 혹은 개선시키고, 대신 막곡에서 생산된 농산물과 연계된 친환경 생산공장을 운영해보자. 공단의 지하수 사용을 금지시키고 인접한 평택방조제의 물을 담수화해 공업용수로 공급해보자. 수도권에 인접한 평택의 지리적, 입지적 장점을 활용해보자. 막곡을 친환경적이고 생태적인 마을로 만들고 도시 사람들이 방문하여 휴식하고 농촌체험을 할 수 있도록 해보자. 농공(農工), 도농(都農) 혹은 관광 농촌으로 고향 막곡의 복원을 이루어보자.

막곡의 복원은 개인적 사정이나 이기심만으로, 혹은 개인의 의욕이나 노력만으로 되는 것은 아니다. 많은 주민들의 노력은 물론이고 당연히 외부의 전문가그룹 혹은 연구기관의 도움이 필요하며, 실제로 성공적으로 운영되는 농촌 사례도 분석해 참고할 필요가 있다. 하지만 이 모든 것의 출발점은 막곡을 사랑했던 뜻있는 사람들일 것이다. 사라진 고향 막곡을 되찾는 것은 막곡을 고향으로 두었던 사람들의 의무요, 막곡을 물려준 조상과 앞으로 물려받을 우리 후손에 대한 최소한의 도리이다. 또한 그것은 먹고살기에 바쁘다는 이유로 오랫동안 고향 막곡을 방치한 우리 모두의 양심의 속죄이고, 고향을 그리는 속앓이의 유일하고도 확실한 치유일 것이다.

2장

아름다운 산들

백두산 트래킹 수기·1

– 드디어 백두산에……

　인천공항을 이륙한 여객기는 약 3시간을 날아서 길림성(吉林省) 장춘(長春) 상공에 도달하였다. 곧 착륙하겠다는 기내 안내방송을 듣고 창밖을 내다보았다. 푸른 농경지와 띄엄띄엄 붉은기와 벽돌집들이 장난감처럼 보였다. 아! 이곳이 만주 땅! 그 옛날 고구려의 바로 그곳이구나…….

　나는 여객기의 트랩을 내려오면서 왠지 마음이 착잡하고 아쉬워짐을

느꼈다. 장춘 국제공항은 우리의 시골 지방 공항보다도 초라하고 누추해 보였다. 공항이라기보다는 시골 기차역을 연상케 했다. 상당수의 안내판이 비닐 속에 차트 글씨로 쓰여있었고, 화장실은 좁고 냄새나며 시골스러웠다.

안내문은 한글과 한자가 병기되어있었고, 모든 사람들의 모습은 한국 사람과 같게 보였다. 다만 입국 수속을 맡아보는 관료들의 낯선 제복이, 금속탐지 엑스레이 통로가, 회전 컨베이어에 실려 빙빙 돌아가는 여행용 가방들이 타국의 공항임을 일깨워주었다.

우리 일행을 태운 미니버스는 공항에서 장춘 시내로 들어섰다. 길림성의 수도이며 인구 700만이 산다는 장춘시! 시내는 한적하기만 했다. 우리의 부산이나 인천보다도 인구는 더 많지만, 거리는 넓고 차량은 훨씬 적었다. 10층이 넘는 제법 큰 건물도 눈에 띄었지만, 4~6층 정도의 건물이 주종을 이루고 있었다. 우리 일행은 장춘 시내를 차로 돌아보고, 오후 3시쯤에 백두산 입구의 작은 도시 무송(撫松)시를 향하여 출발했다.

미니버스는 고속도로로 들어서면서 빠른 속도로 달리기 시작했다. 만주벌판의 푸른 농경지가 전개되었다. 아무리 사방을 둘러보아도 산이라고는 볼 수가 없었다. 저 멀리 지평선이 보일 뿐이었다. 가도 가도 시원스레 펼쳐진 푸른 농경지와 소나무 숲의 연속이었다. 옥수수 밭이 끝없이 보이고 있었다. 밭 경계를 뺑 둘러서 키 큰 미루나무들이 두 줄로 서있었다. 우리의 제주도에서와 같이 밭 둘레에 방풍림을 심은 것이다. 널찍

널찍하게 구획된 농경지와 빽빽이 들어선 소나무 숲과 띄엄띄엄 간혹 보이는 붉은 기와의 벽돌집들은 이곳이 풍요로운 농촌임을 느끼게 하였다.

그 옛날 고구려 시절…….

우리 선조들이 강성대국을 이루고 살았던 이곳 만주! 그 후 발해가 융성했고 우리의 패망 후에는 거란족이, 여진족이 살았다가 고려 후기에는 몽골이 휩쓸었다. 그 후에는 이렇다 할 주인이 없는 땅이었다가…… 조선의 광해군 시절에 후금이란 이름으로 누르하치의 청나라가 발원했던 곳이 아닌가? 이곳 만주에 이렇게 끝없이 펼쳐지는 비옥한 농경지가 있었다니…….

나는 한동안 눈을 감고 그 옛날로 돌아가, 그때 그 강성했던 우리 선조들을 상상해보았다. 그리고 지금의 한반도를, 그것도 둘로 나누어진 현실을 생각하고는 전율을 느끼고 소스라치며 눈을 떴다.

빼앗긴 이 땅이…… 둘로 갈라진 우리가……. 나는 비행기 트랩을 내려 이 땅을 밟을 때의 그 착잡하고도 아쉬움이 다시 나를 엄습하고 있음을 느꼈다.

우리는 4시간 남짓 고속도로를 달렸다. 그리고 빠져나와 소위 공로(公路)라고 불리는 우리의 국도에 해당하는 도로를 달리고 있었다. 이곳 만주는 고속도로뿐 아니라 공로에서도 상당액의 통행료를 징수하고 있었다. 통행료가 유류비보다 많이 드는 경우가 대부분이라 했다.

우리 일행은 도로변 시골 마을을 통과하기도 하고, 구멍가게 앞에 잠시 내려 어깨도 펴보고 용변도 보았다. 또 오이, 수박, 참외, 고추 등 잡다한 농산물을 팔고 있는 그곳 주민들을 볼 수 있었다. 우리의 시골 모습과 흡사하였다. 기나긴 여름날의 오후 내내 달렸다. 날이 어두워졌다. 희미하고도 시커먼 산들이 멀리서 서서히 다가왔다. 우리는 푸르고 광활한 벌판을 지나, 드디어 백두의 산자락에 들어가고 있는 것이었다.

밤 10시쯤 무송이라는 작은 도시에 도착했다. 버스로 7시간을 달렸으니 서울서 부산 정도를 달린 것 같았다. 산에 위치한 도시라 그런지 공기는 맑고도 차가웠다. 이곳에서 하룻밤을 자고 내일은 드디어 백두산에 입산한다 하니, 마음이 설레고 떨렸다. 밤늦게 잠자리에 들었다. 비행기에 자동차에 오랜 시간 동안 오다 보니 피곤했다. 그러나 엎치락뒤치락 잠이 오지를 않았다.

아침 공기가 싱그러운 청명한 아침이다. 우리 일행은 다시 미니버스를 타고 백두산을 향하여 달렸다. 곧게 뻗은 낙엽송들로 꽉 채워진 산의 모습, 스케일이 큰 산세, 그리고 독특한 산 내음, 고요하고 적막하여 더욱 크게 들리는 새소리, 물소리, 바람소리……. 산 입구부터 대단한 명산임을 느끼게 했다.
약 1시간 조금 넘게 달렸다. 도로를 가로질러 장백산(長白山)이라고 쓰인, 아취형태의 일주문(一柱門)이 보였다. 그들의 표현으로 '장백산서파

경구산문(長白山西坡景區山門)'에 도착한 것이다. 말하자면 서백두산 명승지 입구인 셈이다. 안내자가 입산자 명단과 입산료를 내는 등 입산 수속을 밟았다. 나는 백두산 서파산문(西坡山門)에 들어서면서 가슴이 뛰었다.

드디어…… 꼭 한번 오고 싶었던 이곳! 바로 그 백두산이 아닌가?

서파 깊숙이 들어섰다. 서파는 광활한 임해(林海)를 이루고 있었다. 끝없이 펼쳐진 나무숲 사이로 숲속 길이 나있었다. 숲속 길은 마룻널이 깔려있었다. 사람들은 그 나무 널 길을 따라 산속으로 들어가고 있었다. 산림이 너무 울창하여 나무 널 길을 한 발짝도 벗어날 수가 없었다.

가문비나무, 사스래나무, 피나무, 전나무, 홍송…… 모든 나무들은 줄기가 곧고 키가 컸다. 나무줄기를 따라 하늘을 올려다보았다. 나무 기둥은 높이높이 하늘을 찌르고 있었다. 그리고 위쪽은 줄기와 잎이 무성하여 하늘이 보이질 않았다. 하늘이 가려져 있어 사방이 컴컴했다. 지금이 맑은 날인지 아니면 흐린 날인지 구분할 수가 없었다. 주변이 고요하고 조용했다. 다만 이름 모를 산새들이 지저귀는 소리만 들렸다. 그리고 향긋한 나무 향이 사방에 그윽이 퍼져있었다. 나는 분명 속세를 떠나 신(神)의 영역에 들어와 있음을 느꼈다.

광활한 숲속에는 땅이 깊숙이 꺼진 대협곡이 있었다. 발아래를 똑바로 내려다보면 현기증이 날 정도로 급경사였다. 금강대협곡은 폭이 70~100m, 깊이는 100~150m로, 협곡 저 밑으로는 15km에 걸쳐 맑은 물이 철철 흐르고 있었다. 울창한 산림에 가려져 영겁의 세월을 보내다가 최근에 우연히 발견되었다 한다. 하기야 백두산 대부분의 산림이 처녀림임을 감안한다면 이해가 되고도 남았다.

오후에는 조금 더 높은 1,700m 정도의 고도로 올라갔다. 하늘을 가리던 나무숲은 갑자기 없어지고 탁 트인 푸른 초원이, 아니 꽃밭이 끝없이 전개되고 있었다. 샛노란 작은 꽃, 눈부신 하얀 꽃, 화려한 자색 꽃, 호화로운 붉은 꽃, 윤기가 도는 파릇한 들풀들……. 나는 들꽃들을 자세히 들여다보기도 하고, 어루만져도 보았다. 찬란한 초원은 눈이 부셨다, 그리고 황홀했다.

백두산의 초원. 이름 모를 들꽃들이…….

아! 이곳이…… 이 초원이…… 이 꽃밭이…… 정녕 그곳, 백두였던가!

나는 이 찬란한 초원이 너무나 경이롭고도 아름다워 뭘 어찌해야 좋을지 몰랐다. 그냥 멍하니 언제까지나 서있을 수밖에 없었다.

그러다가 아! 저 멀리 백두의 외륜봉(外輪峰)들이 보이는 것이 아닌가! 그 신비하고도 성스러운 자태를 보여주고 있는 게 아닌가! 그 신비한 모습은 마치 거대한 왕관처럼 보였다. 제일 왼쪽이 청석봉이고, 다음이 백운봉, 다음이 녹명봉, 용문봉이라고 설명한다. 하늘은 청명했지만 외륜봉들은 구름에 싸여있었다. 몇몇 봉우리는 정상까지 뚜렷이 보였다가 곧 구름에 싸이게 되고, 어떤 봉우리는 정상이 보이지 않다가, 구름이 걷히며 홀연히 그 모습이 보이곤 했다.

나는 한동안 그 신비한 모습에서 눈을 뗄 수가 없었다. 나는 숙연한 마음으로 백두의 영봉(靈峰)들을 우러러보고 있었다. 내일 저 신비스런 영봉과 천지에 등반할, 아니 참배할 생각에 잠겨있었다. 나는 나도 모르게 가슴에 성호를 그었다.

백두산 트래킹 수기·2

— "오! 천지(天池)여……"

자작나무 숲에 둘러싸인 백운봉 산장……. 이 곳에서 이 밤을 보내면, 내일은 그토록 고대하던 백두산 천지와 만나는 날이다. 마음이 흥분되면서 긴장이 되었다. 나는 저녁식사 후 산장 앞마당으로 나갔다. 백두산 자락의 밤하늘을 보면서 밤공기를 마시고 싶었다. 그리고 긴장된 마음도 안

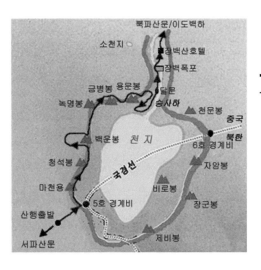

━━ 외륜봉 능선
──▶ 산행 코스

천지 : 최고수심 – 384m
　　　평균수심 – 213m
　　　수면둘레 – 16km
　　　동서길이 – 3.5km
　　　남북길이 – 4.5km

해발고도 : 장군봉 – 2744m
　　　　　백운봉 – 2691m
　　　　　천지수면 – 2194m
　　　　　능선평균 – 약2500m

정시키고 싶었다.

밤공기는 청량했고, 밤하늘의 별들은 총총했다. 수많은 별들이 백두의 밤하늘을 수놓으며 그 영롱한 빛을 쏟아내고 있었다. 별들 속에는 은하수의 흐름이 뚜렷했고, 북두칠성을 비롯하여 견우와 직녀성도 보였다. 견우와 직녀성은 은하수에 오작교가 놓이고 곧 만남이 있음을 아는 듯, 서로가 서로에게 그윽한 빛을 보내고 있었다. 그들은 천지와의 만남을 앞둔 나의 초조한 마음도 헤아리는 듯하였다. 또한 밤하늘의 별빛은 자작나무 기둥들을 더욱 하얗게 보이게 하였다. 하얀 자작나무 숲에서 들려오는 풀벌레 소리는 밤의 정취를 한껏 그윽하게 하였다. 아름다운 백두의 여름밤은 이렇게 깊어만 갔다.

"류봉철입네다."

하고 자신을 소개한다. 내일 백두산 종주를 안내할 산악 전문 가이드가 온 것이다. 일제 때에 그의 할아버지가 충북 단양에서 살다가 연변으로 이주하여 왔다 한다. 장백산경구(長白山景區)의 관리공인이라 했다. 우리로 말하자면 국립공원 공무원인 셈이다. 하루 가이드 수입금이 100불인데 그 돈은 경구관리소(景區管理所)에 입금되고, 본인은 매월 800위엔(약11만 원)의 봉급만을 받는다 했다. 여름이 되면 산악안내원으로 인사 발령이 나고, 그 덕분에 남조선 동포들을 안내한다고도 했다.

그는 이곳 서파(西坡)에서 외륜봉들을 종주하여 북파(北坡)까지 가자면

112

통상 12시간 이상 걸리는데, 상황에 따라 훨씬 더 걸릴 수도 있다고 설명했다.

"늦어도 새벽 4시에는 출발해야 합네다."

"지금 날씨는 아주 좋은데, 내일은 어떨런지 모르깃소."

"이곳 천지를 보려면 3대의 덕을 쌓아야 하디요. 등소평 동지는 한 번 와서 단번에 보았디요. 허나 강택민 동지는 세 번 왔는데, 전부 못 보고 갔디요."

하며 백두산에 얽힌 에피소드들을 들려준다. 그는 또,

"내일 날씨를 맑게 해달라고 신령께 빌면서 날래 주무시라우요."

라고 한다.

우리는 가이드의 성화(?)에 못 이겨, 아쉽지만 백두의 여름밤을 뒤로하고 잠자리에 들었다.

"어서 일어들 나시라우요!"

"날래 짐 싸서 나오시라우요!"

하는 소리에 눈을 떴다.

새벽 3시다. 나는 창문을 열고 하늘을 올려다보았다. 하뿔싸! 하늘에 별이 보이질 않았다. 어제 밤까지도 총총히 빛나던 별들은 보이질 않고, 하늘이 잔뜩 흐려있었다. 날이 흐려서 천지의 신비한 모습을 볼 수 없을 것 같은 불안감이 감돌았다. 나는 불안한 마음으로 짐을 챙겨 숙소 밖으로 나왔다.

정각 새벽 4시, 우리는 3대의 지프차에 분승하여 외륜봉을 향해 출발하였다. 좁은 산길을 달린지 10분…… 안개가 앞을 가리기 시작하였다. 비상 깜바이와 헤드라이트가 켜졌다. 잠시 후에는 차창에 빗방울이 떨어지고 있었다. 와이퍼가 움직이기 시작했다. 그러나 안개구름으로 전혀 앞이 보이지 않았다. 그래도 지프차는 좁고 위험한 길을 따라 산을 오르고 있었다.

여러 가지 상념들이 머리에 떠올랐다. 악천후 속에서도 종주를 해야 할지? 아니면 포기하고 그냥 북파로 갈 것인지? 산악가이드는 "이러다가도 날이 맑을 수도 있습네다."라고 말했다. 백두산은 날씨의 변화를 예측할 수 없기 때문에 어찌 될지는 모른다는 말이다. 지프차가 출발한지 50여 분…… 차가 멈추었다. 마지막 주차장까지 다 온 것이다. 이제는 차에서 내려 배낭을 메고, 외륜봉 능선으로 올라야만 했다.

비가 제법 많이 오고 있었다. 비옷을 입었다. 비가 오고 있어도 여기저기 눈이 쌓여있었다. 겨울 날씨처럼 추웠다. 비는 오고, 날씨는 춥고, 안개구름으로 앞은 보이지 않았다. 일행 중 종주를 포기하고 다시 차를 타고 북파로 그냥 가는 사람도 있었다. 이런 날씨에 백두산을 종주한다는 것이 무리인 듯했다. 그래도 우리는 안개구름의 어둠 속에서 천지의 외륜봉 능선을 향해 오르기 시작했다. 나는 매우 불안하고 암담하기만 하였다.

오르기 시작한 지 약 1시간, 안개구름으로 사방을 구분할 수가 없었다.

어둠 속에서 "능선(천지 외륜봉) 위에 도달했수다." 산악가이드의 외침이 들렸다. 그리고 "이러다가도 구름이 거칠 수 있디요. 구름만 거치면 천지를 볼 수 있수다."라고 소리치듯 말하였다. 잠시 후, 날이 밝으면서 기적처럼 안개구름이 서서히 걷히기 시작하였다.

"저기를 보시오."

"저기 보이기 시작한 봉이 백두 제일의 장군봉이고, 그 좌측에 비로봉, 향로봉이고, 우측이 해발봉, 제비봉입네다."

"지금 보이는 저곳은 북조선입네다."

구름이 걷히면서 천지를 둘러싼 백두의 열여섯 외륜봉들이 그 정상부부터 서서히 보이기 시작했다. 아! 파노라마처럼 펼쳐지는 그 신비하고도 성스러운 영봉의 모습이여……. 그리고 그 밑으로는 구름의 이동에 따라 천지의 수면이 보이기 시작했다. 처음엔 조금 보이던 수면은 점차 확장되어 넓어졌다. 잔잔한 물결이 일고 있었다. 그러다가 다시 수면에 구름이 덮인다. 병풍처럼 솟아있는 영봉들, 천지의 검푸른 수면, 그리고 그 사이를 맴도는 구름들……. 말로 표현할 수 없이 신비하고 성스러웠다. 나는 숙연하고 경외하는 마음으로 영봉들과 천지를 영접하고 경배하였다.

천지를 끼고 외륜봉의 능선을 따라 종주가 시작되었다. 마천우와 청석봉을 넘어 내려오니 넓은 초원이 펼쳐졌다. 푸른 초원은 맑은 하늘과 맞닿아있었다. 초원에는 파릇한 들풀에 보석처럼 영롱한 이름 모를 작은 들꽃들이 만발하였다. 하늘은 햇빛 찬란하였고, 흰 구름은 눈이 부셨다. 초원에는 차고도 시원한 바람이 끊임없이 불어왔다. 나는 옷깃을 여몄다. 나는 오색의 꽃들이 색실로 수놓아진 마법의 양탄자를 타고 하늘나라를 떠돌고 있는 듯한 착각에 빠져있었다.

이곳이 정녕 하느님의 나라요, 이곳이 정녕 민족의 숨결이 태동하였던 바로 그곳이 아닌가! 나는 무아경(無我境)에 빠진 듯, 말없이 넋을 잃고 서 있었다.

백운봉이 보인다. 백운봉은 장군봉과 자웅을 겨루듯 그 위용이 사뭇 돋보인다. 백운봉은 깎아지른 절벽으로 직접 넘어갈 수가 없었다. 천지의 반대편으로 한참 내려가서 우회하여 가야했다. 우회하는 하산길 초원에는 이끼밭이 형성되어 있었다. 이끼밭은 밟으면 등산화의 뒤축 턱까지 물이 괴었다가, 발을 떼면 물이 없어져 마치 물먹은 우단 같았다. 그리고 초원 여기저기에 흰 눈이 아직 남아있었다. 푸른 초원의 흰 눈밭은 골프장의 흰 모래 벙커를 연상케 했다.

초원을 지나 한참을 내려갔다. 백운봉 밑자락에 도달한 것 같았다. 백운봉 곳곳의 바위 사이로 조금씩 천지물이 새어 나와 제법 큰 개울을 이루고 있었다. 개울에는 얼음처럼 차고 맑은 물이 흐르고 있었다. 이 물이 천지의 성수(聖水)가 아닌가! 나는 물을 한없이 마셨다. 그리고 가져간 두 병의 생수를 다 쏟아 버리고 천지 물을 가득히 채웠다.

백운봉의 밑자락을 돌아 다시 오르기 시작했다. 우회하여 오르는 백운봉 길은 급경사의 오르막길의 연속이었다. 나는 백운봉 정상에서 천지와 외륜 영봉들을 다시 한번 보고 싶었다. 서둘러 정상에 올랐다. 백운봉 정상에 서의 나 올랐을 무렵, 한두 점 구름이 나나나너니, 순식간에 백운봉은 구름에 휩싸였다. 천지와 외륜 영봉들을 보기는커녕 바로 몇 발짝 앞도 구분이 안 되었다. 청명하던 하늘이 불과 몇 분 사이에 암흑으로 바뀐 것이다.

"야~ 호~ 이쪽입네다!"

산악가이드는 소리를 지른다. 소리로 길 안내를 할 수밖에 없었다. 백운봉에서 바라보이던 녹명봉은 물론, 불과 3~4m 앞도 보이지 않았다. 맑고 푸른 하늘이 순식간에 이렇게 되다니⋯⋯. 나는 도저히 믿어지지 않았다. 무엇인가 환상에 빠진 것 같기도 했다.

구름 안개 자욱한 속에서 산행이 계속되었다. 녹명봉을 지나고 있는 것인지, 아니면 다음의 금병봉에 온 것인지 알 수가 없었다. 엎친 데 덮친 격으로 굵은 빗방울이 떨어진다. 그리고 세찬 바람이 불어온다. 나는 비옷을 다시 꺼내 입었다. 겉옷은 물론 속옷까지 젖어드는 것이 느껴졌다. 온몸이 춥고 떨렸다. 새벽의 짙은 안개구름과 비를 무시하고 종주를 강행한 것이 후회스러워졌다. 갑자기 공포와 위기감이 나를 엄습하였다.

지난 일들이 생각났다. 대학시절 동계등반 때의 지리산과 한라산의 눈 덮인 봉우리들, 하계 설악산의 폭우와 계곡물⋯⋯ 북한산의 인수봉, 노적봉, 선인봉……. 지난 추억들이 주마등처럼 내 머리를 스쳐갔다.

금병봉을 지나니 비가 그치고 안개구름도 옅어졌다. 어느 정도는 앞을 구분할 수 있게 되었다. 시간을 보니 오후 2시다. 허기가 몹시 느껴졌다. 새벽 4시에 출발하여 6시 30분쯤 청석봉 밑에서 청명한 하늘과 천지를 보며 호사스럽게 아침 도시락을 먹었었다. 그러나 지금은 추위와 세찬 바람, 안개구름 속에서 각자 흩어져 도시락으로 점심을 때워야 했다. 그래도 점심 후에는 안도감이 생겼다.

우리는 쉼 없이 종주를 계속하였다. 초원을 지나 화산재 밭길로 들어섰다. 바닥이 질퍽거리며 미끄러웠다. 그러다가 돌밭길이 나왔다. 걷기가 한결 편했다. 산악가이드는 현재 용문봉을 통과하고 있다고 안내한다.

잠시 후 우리는 천지 물가로 내려가는 길목에 도달했다. 급경사의 너덜겅이었다. 제법 큰 돌덩이들이 발을 딛거나 뗄 때마다 우직우직 움직였다. 낙석 위험이 있었다. 선두에서 내려가던 나는 뒤에 오는 사람들 때문에 낙석 사고라도 날까 몹시 불안했다. 조심조심 무사히 내려왔다.

드디어 우리는 천지에서 흘러나오는 승사하(昇斜河)에 도달하였다. 승사하에는 맑은 물이 빠른 속도로 흐르고 있었다. 승사하를 따라 천지로 향했다. 그 순간 하늘에서 세찬 소나기가 쏟아지기 시작하였다. 비옷을 입을 시간적인 여유도 없었다. 비옷을 입었으나 비를 흠뻑 맞았다. 약 30분 정도 퍼붓던 비가 그쳤다. 비가 그치니, 구름은 잔뜩 끼었지만 날이 많이 밝아졌다.

아! 드디어…… 아! 드디어……. 천지가……. 천지가…… 나의 눈에 들
어왔다.

천지는 큰 바다였다. 그 누가 천지라 이름 지었는가? 천지(天池)가 아니
라 천해(天海)라 해야 맞지 않을까? 구름이 빠르게 움직이며 걷혔다. 그러
나 구름은 저쪽 대안(對岸)의 영봉들을 계속 가리고 있었다. 다만 대안 영
봉들의 정상 부분만 보일 뿐이었다. 구름에 둘러싸인 영봉들은 마치 섬처
럼 보였고, 천지는 아주 큰 바다처럼 보였다.

오! 천지여…….

나는 숙연하고 경건한 마음으로 천지에 머리를 숙였다.

천지를 뒤로 두고, 다시 되돌아서 승사하를 지나 달문을 통하여 장백폭포 쪽으로 하산했다. 장백폭포 인근의 호텔에 짐을 풀고 누웠다. 나는 몹시 피곤했으나, 잠이 오지 않았다. 새벽 4시서부터 오후 5시까지 13시간 동안의 일들이 나의 머릿속에서 생생하게 지나갔다.

새벽 4시의 불안한 출발, 성스럽게 펼쳐지는 영봉들과 천지의 파노라마……. 하늘과 맞닿은 꽃밭 초원, 마법의 꽃 양탄자 위의 무아지경……. 푹신한 이끼밭과 질퍽한 화산재길, 성수의 찬 물맛, 빠르게 움직이는 구름의 모습……. 안개구름 암흑 속에서의 공포와 위기감……. 너덜겅, 승사하, 바다 같은 천지의 모습…….

민족의 역사와 숨결이 태동한 그곳!

민족의 고향이며 거룩한 그곳!

나는 백두산과 천지를 등반했던 것이 아닙니다. 나는 숙연하고 경외하는 마음으로 거룩한 그곳을 참배한 것입니다.

나는 가슴 깊은 곳으로부터 치밀어 오르는 감동과 감사와 희열을 느꼈다.

오 ! 천지여…… 백두여…….

나는 감격에 겨웠다. 나는 오랫동안 잠을 이룰 수가 없었다.

백두산 트래킹 수기·3

– 연변의 동포들

　우리 일행을 실은 미니버스는 백두산의 북쪽 자락인 북파를 달리고 있었다. 하늘을 찌를 듯 곧게 뻗은 소나무와 자작나무 숲의 연속이었다. 다만 가끔 벌꿀통과 꿀을 생산하는 사람들이 보였을 뿐이었다. 북파산문(北坡山門)을 빠져 나왔다. 잠시 후 자그마한 마을이 눈에 들어왔다. 이도백하진(二道白河津)이라는 하늘 아래 첫 동네라 한다. 각종 산나물이나 약재를 파는 사람들, 거리를 활보하는 사람들, 주막집, 삼륜차들……. 마을은 작았지만 거리는 제법 활력이 있었다.

　우리의 선대들이 일제에 저항하며 숨어 살았던 산간 마을인데, 그러다 보니 이곳의 연중 기온이 너무 낮아 농사가 안 되고 교통도 불편하다고 했다. 그래서 해방 후에 대부분의 동포들은 연길 등으로 이주하여 이곳은 거의 폐촌이 되었다가, 최근의 북파 관광으로 다시 활력을 찾은 곳이라 했다.

마을을 벗어나자 이도백하를 만날 수 있었다. 이도백하는 제법 큰 하천으로 송화강(松花江)의 지류이다. 송화강의 지류에는 이도백하, 오도백하(五道白河), 송하(松河) 뿐 아니라 토문강(土門江)도 있다.

숙종 때 청과 조선이 세운 백두산정계비에는 서위압록(西爲鴨綠), 동위토문(東爲土門) 이라는 문구가 있다. 서쪽은 압록강, 동쪽은 토문강을 경계로 삼은 것이다. 그러나 일제와 청나라는 토문강을 도문강(圖們江, 두만강의 중국 명칭)으로 멋대로 해석하고, 동쪽국경을 송화강(토문강)이 아닌 두만강으로 정했다. 그렇다면 지금 내가 달리고 있는 이 땅, 송화강의 동쪽, 연변(延邊)이라는 이곳은 불과 100년 전만 해도 간도(間島)라 불린 우리 땅이 아닌가!

연변은 산도 나무도, 강물도 밭도, 사람도 집도 하늘도……. 모두가 우리의 시골 풍경과 같았다. 이따금 나타나는 건물의 간판도 한글로 쓰여있었고, 한자는 부기(附記)되어 있었다. 고향 시골 같은 연변의 풍광들……. 그러나 고향 같은 연변의 모습은 나의 마음을 오히려 아쉽고도 착잡하게 만들고 있었다.

아스팔트 도로변에 흰 건물이 보였다. 북한이 외화벌이를 목적으로 이곳에 진출하여 운영하는 상품전시관이라 했다. 우리 일행은 그 전시관 앞마당에 차를 세웠다. 현관 입구에는 북한 요원인 듯한 남녀들이 두 줄로 도열하여 있었다. 우리 일행이 들어서자 그들은,

"어서 오십시오! 환영합네다!"

하며 90도로 깍듯이 인사를 한다. 검은 양복에 붉은 배지를 단 무표정한 중년의 남자들……. 검은 치마에 흰 저고리를 입은 젊은 여자들…….

나는 성분이 우수(?)하고 잘 훈련된 무표정한 그들이 인사는 자본주의식(?)으로 하는 데에 당황했다. 그들은 우리를 10평 남짓한 방으로 안내했다. 방의 사방 벽면에는 자수로 수놓은 그림들이 여러 폭 붙어있었다. 그리고 뱀술, 들쭉술 등 주류, 송홧가루, 표고버섯, 상황버섯 등 농·특산물류, 우황청심환, 안심우황원, 호랑이연고 등 약 종류……. 제품은 조잡했지만 그런대로 정돈되어있었다.

마른 체격의 한 남자가 들어왔다.

"남조선 동포 요러분! 반갑습네다. 저는 북조선 대외……."

무표정하게 인사를 한다. 그러고는,

"이 약은 천연의 사향과 백두산의 송홧가루와 토종 꿀 등 철저히 동의보감의 처방에 따라 만든……."

하며 특유의 웅변조의 목소리로 제품들을 설명했다.

그러나 아무도 사려는 사람이 없었다. 어색한 분위기가 계속되었다. 그는 다시 말을 이었다.

"우리 북조선이 남쪽보다 잘한 거이 두 가지는 있삼네다. 하나는 자연을 오염시키지 않고 잘 지켰고, 다른 하나는 민족의 전통적인 것을 더 잘 계승하여 왔습네다. 여기의 이 물건들은 좀 비쌉네다. 그러나 턱없는 가짜나 엉터리는 아닙네다. 사실 북조선 인민들은 많이 힘듭네다. 북조선 인민들을 도와준다는 뜻으로 비싸지만 많이 팔아주십시오…….”

나에게 그의 말은 애절하게 들렸다. 그리고 보다 솔직하게도 들렸다. 두 가지는 잘한 것이 있다면 다른 것은 잘못했다는 말이 아닌가? 도와달라는 말이 아닌가?

나는 몇 년 전 금강산에 갔을 때에 가지고 간 음식과 간식 등을 그 곳 안내원에게 권했었다. 그 안내원은

“우리도 그딴 것 다 있시오. 일 없삼네다.”

하면서 거절했다. 나는

“다 있어도 이 감귤은 없을 거요. 이건 제주도에서 생산된 거요. 그러니 이 귤 좀 들어보시오.”

하고 말했다. 그는 힐긋 내 눈치를 살피더니 귤 하나를 주머니에 넣었다. 내가 “이 귤 다 넣으시오.” 했더니, 대여섯 개를 냉큼 주머니에 넣으면서 근무가 끝나면 집에 가서 먹겠다고 했다.

그들은 늘 장군님이 모든 것을 다 거두어줘서 행복하다고 한다. 나는 그들이 폐쇄된 사회에 살고 있어 세상 넓은 줄을 모르는 딱한 존재이면서 권력 앞에 비굴하고, 자기 자신에 솔직하지 못한 존재로 생각해왔다. 그러면서도 우리가 거두어줘야 할 순박한 우리의 피붙이요, 애틋한 존재로 늘 여겨왔다. 그러나 오늘의 그는 자신들의 위치를 잘 알고 있었으며, 퍽이나 솔직했다. 자기 인민에 대한 애절하고도 절실한 그의 마음을 읽을 수 있었다. 사람들이 우르르 몰려나왔다. 많은 것을 사주었다.

미니버스로 돌아왔다. 일행 중 충주대 강사이며 시인이라는 사람은 눈물을 흘렸다. 만날 수 없는 북한동포를 만나 반갑고, 못사는 그들이 안쓰럽고, 그들을 이 지경으로 만든 소위 지도자라는 사람들이 밉고, 빼앗긴 이 광활한 땅이, 둘로 갈라져있는 우리의 처지가 가슴 아파 울었으리라. 그러나 제법 많은 것을 팔아준 우리 모두는 씁쓸하고도 뿌듯한 마음이었으리라.

연길(延吉)시내로 들어섰다. 이곳이 한국인지 이국인지 구분이 안 되었다. 한글로 쓰인 간판들, 우리말을 하는 사람들…… 어디로 보나 이곳은 우리나라처럼 보였다. 연길 시내 한복판에 제법 너른 광장을 지나게 되었다. 연변 동포인 안내자는 이 광장에 대해 설명했다.

해방 직후 조선족에 의해 새로운 시가지가 형성될 때에 이 광장도 생겼고, 지난 88서울올림픽 때와 2002월드컵 경기 때에는 이 광장에 많은 조선족이 모였다 한다. 88올림픽 이후 우리도 잘사는 조국이 있는 조선족이라는 자부심이 생겼다 했다. 월드컵 때에는 한국의 경기가 있는 날이면 모든 일을 전폐하고 이곳에 모여 목이 터져라 응원했다 한다. 울다가 웃었고 웃다가 울었다 했다. 조선족 동포면 아무하고나 부둥켜안았고, 아무하고나 친구가 되었다 했다.

"중국이 얼마나 운동을 잘합네까? 올림픽에서 늘 우승하잖습네까? 그러나 축구는 안되잖습네까? 월드컵에 나가지도 못했고, 우리 조국은 4강에 올랐고요. 저는 그때처럼 조국이 자랑스럽고, 동포가 고마운 적이 없었습네다."

안내원은 자못 흥분한 목소리로 말을 이어갔다.

나는 그에게서 진한 동포애를 느꼈다. 그들이 누구인가? 일제에 밀려
고향땅 빼앗기고 만주벌판을 유랑했던 순박한 우리 시골 이웃들의 자손
들이 아닌가? 혹은 조국을 찾겠노라 이곳에 온 독립운동가들의 후손이 아
닌가? 그들은 우리말과 글과 전통을 잃지 않고 있었다. 중국 한족에 치이
고 만주족에 괄시당하며 살다가, 88 이후 간신히 조국과 연이 닿은 그들
이다. 잘살겠다고 돈 싸들고 이민 가서 말도 글도 국적도 잃은 다른 재외
동포보다 훨씬 가까이 있는 그들이다.

연변에는 연길을 비롯하여 돈화(敦化), 훈춘(琿春), 안도(安圖), 왕청(汪淸),
도문(圖們), 용정(龍井), 화룡(和龍) 등 8개의 시현(市縣)이 있다. 우리는 이
중에서 연길 외에 도문과 용정을 방문하였다. 도문은 두만강 변에 있는
작은 국경도시였다. 도문에 도착하여 두만강 변으로 갔다. 생각보다 강
폭이 좁아 강 건너 북한 땅이 손에 닿을 듯했다. 중국 쪽 강변에는 관광
객도, 뱃놀이하는 사람도, 사진 찍는 사람도, 잡상인도 많이 모여 북적였
다. 그러나 북한 땅은 너무나 조용했다. 다만 저쪽으로 북한으로 들어가
는 철교가 보일 뿐이었다.

우리를 태운 버스는 두만강 변을 따라 달렸다. 강 건너 북한 땅에는 집

도 보이고, 공장 같은 허름한 건물도 보이고, 산을 개간하여 만든 밭도 보였다. 가이드는 회령시라고 설명했다. 그러나 그곳은 자동차도 사람도 찾아볼 수 없는 유령의 도시처럼 조용했다. 다만 높다란 굴뚝에서 시커먼 연기가 오르고 있어, 사람이 살기 사는 곳으로 여겨졌다. 산 중턱에는 '21세기의 태양 김정일 장군 만세'라는 커다란 선전 문구가 덩그러니 보였다.

강 건너 북한 땅…… 손에 금방이라도 닿을 듯한 북한 땅……. 너무나도 가깝지만, 너무나도 먼 땅이다. 나는 나의 마음속으로 외쳐보았다.

"북한 땅아! 잠에서 깨어나라! 그리고 세계로 나아가라……."

용정시에 들어섰다. 해란강은 초라했다. 일송정은 저 멀리 흔적을 찾기도 힘들었다. 이곳이 바로 그곳! 조국을 찾겠노라 맹세하던 선구자……. 지금은 어느 곳에 거친 꿈이 깊어있단 말인가? 그 어디에도 조국 광복운동의 기념탑은커녕 그 흔적조차 없었다. 나는 민족의 후손으로서 선인들에게 송구스런 마음마저 들었다.

다만 용정 대성중학교 교정……. 시인 윤동주의 시비(詩碑)가 보였다. 나는 반가웠다. 연변 화용(和龍) 출신의 윤동주……. 조국을 사랑했고, 민족을 사랑했고, 우리의 하늘과 바람과 별과 시를 사랑했던 그다. 29세의 피 끓는 젊은 나이에 조국 광복을 바로 코앞에 두고, 일제의 생체 실험으로 참혹히 죽은 그가 억울했다. 교정에 있는 학교 기념관을 돌아보았다. 동기 동창인 문익환 목사와 어깨동무를 하고 같이 찍은 대성중학 시절…… 윤동주의 앳된 모습……. 그의 사진을 보니 더욱더 애절하기만 했다.

모든 일정을 대충 끝냈다. 북한에서 운영한다는 조촐하고도 깔끔한 식당에 들렀다. 제법 넓은 홀에 둥근 테이블이 여러 개 놓여있었다. 앞쪽 중앙에는 음악을 연주할 수 있는 작은 무대도 있었다. 그리고 아리따운 북한 아가씨들이 서빙을 하고 있었다. 그들은 세련되고도 참착한 태도로 공손히 우리를 접대했다. 북한 특유의 경직되고도 사무적인 이질감은 찾기 어려웠다. 오히려 깨끗한 용모, 잘 어울리는 한복, 부드러운 말솜씨로 우리를 눈부시게 했다.

음식이 나왔다. 쇠고기와 돼지고기 위주의 중국식 음식, 백두산 산천어 회, 연어 초밥 등 일본식 음식, 그리고 찰떡, 만두쑥떡, 청포묵, 메밀국수, 오이소박이, 김치, 깍두기 등 한식……. 푸짐한 음식이었다. 맛깔스럽고도 정갈했다. 음식도 음식이려니와 서빙하는 여성 동무(?)들의 수줍은 듯한 청순한 모습에서 자연스럽고도 한국적인 아름다움을 느낄 수 있었다. 며느리 감으로 서울의 얼굴 고친 성형 미인들보다 예쁘고 교양 있는 그들이 어떨까?

연길에서 심양을 거쳐 인천행 여객기에 몸을 실었다. 여객기 창밖으로 구름이 지나갔다. 기류 변화가 있으니 안전벨트를 조여 매라는 기내 방송이 흘러나온다. 나는 조용히 눈을 감았다. 그간의 일들이 내 머리를 주마등처럼 스치며 지나갔다.

광활한 만주평야, 백두산에서의 감격, 연변의 우리 동포들, 연변공항의 우리말 안내 방송⋯⋯. 백두산의, 만주평원의, 그리고 연변의 하늘도, 땅도, 강물도, 바람도, 사람도⋯⋯.

나는 그곳이 분명 우리 선조가 수천 년 동안 뿌리내리며 살았던 우리의 땅이요, 고향임을, 그리고 그들이 우리의 형제요, 자매임을 떨쳐버릴 수가 없었다.

별에서 별까지

— 태백산 해맞이 등반기

흰 눈이 내리는 날에 절친한 친우들과 열차를 타고 겨울의 도시 태백에 간다는 것이 낭만적이었다. 그리고 다음 날 새벽에 눈 덮인 태백산 정상에서 해맞이를 한다는 것 또한 마음을 들뜨게 하였다.

열차가 제천에서 태백선으로 꺾여 들어 영월을 지나면서 계속 퍼붓던 눈발은 잦아들고 푸른 하늘이 보이기 시작했다. 열차는 산악지대에 들어선 듯 협곡 사이에 호젓이 나있는 철길을 달리고 있었다. 열차는 인적 없는 단층 박공지붕의 작은 역사에서는 정차도 하지 않고 지나갔다. 탄광들이 폐광되는 바람에 상당수의 철도역이 폐역이 되었기 때문이라고 했다. 사북역을 지나 고한역에 이르니 눈 덮인 백두대간의 위용들이 가까이 보이기 시작했다. 눈 덮인 높은 봉우리들, 깎아지른 벼랑 위에 군락을 이루며 곧게 뻗은 낙엽송들, 산봉우리 위로 보이는 높고 푸른 하늘……. 백두대간의 겨울 풍경은 매우 이국적이었다.

태백 또한 겨울 도시답게 산이고 나무고, 철길이고 찻길이고 간에 다

얼어붙어 있었다. 그리고 파란 하늘을 빼고는 주변이 다 흰 눈에 쌓인 은
세계를 이루고 있었다.

다음날 새벽 3시 30분. 겨울의 도시 태백은 아직도 깊은 잠 속에 빠져
있었다. 사방은 적막했다. 하지만 밤하늘의 조각달과 반짝이는 별빛 그
리고 온 세상을 덮고 있는 흰 눈은 주변을 제법 환하게 밝혀주고 있었다.
산 입구 유일사 매표소 공터에서 아이젠, 스틱, 스패츠, 헤드랜턴 등 야
간 겨울 등산 장비를 점검하였다. 그리고 우리는 고요하고도 적막한 산
에 오르기 시작하였다. 해맞이를 위하여 산 정상에 늦어도 오전 7시 전에
는 올라있어야 했다.
우거진 숲속 산길로 들어섰다. 숲속 산길에서는 하늘의 달빛은 물론 별
빛마저 눈 덮인 큰 나무숲에 가려져 사방이 어두웠다. 그 나무숲 아래에
나있는 숲속 산길은 앞을 구분할 수가 없었다. 다만 시커멓고 커다란 모
습의 산이 억센 자태로 다가오고 있을 뿐이었다. 산은 온통 눈으로 덮여
있어 정상으로의 산길은 매우 미끄러웠다. 그리고 숨이 찰 정도로 가파
른 길이었다. 어둡고 미끄럽고 가파른 산길을 헤드랜턴으로 비추고 아이
젠을 신고 오르고 있었으나, 발걸음은 부자유스러웠다. 그리고 어렴풋한
긴장감마저 들었다.

산의 중턱 즘에 이르러 주목나무 군락지를 지나고 있었다. 수령이 수백
년 되어 보이는 주목나무들은 그 밑동의 둘레가 한 아름이 넘어보였다.

주목나무들의 밑동 줄기들은 매끈한 붉은색 껍질로 둘러싸여있어 흰 눈이 전혀 붙어있지 않았다. 그 밑동 줄기들은 마치 대형 건물의 필로티 원형 기둥들처럼 보였다. 그리고 주목 잔가지의 길쭉한 빗살 잎에는 눈이 쌓여서 가지가지가 휘어지고 처져있었다. 가지마다 눈이 쌓인 큰 주목은 품위가 있어 보였고, 밤에 보아도 쉽게 알아볼 수가 있었다. 우리는 주목나무 군락지를 지나 쉼 없이 산을 올랐다.

드디어 하늘을 가리던 큰 나무숲은 어느덧 사라지고, 시야가 확 트였다. 머리 위로 달빛과 별빛이 쏟아지고 있었다. 키 작은 관목들은 눈에 쌓이고 덮여있었다. 그리고 마치 누군가 눈사람을 여기저기 만들어놓은 듯이 관목들은 눈덩이, 덩이를 이루고 있었다. 산의 정상이 가까웠음을 직감할 수 있었다. 새삼 이마에 땀이 흐르고, 등줄기에도 땀이 밴 것이 느껴졌다.

나는 잠시 쉬면서 밤하늘을 올려다보았다. 조각달은 어느새 모습을 감추고 하늘에는 수많은 별들이 저편 멀고 깊은 곳에서 보석처럼 반짝거리고 있었다. 별들은 그윽한 빛줄기를 쏟아내면서, 밤하늘을 청명하고 찬란하게 만들고 있었다. 어둠이 덮인 땅은 간신히 그 형태만을 구분할 수 있었으나, 별빛 찬란한 밤하늘은 너무나 푸르고 맑았다. 땅 위의 만물들은 고요히 잠들어있었으나, 밤하늘의 별들은 더욱 초롱초롱하여 생기가 넘치고 있었다.

하늘 한가운데에 별 셋이 나란히 있는 오리온 좌, 그 옆으로 제우스가 아름다운 여인을 얻기 위해 변신했다는 황소 좌, 항상 방향을 알려주는 북쪽 하늘의 북극성, 그리고 그 옆에 큰곰 좌……. 수많은 별들은 자신들의 특유한 별자리를 지키고 있으면서 나름대로의 이야기와 사연을 가지고 있었다.

　신화에 나오는 별 이야기에는 올림포스의 신들의 왕 격인 제우스가 후에 목성이라는 별이 되었다 했다. 제우스는 자신의 부인인 헤라의 몸종 이오를 빼돌렸고, 이를 눈치 챈 헤라의 눈을 속이기 위하여 이오를 암소로 변신시켰다가 목성의 제1위성이 되게 하였다. 그리고 제우스 자신이 황소가 되어 얻은 여인 에우로파를 목성의 제2위성으로서 늘 자신의 옆에 있게 하였다. 그래서 지금도 목성을 '주피터(제우스의 라틴식 이름)'라고 부르고, 목성의 제1위성을 '이오', 제2위성을 '에우로파'라고 부르고 있지 않은가?

　태백의 밤하늘은 나로 하여금 역시 저 아름다운 밤하늘에는 그에 걸맞은 별들의 이야기가 있고, 애틋한 사연이 있을 수밖에 없구나 하는 생각을 갖게 하였다. 그런 태백의 밤하늘은 보면 볼수록 황홀하였고, 내 자신까지도 깜빡 잊게 하였다. 그리고 밤에 등반을 한다는 것은 지상의 산의 세계를 보고 느끼는 것이 아니라, 하늘나라를 여행하며 여러 별들을 만나고, 아름다운 이야기를 듣는 것임을 새삼 알게 하였다.

　"아리 아리~."

　하는 메아리가 어디선가 들려왔다. 불현듯 심한 한기가 느껴졌다. 나는 다시 정신을 가다듬어 땅의 세계로 돌아온 듯, 정상으로의 길을 재촉

하였다. 장군봉을 지나 태백의 정상인 천제단(天祭壇)으로 향하였다. 매섭고도 세찬 바람이 몰아치고 있었다. 눈을 뜰 수가 없었다. 매서운 추위 속에서 숨이 목에까지 차고, 얼굴은 눈물과 콧물로 범벅이 되어 간신히 천제단 정상에 올랐다.

천제단 정상에서는 더욱더 매섭고도 세찬 바람이 불고 있었다. 그 매서움 속에 순백의 은세계가 전개되고 있었다. 마치 인간이 범할 수 없는 신의 영역인 양, 순백의 은세계는 달빛과 별빛을 받아 더욱 아름답고 고고하였다.

"아! 이곳이 바로 태초의 순백을 간직한 아름다운 그곳이었구나!"

나는 카메라를 꺼내서 사진을 몇 장 찍었다. 그러나 세찬 바람과 매서운 추위는 손의 감각을 잃게 했고, 또한 사진이 찍혔는지 아닌지 구분할 수 없게 만들었다. 사진은커녕 추위와 바람 때문에 가만히 서있기조차 힘

이 들었다.

 해는 아직 솟아오를 기미가 없었다. 다만 동쪽 하늘이 서서히 붉게 물들어오며 세상이 밝아지고 있었다. 저 멀리까지 시야가 넓어졌다. 천제단 정상에서 내려다보이는 나의 시야에는 가까이도 눈 덮인 산이요, 멀리에도 눈 덮인 산이었다. 산 너머 산, 그 너머 또 산……. 멀리 뻗어나가는 산줄기, 그리고 또 산줄기였다. 해가 솟아오를 시간이 더욱 가까이 오는 듯했다. 동쪽 하늘이 적황색으로 선명하게 물들고 있었다. 산줄기는 그 적황색의 하늘과 경계를 이루며 북에서 남으로 연연히 흐르고 있었다. 겹겹의 산줄기 밑자락에는 새벽안개가 감싸 돌고 있었다. 마치 붉은 하늘에 눈 덮인 산들이 섬처럼 떠있는 듯 보였다.

 밤하늘의 수많은 별들도……. 그리고 연연히 이어지는 산들도……. 나는 이 모두가 다 수천 년을 이어오고 또 이어갈 내 나라, 내 강토라는 것을, 그리고 내 나라, 내 강토가 이렇게 시리도록 아름다운 줄은 예전엔 미처 몰랐었다. 나는 매서운 추위도 잊은 채, 눈물과 콧물로 범벅이 된 얼굴로 오래도록 그 광경을 보고 있었다.

 동쪽 하늘은 더욱 붉어지며 주변은 밝아지고 있었다. 드디어 산줄기 위로 해가 보이기 시작하였다. 그것은 황금이 끓고 있는 거대한 용광로였고, 자연이 연출하는 장엄함이었다. 해가 솟아오르면서 현란하고도 싱그러운 햇살이 일시에 산에 가득 찼다. 하얀 눈길에도, 나뭇가지의 눈꽃에도 살살이 스미고 고루 뿌려졌다. 햇살은 하늘이고 땅이고 사람의 얼굴까지 태백의 온 산마루를 한 덩어리로 붉게 물들였다.

일월성신(日月星辰)이 함께 만나 달과 별들은 하늘을 해에게 물려주고, 해는 하늘을 물려받는 장엄하고도 신비로운 광경이었다. 나는 그 장엄함과 신비로움 속에 오래도록 넋을 빼앗기고 있었다.

서울로 돌아가는 열차에 몸을 실었다. 이른 새벽부터의 강행군이 피곤한 듯, 친우들의 코 고는 소리가 열차를 진동시키고 있었다. 나의 머릿속에는 태백에서의 모든 일들이 생생히 그려지고 있었다. 그리고 태백 밤하늘의 수많은 별들과 연연히 이어지는 산줄기들과 해오름의 장엄함이 바로 그토록 아름다운 내 나라 내 강토임을 새삼 느꼈다. 그리고 내 나라 내 강토는 수천 년을 이어왔듯 또 이어갈 것이라 믿게 되었다.

하늘에서 땅까지…… 해에서 달까지…… 별에서 별까지……. 끝없이 이어가리라 믿어졌다.

하얀 사슴을 찾아

– 동성학교 개교 100주년 기념 한라산 등반기

밤의 바다를 유람선을 타고 달려가 한라산에 오르는 것은 너무나도 낭만적이고 가슴 설레는 일이었다. 우리 동성학교의 선후배 동문들과 재학생 등 60여 명은 개교 100주년 기념 한라산 등반을 하기 위하여 인천에서 제주행 유람선에 몸을 실었다.

유람선에는 중앙에 나선형 계단을 따라 식당, 매점, 커피숍이 있었고, 각층마다 객실이 있었다. 최상층인 6층에는 이벤트 홀까지 갖추고 있었다. 내부는 마치 여러 시설을 갖춘 복합 건물과도 같았다. 700여 명의 승객이 배를 타고 있었다. 내부를 이곳저곳 살펴보는 사람들, 커피숍에서 차를 마시는 사람들, 끼리끼리 모여 담소를 나누는 사람들…… 배 안은 많은 사람들로 북적였다. 저녁 식사를 마친 후, 나는 밤바다를 구경하고 상큼한 바다의 내음도 맡을 겸 선실 밖 갑판으로 나갔다.

캄캄한 밤바다는 바람이 세차게 불고 있었다. 하늘은 잔뜩 흐렸고, 바다의 수면은 칠흑 같은 검은색이었다. 다만 파도를 가르며 하얗게 반짝이는 포말들이 선미(船尾)를 따라 일고 있을 뿐이었다. 수평선은 흐린 하늘과 검은 바다가 맞닿아있었다. 바다가 하늘이요, 하늘이 바다로 둘을 구분할 수가 없었다. 또한 멀리 떨어져 항해하는 큰 배들과 주변 섬들에서 비추는 불빛은 그것이 배인지 섬인지를 구분하기 힘들게 하였다. 우리가 탄 배는 쉼 없이 밤바다를 가르며 망망대해를 쾌속으로 달려가고 있었다.

이튿날 아침 배가 제주항에 도착하였다. 우리 일행은 두 대의 버스에 나눠 타고 한라산의 동쪽 산 입구인 성판악매표소에 도착하였다. 아침 9시 50분 드디어 산행이 시작되었다. 우리는 삼삼오오 짝을 지어 성판악을 출발하여 정상으로 향했다. 한라산은 그 정상이 제주도 섬 정중앙에 위치해 있으며, 산세는 그 형태가 제주도와 같이 동서로 길고 남북은 상대적으로 짧았다. 그러다 보니 우리가 오르는 동쪽의 성판악 코스는 정상까지의 거리가 길고 그 경사도는 완만하며, 정상에서 북쪽 제주시 쪽이나 남쪽 서귀포 쪽 코스는 그 거리가 짧고 급경사를 이루고 있었다.

한라산은 신록이 녹음으로 되어가고 있었으며, 산 내음이 상큼했다. 이름 모를 산새 소리는 더욱더 맑고 높게 들려왔다. 명산다운 풍치를 느낄 수 있었다. 낙엽송 숲을 지나 산죽나무 밭을 지났다. 흐렸던 날씨가 비를 뿌리기 시작했다. 그리고 바람이 불기 시작했다. 등산로에는 구멍이 숭숭 난 호박 크기의 검은 돌들이 깔려있었다. 돌들은 발부리에 채였고, 비에 젖어있어 미끄러웠다. 제주는 돌과 바람, 여자가 많아 삼다(三多)로 불리는데, 그중 돌과 비바람 때문에 산에 오르기가 점차 힘들어지고 있었다.

　나는 2년 전에 간 백두산이 생각났다. 한라산의 돌들이 백두산 너덜경의 돌들과 그 형태며 색깔이 너무나도 흡사했기 때문이었다. 그리고 백두산 천지에는 부석(浮石)이라 하여 구멍이 숭숭 난 작은 돌들이 물 위에 떠다니고 있었다. 흡사한 것은 그것뿐만이 아니었다.

　천지(天池)와 백록담(白鹿潭)……. 바다 같은 엄청난 크기의 천지와 하늘에 산다는 하얀 사슴들이 물 마시며 노닐었다는 백록담……. 그 높은 산꼭대기에 호수가 똑같이 있다는 게 신비로웠다. 그뿐만 아니라 한반도의 북쪽 끝과 남쪽 끝에 각각 자리 잡고 있어 그 자리 잡음이 더욱 기이했다. 산 높이도 백두산이 2,744m로 1위, 한라산이 1,951m로 2위이다. 서울 북한산 백운대가 836m임을 생각한다면, 두 산은 퍽이나 높은 산이었다. 이 두 산이 우리나라 산 중에 제일 큰형과 둘째형인 셈이 아닌가?

　다만 다른 점이 있다면 백두산은 산 너머 산, 그 너머 또 산, 산이 겹겹이 떠받들어져 있는 민족의 영산(靈山)이고, 한라산은 홀로 바다 위에 우뚝 솟아서 대양을 바라보며 한반도 입구를 지키는 이 나라의 수호산이 아닌가? 백두에서 한라까지…… 이런 신비한 두 산 사이에 우리 한반도가 있다는 것은 하늘의 뜻에 따라 이루어진 것이 아닐까?

　나는 이런 생각에 잠기면서 사라악대피소를 지나 진달래밭 휴게소에 도달하였다. 진달래밭 휴게소는 말이 휴게소이지, 구멍가게 같은 매점과 작은 간이건물이 있을 뿐이었다. 너무 비좁아 휴식하며 점심은커녕 비를 피해 들어설 수도 없었다. 비는 끊임없이 내리고 있었다. 일행 중 일부는 빗속에 서서 도시락으로 억지 점심을 먹었고, 일부는 초콜릿으로 점심을 때우며 백록담을 향하여 계속 오를 수밖에 없었다.

주변에는 주목나무 같은 빗살 잎을 가진 구상나무가 군락을 이루고 있었다. 살아 100년, 죽어 100년 간다는 구상나무들은 한라산을 더욱 멋스럽게 만들고 있었다. 정상이 가까워지자 하늘을 가리던 나무숲은 사라지고 키 작은 관목들이 나타났다. 시야가 확 트였다. 그러나 비바람은 더욱더 세차게 몰아치고 있었다. 나는 거칠게 숨을 몰아쉬며 백록담으로 오르는 급경사의 깔딱고개 마루를 한발 한발 올라갔다.

드디어 산 정상에 도달하였다. 하지만 구름안개가 꽉 차있어, 백록담은커녕 앞도 잘 보이지 않았다. 비바람이 세차게 몰아쳤고, 비옷을 입었으나 속옷까지 비와 땀으로 흠뻑 젖어있었다. 바람이 너무 강하여 몸을 가누기가 힘들 정도였다. 또한 세찬 바람은 젖어있는 속옷을 얼음처럼 차게 만들어 온몸을 떨게 하였다. 여름에 동사한다는 말이 실감이 났다. 그리고 부실한 점심으로 허기도 느껴졌다.

비바람 속에서 5시간의 산행은 나를 너무 지치게 했다. 다만 빨리 하산하여 이 상황을 벗어나고 싶었다. 하산을 서둘렀다. 용진각 쪽으로 하산을 막 시작하였다. 하지만 용진각을 거쳐 관음사 쪽으로 하산하는 코스는 급경사의 위험지역이었다. 비바람이 몰아칠 때는 항상 폐쇄되며, 오늘도 조금 전에 폐쇄되었다 했다. 별 수 없이 다시 진달래밭 휴게소를 거쳐 올라왔던 성판악 쪽으로 되돌아 하산할 수밖에 없었다.

한라산 정상에서 태평양의 푸른 바다를 내려다보면서 거침없이 소리치며 만끽하려던 오만한 쾌재도, 백록담을 바라보면서 혹시라도 하얀 사슴을 만날 수 있지 않을까 했던 야무진 꿈도 여지없이 무너지고 말았다.

하산 후에 우리는 해수사우나탕에서 단체로 목욕하고, 해변 횟집에서 저녁 식사를 끝냈다. 그리고 그냥 끝내기가 아쉬운 듯 바닷가에 다시 모였다. 노래도 부르고 바다를 향해 소리도 질렀다. 이번 행사에 특별 참여한 모교에 재학 중인 중1에서 고2까지 후배 8명이 교가를 선창했다. 우리 모두는 그 옛날 모교 학창 시절을 떠올리며 그들을 따라 교가를 불렀다. 그중에서도 특히 중학교 1학년인 어린 후배의 모습이 나의 모교 시절을 떠오르게 했다. 내가 동성중학 1학년에 입학했던 그해, 학교에서는 개교 50주년 기념행사가 열렸다. 붉은 벽돌의 2층 교사와 강당…… 온통 각종 전시관으로 꾸며졌던 교실들…… 그리고 기념 체육대회가 열렸던 운동장……. 그 모든 것이 눈에 선하게 그려졌다.

50년이 지난 지금, 나는 그 중학교 1학년 후배에게서 그 옛날의 나를 볼 수가 있었다. 그리고 앞으로 50년 후, 우리 모교는 어떻게 변하고, 그때에 기념행사를 갖는다면 어떤 모습일까? 하는 생각에 잠겼다. 지금 저 어린 후배가 내 나이가 되었을 때 다시 한라산 등반 행사를 갖는다면, 그는 백록담의 하얀 사슴을 만날 수 있지 않을까? 그리고 비바람 치던 50년 전의 한라산을 회상하며 또 그의 후배들을 따라 교가를 부르지 않을까?

시산제

봄이 오고 있다. 또다시 새봄이 오고 있다. 폭풍우 치던 여름이 지나, 아름답고 화려한 가을을 보내고, 조용하고 하얀 계절도 가고…… 그리고 또 다시 새봄이 오고 있다. 정확하고 철저한 세월에 다시 한번 전능하신 신에게 고개가 숙여진다.

북한산 입구에서 올려다보이는 인수봉, 백운대, 그리고 만경대……. 언제 보아도 빼어난 삼각산이다. 그 정상에는 그 위엄에 걸맞게 아직도 흰 눈이 덮여있었다. 그러나 세월은 북한산의 계곡 물소리로 봄을 알리고 있었다.

시산제(始山祭), 산을 시작하는 제례의식……. 오늘은 나의 모교의 동문 산우회가 시산제를 지내는 날이다. 모임 장소인 정릉 등산로 입구로 나갔다. 정릉 등산로 입구에는 60여 명은 족히 넘는 많은 선후배 동문들이 모여있었다. 이들 선후배 동문들은 상당히 오랫동안 달마다 한 번씩 함께 산행을 해왔던 사이였다.

"어이구 별일 없었나? 이봐, 자네는 왜 그동안 안 보였어?"

"아 예, 선배님! 그동안 건강하셨지요?"

그간의 안부를 묻는 소리, 서로 악수하며 웃는 소리, 어깨를 두드리며 반가워하는 소리……. 선후배 동문들은 오늘따라 더욱더 왁자지껄 떠들며 반갑게 인사를 나누고 있었다. 그리고 삼삼오오 어울려 시산제를 올리는 곳을 향하여 정릉계곡을 따라 오르기 시작하였다. 오늘 정릉계곡으로 오르는 것은 나로 하여금 산과 함께한 그간의 세월을 회상케 하였다.

그 옛날 나의 혜화초등학교 시절……. 제일 신나고 즐거운 것은 소풍 가는 일이었다. 매년 봄 소풍은 우리 초등학교 인근에 있는 창경원, 가을 소풍은 바로 이 정릉계곡으로 오는 것이 불문율이었다. 당시는 제반 교통시설이 열악했고, 가장 편리한 교통수단이 궤도전차 정도였다. 지금의 지하철이나 버스의 역할을 궤도전차가 했었던 때다. 돈암동에 전차 종점이 있었고, 정릉은 제법 멀리 있는 교외의 유원지였다. 우리는 삼 열로 발맞추어 걸어서 돈암동을 지나 아리랑고개를 넘어 정릉계곡으로 소풍을 오곤 하였다.

그 후 젊은 시절…… 사랑에 눈뜰 무렵에는 시내에서 가깝고 아늑하여 밀회 장소로 애용하던 곳이었다. 정다운 속삭임과 달콤한 입맞춤이 있던 이곳……. 또한 산 사람들이 비바람 불던 여름날에도, 나뭇가지에 얼음꽃이 피던 겨울날에도 수없이 오르내리던 곳이 아닌가? 나는 되감기로

필름을 돌리듯, 그 옛날로 거슬러 올라가 이곳의 추억들을 더듬으면서 북한산성의 성곽 밑에 위치한 시산제 장소를 향하여 계곡을 따라 산에 오르고 있었다.

봄기운이 감도는 북한산 정릉 계곡의 깊은 산속 아늑한 곳에 제상이 마련되어 있었다. 제법 널찍한 제상에 종이컵으로 감싼 촛불을 밝히고, 돼지머리에 떡과 과일을 놓고 향을 피우니 마음이 차분해진다. 올해도 동문들의 안녕과 무사한 산행을 기원하는 제문을 어느 선배가 낭랑한 목소리로 읽었다. 동문 기수별로 큰절을 했다. 머리 숙여 절을 하니 마음이 겸손해진다. 오늘처럼 늘 겸손한 마음으로 산에 오르고, 올해도 무사하기를 기원했다.

몇 년 전 시산제를 지냈던 기억이 났다. 그해엔 유난히도 우리 동기 동창들이 많이 참석하였다. 많은 동기들이 한꺼번에 큰절을 올리자니, 자리가 비좁아 몇몇은 절도 못 올리고 끝냈다.

그런데 제(祭)를 끝낸 후, 하산 길에 동기인 J군이 우연찮게 넘어져 다리 골절의 중상을 입는 사고가 발생했다. J군이 넘어진 장소는 경사진 비탈길도 아니요, 험한 바윗길도 아니었다. 산길치고는 제법 평탄한 곳이었다. 하지만 J군은 다리 골절로 전혀 움직일 수가 없었으며, 소방 헬기를 불러 병원에 급히 보내졌다. 그런데 공교롭게도 그날 J군은 시산제 제상에 큰절을 올리지 않았던 것이다. 그 후 우리 동기들 사이에서는 시산제에서 큰절을 하지 않으면 큰일을 당할 수도 있다는 징크스가 퍼지게 되었다.

　시산제를 끝내고 교가도 부르고 만세 삼창도 했다. 제주(祭酒)로 돌아가
며 음복(飮福)을 했다. 올해도 복(福)을 마셨으니 무사 안녕할 것이다. 의
식을 끝내고 점심 자리가 마련되었다. 특별히 마련된 것이라 그런지, 아
니면 조금 늦은 점심이라 그런지 꽤나 많아 보였던 제상에 올린 시루떡은
순식간에 동이 났다. 그리고 동문들은 여기저기 모여 앉아 점심을 들었
다. 이곳저곳에서 "위하여!" 하며 건배하는 소리, "자아 자~." 하며 술잔
권하는 소리, 웃음소리…….

　북한산 깊은 산속 아늑한 정릉계곡에는 봄기운이 충만해 보였고, 선후
배간의 화기애애한 정도 가득했다. 특히나 그동안 격조했던 나보다 바로
1년 선배인 어느 동문은 우리 동기들이 둘러앉은 자리로 다가와서
　"이봐 37회! 우리 말야, 36회와 37회 합동산행도 같이하고, 보다 더 가
깝게 지내자."
　하고 말했다. 대체로 동문들은 자기 기수의 동기 동창끼리는 매주 일요
일 혹은 토요일에 산행을 한다. 그리고 한 달에 한 번은 총동문 산행이라
하여 동문들 전체가 같이 모여 산에 오른다. 하지만 총동문 산행 때에는
너무 많은 동문들이 오다 보니 동기 동창이 아니면 안면만 있을 뿐 누가
누군지도 모른다. 그런 점을 감안하여 그 선배는 자신의 동기들과 1년 후
배인 우리 동기들만의 산행을 하자는 것이었다. 그러면 서로 보다 친밀하

게 지낼 수 있다며 그 선배는,

"우리가 1년 차이인데…… 이 나이에는 선후배보다도 그냥 친구가 아니겠어?"

하고 말했다.

사실 학창시절 가장 가까우면서도 무서운(?) 선배가 바로 1년 위 선배가 아니었던가? 하지만 지금은 그냥 친구로서 지낼 수도 있는 노년의 나이가 되었다는 말이 아닌가? 나는 그 선배 말에서 진솔하고도 애틋한 정감이 느껴졌다.

나는 정이 가득한 그날의 분위기와 그 행복한 순간들을 어디엔가 보관하여 두고두고 다시 느껴보고 싶었다. 언제까지나 머물고 싶은 순간들이 아쉽게도 흘러가고 있었다. 산에서 내려와 집으로 가는 도중에도 산에서의 그 왁자지껄하는 소리가 자꾸 귀에 맴돌았고, 그 어떤 부듯한 감정이 내 가슴을 파고들었다.

아름다운 설악의 밤

　서울은 복잡한 주말 오후였다. 몸과 맘을 훌훌 털고서 한강을 따라 달렸다. 양수리에 이르러서야 하늘은 구름 한 점 없는 가을날 특유의 푸른 빛으로 드리워져있음을 알 수 있었다. 인제를 지나 원통에 이르니 산간에 가까이 왔음이 느껴졌고, 민예단지 삼거리에서 한계령 길로 접어드니 설악의 기운이 피부에 확 와 닿았다. 세파에 찌든 얼굴이 환히 펴지며 가슴 속이 다 후련해졌다.

　옥녀탕 휴게소에 짐을 풀었다. 그리고 저녁을 직접 지어 먹기로 했다. 불판을 달구어 삼겹살을 굽고, 두부된장찌개도 끓였다. 그리고 지난여름 춘천 남쪽 금병산에서 채취한 복분자로 담근 술 한 순배를 돌렸다. 뱃속 깊숙이 따끈해지며 손과 발끝까지 짜릿한 전율이 왔다. 복분자술의 색깔은 더욱더 고운 붉은 색으로 보였고, 밥맛은 꿀처럼 달았다.

식사 후에는 모두가 아름다운 가을밤을 그냥 보낼 수가 없어, 누가 먼저라고 말할 것도 없이 방밖으로 나왔다. 별이 빛나는 밤이었다. 수많은 별들이 맑은 밤하늘을 수놓으며, 그 영롱한 빛을 쏟아내고 있었다. 누군가가 별을 세어보자고도 했다.

"별 하나 꽁꽁 나 하나 꽁꽁, 별 둘 꽁꽁 나 둘 꽁꽁……."

어릴 때에도 오늘처럼 별이 빛나던 밤에 멍석을 깔고 누워 별을 셌다. 숨을 안 쉬고 누가 더 많이 별을 세는지 내기를 했던 기억이 있었다. 그런데 지금은 몇 개까지나 셀 수 있을까? 가을밤의 청량함이 느껴졌다. 내일의 산행을 위하여 아쉽지만 밤하늘의 별들을 뒤로 두고 잠자리에 들었다.

얼마쯤일까, 덜거덕하는 소리에 잠을 깨었다. 누군가가 바깥으로 소변을 보러가는 것 같았다. 옥녀탕 휴게소에는 민박하는 방들이 계곡 물가 가까이에 별동 막사처럼 지어져 있었다. 시설은 썩 좋은 편은 아니나 물가에 붙어있어, 방에 누워서 계곡물 소리를 들을 수 있었다. 돌돌돌……. 끊이지 않고 들리는 계곡의 물소리는 깊어가는 가을밤을 더욱 그윽하게 해주고 있었다. 그리고 별 구경 할 때는 숨어있던 조각달이 그 옥 같은 고운 빛을 방 안에 쏟아붓고 있었다. 물소리와 어우러진 달빛…… 퍽이나 아름다웠다. 베토벤 〈월광곡〉의 맑은 피아노 선율이 울려 퍼지는 밤이었다.

다음 날 아침 일찍 옥녀탕에서 오색을 거쳐 대청봉으로 오르는 등반길로 들어섰다. 상큼한 산 내음이 코를 트이게 했고, 서늘한 공기가 피부를 움츠러들게 했다. 설악은 언제나 같은 모습으로 나를 반겨주었다. 아름드리나무들은 하늘을 가리고 새소리, 물소리, 바람소리는 설악이 새삼 명산임을 느끼게 했다. 붉고도 매끄러운 밑동 줄기를 가진 큰 소나무들은 너무나 멋스러웠고, 하늘을 찌르는 전나무 군락지에서는 거목의 아름다움을 만끽할 수 있었다.

대청봉 정상 근처에 이르니 하늘을 가리던 거목의 숲은 없어지고, 햇살이 눈부시게 쏟아지는 초원이 전개되었다. 초원에는 가을 들꽃들이 군락을 이루고 있었다. 초원의 가을 들꽃들은 봄의 들꽃들처럼 작은 보석같이 반짝이거나 아기자기하지는 않지만, 소박하고 청순한 맛이 있었다. 봄의 들꽃들은 샛노란, 혹은 새하얀 색깔의 꽃으로 그 색깔이 눈이 부실 정도로 강하다. 그리고 꽃의 크기는 조그마하고, 꽃줄기 역시 키가 작아 지면에 납작 달라붙어있다. 하지만 가을 들꽃들은 소박한 하얀색 혹은 연한 노란색의 꽃들로, 그 줄기는 바람에 흔들거리며 여기저기 멋쩍은 듯 피어있었다.

군락을 이루고 있는 가을꽃들에게 가까이 가보았다. 국화과에 속한다는 하얀 구절초꽃, 연자주색의 쑥부쟁이꽃, 그리고 또 저쪽으로는 자주색의 꽃 덩이를 이루고 피어있는 산부추꽃들이 제법 무성하게 피어있었다. 그 꽃들은 마치 하늘의 정원에서 천사들이 보살피는, 그래서 속세에서는 볼 수 없는 신성한 꽃처럼 보였다. 하기사 구절초는 여자들에게 좋은 약재로 쓰였고, 쑥부쟁이는 어린순을 데쳐서 나물로 무쳐 먹는 귀한 식재로 쓰였다. 그뿐 아니라 산부추는 어린 줄기와 순을 부침개를 만들어 먹거나 나물 잡채로 먹고, 또 항균 소염제로 쓰이는 약재가 아닌가?

대청봉 정상에 서있으면 저 멀리 동해바다는 물론 사방 천지를 다 내려다볼 수 있었다. 하지만 오늘의 대청봉은 빙 둘러 흰 구름에 덮여있었다. 정상 주변으로 끝없는 운해(雲海)가 이루어져 있었고, 마등령 능선과 용아장성의 봉우리들은 섬, 섬, 섬이었다. 동쪽으로는 푸른 동해바다 대신에 흰 구름의 바다가 끝없이 전개되고 있었다. 내가 서있는 대청봉은 바다에 떠있는 섬처럼 느껴졌다.

우르릉 쾅, 쾅……. 하늘이 깨지는 듯한 소리에 깜빡 들었던 잠을 깼다. 새벽 1시……. 밖에는 천둥 번개가 치면서 세차게 비가 퍼붓고 있었다. 청명하고 햇빛 찬란했던 날씨에 등반을 마친 뒤 청봉 정상 근처에 위치한 산장에 짐을 풀고 누운 지 불과 2~3시간이 지났을 뿐인데……. 순식간에 천둥 번개가 치면서 세차게 비가 오다니…….

요란한 빗소리는 1시간 정도 들리다가 조용해졌다. 그러고는 언제 비가 왔냐는 듯이 창문으로 달빛이 스며들고 있었다. 산 아래를 뒤덮고 있던 구름이 올라와 세찬 비를 뿌리고 다시 내려간 것일까? 아니면 산신령님이 구름을 타고 지나간 것일까?

그나마 깜빡 들었던 잠도 빗소리에 깨인 후, 엎치락뒤치락 잠이 오지를 않았다. 창문에 스미는 달빛이 아름다워 나는 방 밖으로 나가보았다. 은은한 달빛은 고요히 비추고 있었고, 수많은 별들은 총총히 빛나고 있었다. 고고하고도 그윽한 설악의 밤하늘이 펼쳐지고 있었다. 그리고 설악의 밤하늘은 그 옛날 나의 아름다웠던 대학 시절로 나를 안내하고 있었다.

2학년 때였던가? 어느 초여름 날, 우리는 토요일 수업을 마치고 대학 산악동아리 남자 회원 4명과 여자 회원 2명이서 도봉산에 야영을 하러 갔었다. 당시는 등산 인구가 훨씬 적었고, 산에서 취사 등 야영이 자유로웠다. 또 대학 산악동아리들은 도봉산의 주봉, 선인봉, 만장봉 그리고 북한산의 인수봉 등에서 주로 암벽 등반을 했었다. 토요일 오후에 산에 들어가 비박(텐트 없이 노숙하는 것)을 하고, 일요일 아침 일찍부터 암벽 등반을 하곤 하였다.

그날도 저녁을 지어 먹은 후, 내일의 힘든 암벽 등반을 위하여 일찍 잠자리에 들었다. 그러나 고운 달빛과 총총한 별빛이 얼굴에 쏟아져 내려 잠이 오지 않았다. 나는 침낭에서 나와 밤하늘을 감상하려 쭈그리고 앉았다.

"중일이 형, 잠 안 자고 뭐해?"

하는 소리가 들렸다.

같이 산에 온 J양이 벌써부터 아름다운 밤하늘을 감상하고 있었음을 알 수 있었다.

나의 일 년 후배인 그녀는 빼어난 미모는 아니었으나 언제나 명랑했다.

선배 남학생들을 늘 형이라 호칭했다. 안경 너머의 그녀의 눈동자는 반짝였고, 순수함과 지성이 얼굴에 흐르고 있었다. 그런 그녀와 달밤에 단둘이서 대화하는 것은 나의 가슴을 충분히 설레게 하였다. 청명한 밤하늘에는 수많은 별들이 빛나고 있었고, 은하수의 흐름이 뚜렷했다. 그녀는 나에게,

"중일이 형! 저 많은 별 중에서 형의 별은 어느 것이야?"

하고 물었다.

별자리에 대해 전혀 몰랐던 나는 그녀의 귀엽고도 엉뚱한(?) 질문에 당황했다. 그녀는 백조라는 별자리를 좋아한다며 은하수 속에서 유난히 반짝이고 있는 십자가 형태의 큰 별 5개를 가리켰다. 그 5개의 별 중에서도 꼬리 부분의 제일 큰 별을 자신의 별이라 했다. 그녀는 별자리에 대해서 많은 지식과 아름다운 사연들을 알고 있었다. 당시 내가 아는 별은 북두칠성과 북극성뿐이라, 북극성이 내 별이라고 건성 대답을 했다. 그녀는 백조자리가 십자가 형태라 북십자성이라고도 한다면서 나를 북극성, 자기를 십자성이라 부르자고 했다. 우리는 그 이후 우리들만의 암호처럼 북극성, 그리고 십자성이라고 서로를 호칭했었다.

설악 밤하늘의 달빛과 별들은 그 옛날처럼 고운데……. 정다웠던 십자성은 지금 어디 있는지?

다음 날 아침 천불동계곡 쪽으로 하산을 시작했다. 천불동계곡은 언제 보아도 감탄을 자아내게 했다. 높은 암벽과 암벽 사이의 깊은 계곡을 따

라 험준한 하산길이 나있었다. 깊은 계곡을 따라 나있는 산행 길은 험준
했으나 쾌적했다. 계곡 상류에는 수백 년은 되었음직한 아름드리나무들
이 많이 눈에 띄었다. 하류 여러 곳에는 거목 통나무들이 쓰러져 계곡을
가로막고 있었다.

계곡에는 차고도 맑은 물이 철철 넘쳐흐르고 있었다. 산새들이 지저귀
는 소리는 물소리를 배경 삼아 더욱더 청아하게 들렸다. 굽이마다 옥수(玉
水)가 휘돌아 쳐 폭포와 옥색의 청담(淸潭)을 이루고 있었다.

기이하고도 묘한 암벽과 미끈히 파인 바위 물길이 감탄을 자아내게 했
고, 흐르는 계곡물 또한 더욱 곱고 맑아 탄성이 절로 났다. 선인들이 표현
했던 옥수라는 말의 뜻을 알 것 같았고, 물이 이렇게도 곱고 아름다울 수
도 있구나 하는 것을 새삼 깨달았다.

귀경길에 올랐다. 주차장을 방불케 하는 차량 행렬이 이어졌다. 달빛이
유난히도 고운 산의 세계에서 꿈 같은 밤을 보내고, 혼탁하고 지루한 엄
연한 현실 속으로 나는 들어가고 있었다.

북한산

봄날 주말 오후, 대치동 학여울 전철역을 지나 영동대로를 달리고 있었다. 휘문고교 사거리로 오르는 언덕길은 오가는 차량들로 붐비고 있었다. 내가 타고 가는 승용차는 가다 서다를 반복하며 간신히 길 언덕마루에 올라섰다. 삼성역까지의 내리막길은 더욱더 많은 차량들이 몰려있어 주차장을 방불케 했다. 나는 따분한 마음으로 무심히 눈을 들어 먼 하늘을 바라다보았다.

북쪽 저 멀리에 하늘과 맞닿은 북한산의 능선이 보였다. 그리고 그 끝쪽에는 매끈하게 치솟아있는 검푸른 봉우리가 단연 돋보였다. 바로 인수봉과 백운대였다. 이렇게 복잡한 서울 시내 한복판에서 그토록 빼어난 산봉들이 보인다는 것에 새삼 반갑고도 놀라웠다. 그리고 그 순간 조급하고 불안했던 내 마음이 평온해짐을 느꼈다. 나는 문득 내일은 저 북한산에 가리라고 다짐하며, 승용차가 나가는 대로 그냥 느긋하게 차를 몰았다.

북한산의 백미는 역시 빼어난 3개의 봉우리, 인수봉과 백운대 그리고 만경대이다. 이 봉우리들은 화강석을 깎아 세운 듯한 거대한 암봉(岩峯)들로 북한산의 북쪽 부분에 함께 모여있다. 가장 높이 솟아있는 백운대, 바로 그 동북쪽으로 매끈한 형태의 인수봉, 그리고 그 남쪽에 만경대가 삼각형을 이루며 삼 형제처럼 솟아있다. 그래서 북한산은 조선 말까지도 이 세 봉우리를 의미하는 '삼각산'으로 불렸다.

이 세 봉우리는 수도권 일대에서는 제일 높은 곳으로 서울 시내에서는 물론, 경기도 일원에서도 다 올려다보인다. 세 봉우리는 서울의 상징이고, 서울의 표지물인 것이다. 일제 강점기에는 일제가 우리 민족의 정기를 끊는다는 속셈으로 이 세 봉우리 정상에 쇠말뚝을 박았고 명칭도 북한산으로 호칭하게 되었다.

북한산은 이 걸출한 세 봉우리에 특히 큰 의미가 있으나, 이 외에 상장봉, 보현봉, 문수봉, 의상봉, 원효봉, 염초봉 등 40여 개의 높이 솟은 많은 봉우리들이 있다. 또한 이들 봉우리 사이에는 아름다운 수많은 계곡들이 있다. 이 수많은 높은 봉우리들과 계곡들로 북한산은 그 스케일이 크고 산세가 웅장하다. 뿐만 아니라 계곡 밑으로 흐르는 물의 양도 풍부하다. 그러다 보니 산이 수려하고 산림이 깊게 우거진 명산으로 사람들의 좋은 휴식처가 되고 있다. 또한 수많은 봉우리 중 특히 빼어난 인수봉을 중심으로 높은 암벽들이 산재해있어, 암벽 등반을 즐기는 등산전문가의 터전이자 메카가 되고 있다.

나는 아침 일찍 우이동 북한산 입구로 들어갔다. 어제 영동대로에서 바라보았던 삼봉(三峯)을 다시 올려다보고, 진달래 능선을 오르며 지금 한창인 진달래 꽃구경도 마음껏 하고 싶었다. 또한 능선과 연결되는 북한산성의 성곽 길도 걷고 싶었기 때문이었다. 우이동에 들어가면 삼봉의 정상에서부터 흘러내려 오는 맑은 물이 언제나 철철 흐르는 백운천을 만날 수 있고, 또한 그 어느 곳보다 삼봉이 가까이 올려다보였다. 그래서 누구나 이곳에 오면 늘 마음이 탁 트이면서 평온해짐을 느낀다 했다.

나는 평온해진 마음으로 백운천을 따라 잠시 오르다가 진달래 능선으로 접어들었다. 진달래 능선은 그 이름에 걸맞게 능선 입구에서부터 나무 가지가지마다 진달래가 만발하여 능선을 따라 분홍빛의 꽃길이 계속되어있었다.

나는 매년 봄이 되면 이곳 진달래 능선을 오르면서 진달래의 짙은 봄의 향을 느껴왔다. 진달래 능선의 진달래는 그 피는 시기가 매년 일정하였다. 크게 틀린다 해도 일주일 상관이다. 어쩌다가 진달래 능선에 오르는 날짜를 잊거나 일정을 잘못 잡으면, 그해는 진달래 능선의 진달래를 적기에 못 보고 지나갔고, 그러면 일 년 내내 꺼림칙한 마음까지도 들곤 했었다. 다만 능선 입구에서는 활짝 피어있던 진달래가 능선을 따라 오를수록 점점 아직 피지 않은 꽃봉오리가 많아짐을 볼 수 있다.

몇 년 전 어느 봄날에도 나는 진달래 능선을 찾았다. 능선 입구에 도착해보니, 진달래 꽃나무 가지마다 새잎이 돋아나 있었다. 진달래는 가지에서 꽃이 먼저 피고 그 꽃이 진 다음 새잎이 돋아나는 것임을 잘 알고 있는 나로서는 그 새잎들을 보는 순간, 진달래 능선의 진달래 꽃길은 걸을 수가 없다는 것을 직감했다. 하지만 능선 중턱쯤 오르니 이미 다 지거나 시들시들한 진달래는 활짝 핀 진달래로 변해있었다. 그리고 그 이후 능선에는 제법 걸을 만한 진달래 꽃길이 계속 전개되어있었다. 능선의 고도가 점점 높아짐에 따라 개화하는 시기의 시차가 생기는 것이었다.

매년 어김없이 거의 같은 날짜에 꽃을 피우는 진달래. 고도에 따라 조금씩 피는 날짜를 달리하는 진달래. 그 얼마나 놀랍도록 철저한 것인가, 또한 자연의 섭리라는 것이 그 얼마나 경이로운 것인가를 진달래 능선은 나에게 일깨워주고 있었다.

진달래 능선을 다 오르면 드디어 북한산성의 동쪽 문인 대동문에 도달하게 된다. 북한산의 걸출한 봉우리들 외에, 또 다른 북한산의 대표적 상징은 바로 북한산성이다. 북한산성은 백운대 등 세 봉우리를 포함하여 높이 솟은 다른 봉들과 능선들로 연결되어있다. 다시 말하면 북한산의 가장 험준한 지역을 포괄하는 핵심지역인 것이다. 또한 북한산성은 견고한 군사적 요충시설인 동시에, 주변과도 잘 어울리게 조성되어있어 인간이 조성한 건조물이라기보다는 그 자체가 산의 한 부분이요, 아름다운 자연이다.

북한산성 대동문……. 옛정취가 느껴지는 화강석기단과 돌 아치, 그리고 붉은색의 육중한 출입문. 보면 볼수록 우아하고 화려한 대동문의 문루(門樓)……. 나는 대동문을 통하여 북한산성 성 안으로 들어갔다. 그리고 대동문루에 올라 잠시 쉬면서 탁 트인 사방을 둘러보았다. 성 안 참나무 숲은 새순이 돋아나 제법 연록의 색깔로 변해있었고, 저 아래 성 밖으로 내려다보이는 소귀천계곡의 신록들 역시 연둣빛의 바다를 이루고 있었다.

그리고 북한산성 성 안의 공기가 성 밖의 공기와 완연히 다르다는 것이 느껴졌다. 성 안에서는 약간은 쌀쌀한 바람이 풋풋한 산 내음을 풍기며 끊임없이 불어왔다. 바람은 청풍(淸風)이 되어 대동문루를 맴돌며 나의 마음까지도 깨끗하고도 시원스럽게 씻어주고 있었다.

북한산성의 성곽을 따라 길이 나있다. 이 성곽 길은 장장 13km에 이르는 북한산성 성곽에 접해있다. 북한산성 성곽은 암벽으로 이뤄진 험준한 구간이 상당 부분 있어 성곽 길을 다 완주하기는 어려웠다. 다만 전문등산가들이 자일과 하겐, 줄사다리 등 암벽등반 장비를 갖추고 강행군을 한다면 최소 5일 이상이 걸렸다. 하지만 북한산성 성곽 길 중 대동문에서 보국문과 대성문을 거쳐 대남문에 이르는 구간은 산행하기가 비교적 안전하고, 또한 북한산의 정취를 깊이 느낄 수가 있어 많은 등산객들이 즐겨 찾는 산행 코스가 되었다.

나는 대동문루에서 내려와 성곽을 따라 대남문 쪽으로 가는 성곽 길을 걸었다. 성곽 길의 길섶에는 샛노란 들꽃들, 부드러운 솜털의 쑥, 이름 모를 연록의 들풀들이 바닥에 달라붙어 꽃밭과 쑥밭 그리고 풀밭을 이루고 있었다. 그리고 겨울에는 시커멓던 수목들은 연록의 새잎들로 한껏 물이 올라있음을 보여주고 있었다.

또한 성곽 길을 따라 걷노라면 명산의 정취를 흠뻑 느끼면서 좌로는 저 멀리 서울 시내가 내려다보이고, 우로는 북한산의 백미인 삼봉을 볼 수 있었다. 즉 좌로는 인간의 세계가 보이고, 우로는 산의 세계가 동시에 보이는 것이었다. 산의 세계에는 북한산의 삼봉뿐 아니라 도봉산의 선인봉, 오봉과 함께 수락산도 보였다.

나는 봄이건 겨울이건 이 성곽 길을 걷는 것을 좋아한다. 이 성곽 길은 대동문루에서 북한산성의 청풍으로 마음을 깨끗이 씻고, 인간의 세계를 밑으로 내려다보면서 하늘 길을 통하여 산의 세계로 걸어 들어가는 기분을 느낄 수 있어 좋다.

그리고 이 성곽 길에서는 특히 매끈한 인수봉을 가까이 올려다볼 수 있어 좋다. 구름에 싸여있는 오늘의 인수봉……. 역시 빼어나고 수려한 모습이었다. 산에서나 혹은 서울 시내에서나 인수봉이 보이는 곳이라면 언제나 마음을 가다듬고 보아왔었고, 볼 때마다 항상 감탄을 금치 못했다. 오늘도 그 인수봉은 새삼 나를 감탄케 하고 있었다. 그리고 그 옛날 나의 대학 시절, 학교 산악회에서 활동했던 추억에 잠기게 하였다.

대학에 입학한 직후에 나는 학교 산악회에 입회를 했었다. 선배들은 바위 타기 연습을 시킨다며 방과 후에는 어김없이 자일을 둘러매고 인왕산 암벽에 가서 경사도가 급한 소위 슬래브(slab)라고 부르는 바위 면에 오르는 암벽 등반 연습을 하게 했다. 그러다 실전으로 바위 타기에 제일 처음 도전한 암봉이 바로 삼봉 중 하나인 인수봉이었다. 그때까지만 해도 나는 인수봉이란 말만 얼핏 들은 적이 있었지, 그 존재를 실감 있게 알지 못했었다.

나는 우이동 깔딱고개 마루에서 인수봉을 처음으로 가까이서 올려볼 수 있었다. 매끄럽고도 거대한 큰 바위가 산처럼 우뚝 솟아, 마치 푸른 하늘에 맞붙어있는 것처럼 보였다. 그리고 까마득하게 올려다보이는 정상 위로 구름이 움직여, 흐름에 따라 인수봉이 내 머리 위로 쓰러져 넘어오는 듯한 착각에 빠지게 했다. 순간 나는 소스라치게 놀라 '어~' 하는 외마디를 나도 모르게 지르며 몸이 굳어졌다. 정신을 가다듬고 다시 올려다본 인수봉은 거대하다 못해 위대해 보였다. 그리고 미약한 인간인 내가 저 엄청난 인수봉에 오른다는 것은 상상조차 할 수 없었다.

인수봉 밑에서 4명이 1개 조로 3개 팀의 암벽 등반조를 편성했다. 1팀은 동쪽에 있는 T침니(chimney) 코스로, 2팀은 서쪽에 있는 크랙(crack) 코스, 그리고 가장 베테랑으로 구성된 3팀은 후면 오버행(overhang) 코스를 타기로 했다. 나는 2팀으로 크랙 코스를 타도록 배정되었다. 한눈에도 날렵하게 보였던 2학년 선배가 톱(Top, 제일 먼저 오르는 사람)을, 군대를 마치고 복학해 온 3학년 노장 선배가 세컨드(Second)를, 그다음에 내가 오르고, 마지막 라스트(Last)로 3학년 선배가 오르게 되었다. 팀원 4명이 하나의 자일로 연결되어, 팀원들은 하나의 생명줄로 매인 것이었다. 한 사람이 슬립(slip)을 하든지, 혹은 크랙에서 몸이 빠지는 실수로 몸의 균형을 잃게 되어 암면 절벽에서 미끄러져 추락한다면 팀원 전원이 위험할 수도 있었다.

우리 팀은 슬래브를 두 발과 두 손으로 기어오른 후, 톱을 선두로 순번대로 크랙 코스를 본격적으로 오르기 시작했다. 손과 발을 바위틈에 넣고 주먹을 쥐거나 발을 살짝 비틀면 바위틈에서 손과 발이 빠지질 않았고, 그 힘으로 몸을 지탱할 수 있었다. 몸이 날렵하고 유연해야 할 뿐만 아니라 팔 다리는 물론 전체적으로 몸의 강한 근력을 필요로 했다.

우리 팀이 다른 팀보다 먼저 인수봉 정상에 올랐다. 하지만 내가 어떻게 하여 인수봉정상에 올랐는지 생각이 나질 않았다. 다만 나는 바로 내 앞에서 세컨드를 보는 선배에게 "앵커(Anker)~ 앵커~!"라고 소리치면서 버둥대고, 선배가 "야, 이 친구야! 몸의 밸런스를 잡어!"라고 질책하는 소리만 얼핏 들렸던 기억만 있었다. 어느새 손톱과 손마디 주변 여기저기가 까지고 피도 조금 나있었다.

인수봉 정상에서는 사방이 다 내려다보이고, 저 아래 건물들과 사람들은 작은 장난감과 개미들이 움직이는 것처럼 보였다. 제법 바람이 세차게 불고 있었다. 서둘러 인수봉 후면 직벽으로 가 압자일렌(Abseilen) 3피치로 하강하였다. 무사히 인수봉에 올랐다가 내려온 것이다. 인수봉에 오르는 것을 상상조차 할 수 없던 나는 말할 수 없는 쾌감과 성취감에 충만하였다. 자애롭고도 도량이 넓은 인수봉이 미약한 나에게 늘 겸허하고도 넓은 마음으로 세상을 바라보라는 뜻으로 한 번의 오를 기회를 준 것이 아닐까?

인수봉을 난생처음 만나고 그리고 그 정상에 올랐던 때의 충격은 나로 하여금 북한산은 물론 산 자체를 좋아하게 되었고, 이후 지금까지도 즐겨 산을 찾는 계기가 되었다.

산은 매주 올 때마다 확연히 다른 모습으로 나를 반겨주었다. 산수유와 진달래가 피었나 하면 녹음이 우거지고, 그런가 하면 단풍이 물들고……. 매주가 아니고 매일 끊임없이 변하고 있었다. 그러나 오늘의 산은 분명 변한 것이 없었다. 그 옛날이나 지금이나 전혀 달라진 것이 없었다. 오히려 오늘은 더욱더 신선하고 푸르러져 있었다. 그리고 언제나 한결같이 변함없는 모습으로 나를 반기고 있었다. 누구에게나 항상 공평하고 근엄하면서도 자애로운 모습이었다. 꾸밈과 허세가 없고, 신선함과 새로움을 더해주고 있었다.

다만 내가 산에 다니는 동안에 변한 것이 있다면, 시내 쪽에 고층 아파트가 무리를 이루어 혼탁하게 보이는 풍경과 어느덧 머리 희끗한 나의 모습이 아니던가? 그러나 나의 마음만은 지금도 누구에게나 항상 공평하며 자애로워지고 싶다. 그리고 항상 진솔하여, 더욱 신선하고 젊어지길 다짐하고 싶다. 오늘의 북한산처럼…….

나는 북한산과 같이 한 그간의 세월을 더듬으며, 이런 생각을 하면서 대성문을 지나 정릉 쪽으로 하산하였다. 신성한 산의 세계에서 나는 다시 혼탁한 인간의 세계로 돌아온 것이었다.

눈 덮인 북한산 성곽길

눈 덮인 북한산 성곽 길
푸른 하늘과 맞닿은
하얀 하늘 길

저 멀리
인간세계 발아래 두고
끝없이
눈꽃 핀 나무 무성한 그 길 따라
하얀 산의 세계로
뽀드득뽀드득 소리 내며 들어갔다.

한밤중
눈을 감아도 환히 보이는
눈 덮인 그 길
하얀 하늘 길

새벽녘
잠결에도 들리는
뽀드득뽀드득
하얀 그 소리

북한산에는 북한산성 성곽 길이 있어 멋스럽다. 성곽 길에서는 멀리 서울의 시가지가 한눈에 내려다보이고, 동시에 명산의 정취를 느낄 수 있어 좋다. 특히 겨울의 북한산은 눈꽃 핀 순백의 은세계를 이루고 있으며, 언제나 내 눈에 선하게 그려진다.

3장

새로운 만남

새로운 만남

인생에 있어 제일 중요한 만남 세 가지를 들라고 하면 어떤 사람은 스승과의 만남이 제일 중요하고, 다음이 친구와의 만남이요, 그 다음이 배우자와의 만남이라 한다. 또 어떤 사람은 친구와 만남 대신에 부모와의 만남을 꼽기도 하고, 또 어떤 사람은 책과의 만남이 중요하다고도 한다. 또한 만남 중에서 가장 축복된 만남은 하느님과의 만남이라고 말하는 사람도 있다.

사람의 만남이란 바로 인생의 시발점이요, 산다는 것은 곧 서로 만난다는 것을 의미하는 것이라 하겠다. 어느 만남이건 간에 경우에 따라서는 자기에게 큰 영향을 주어 자기인생을 크게 바꾸어놓을 수도 있다. 그렇다 보니 어느 만남은 중요하고 또 어느 만남은 덜 중요하다고 단언할 수는 없다. 그 만남이 자신에게 얼마나 영향을 주었나에 따라 중요하게 여기는 정도가 사람마다 달라지지 않나 생각해본다. 다만 중요한 것은 만남을 통해서 좋은 것은 배우고 또 좋지 않은 것은 반면교사로 여겨서 중요하고도 아름다운 만남으로 스스로 만들어가는 것이라 하겠다.

　살아오는 동안, 나에게도 중요하고도 아름다운 만남이 많이 있었다. 많은 만남 중에는 부모 형제와의 만남, 아내와 아들 삼 형제와의 만남은 물론 며느리들과의 만남도 나에게는 중요하고도 아름다운 만남이었다고 생각한다.

　또한 노년이 된 이후에는 그 어느 만남보다도 축복되고도 아름다운 만남이 있었다. 생각만 해도 나에게 평온함과 행복을 주면서, 마음이 기뻐지고 절로 미소를 짓게 하는 새로운 만남이었다.

　손녀인 지원(智源)과 려원(麗源), 그리고 손자인 원준(源俊)과 원욱(源煜) 등 4명의 손주들이 태어난 것이다. 그것도 며느리와 만남이 있은 후 오랜 기간이 흐른 다음이라 나에게는 더욱더 간절했던 만남이었다. 그리고 그 어린 것들이 자라나는 과정 또한 나에게는 기쁨과 마음 졸임, 그리고 새로움과 신기함의 연속이었다. 물론 이러한 과정은 이미 아들들이 태어나, 그들을 키우면서 다 거친 경험이었다. 그러나 손주들을 향한 나의 느낌과 감정은 아들의 경우와는 전혀 다른, 그 어떤 것이었다.

　세 며느리들과 처음 만났을 때의 느낌과 소감을, 그리고 손주들과의 만남에 얽힌 그 기쁘고 가슴 벅찬 이야기들을 글로나마 표현하고 싶었다. 며느리들은 자란 환경이 각기 다르고, 아들들과 만난 계기도 서로 달랐다.

그러다 보니 내가 그들을 처음 만났을 때의 느낌 또한 다르게 느껴졌다. 하지만 손주들의 경우는 다 비슷하게 느껴졌다. 나는 내 할아버지만큼이나 나이가 든 지금 나의 손주들을 만나게 되었다. 그러다 보니 젖먹이 시절, 나의 할아버지나 할머니가 나에 대하여 느꼈을 감정이 바로 이런 것이었겠구나 하고 짐작할 수 있게 되었다.

새로이 손자와 손녀를 만나는 것은 할아비인 나로 하여금 또 다른 세상을 보도록 했다. 자식보다 더 세밀하게 그 무엇을 보게 하고, 자식보다 더 애틋하게 그 무엇을 느끼게 하였다. 우연히 마주치는 고 또래의 아이들까지도 너무 귀엽고 사랑스럽게 느껴져 나도 모르게 이리저리 살펴보는 관심이 생겼다. 오다가다 만나는 아이들도 그럴진대 손주들이야 오죽하겠는가.

일단은 가장 먼저 태어난 맏손녀인 지원이 이야기 몇 가지를 써보았다. 조금 나중에 태어난 려원이, 원준이, 그리고 원욱이의 경우도 나의 느낌이나 감정은 똑같았다. 지원이의 이야기에서 그냥 이름만 바꾸면 그것이 곧 려원이의 이야기고, 원준이, 원욱이의 이야기인 것이다. 그리고 이것이 모든 할아버지 할머니들이 느끼는 자신들의 손자 손녀의 이야기라고 믿고 싶다.

만남·1

　나와 제일 먼저 만난 며느리는 나의 귀여운 첫 손녀인 지원이를 안겨준
나의 둘째 며느리였다.

　진달래가 지고 연이어 철쭉이 한창이던 어느 화창한 봄날, 아내는

　"여보! 둘째가 사귀고 있는 아가씨를 당신에게 인사시키고 싶대요. 이
번 토요일 오후에 집으로 오라고 하려는데……. 어떠신지? 아가씨의 부
모님들께서 결혼 문제를 빨리 매듭짓기를 바라시나 봐요."

　하고 말했다.

　당시 나는 나의 둘째아들이 어느 아가씨와 오랫동안 사귀어온 것을 얼
핏 알고는 있었으나, 한 번도 만나본 적이 없었다. 아내에게 나는 둘째아
들이 대학에 입학한 직후, 그녀를 소위 신입생 미팅 때에 파트너로 처음
만났다고 전해 들었다. 그러다 보니 둘은 동갑내기고, 사귄 지가 10년이
나 되었다 했다. 그리고 둘째는 그녀의 부모님도 만나 뵈었고, 그 댁에서

는 혼사 여부를 조속히 결론을 내기를 바라고 있다는 것을 알게 되었다. 하지만 나는 큰아들이 아직 미혼인지라 솔직히 둘째의 혼사에는 관심을 가지질 못하고 있었다. 그러나 당시 29세였던 둘째아들과 동갑내기 그녀의 나이를 새삼 생각해보니 당장 결혼한다 해도 결코 빠른 것이 아니고 오히려 늦은 감이 있었다.

"아니 그 아이들이 10년이나 사귀어왔던 거야?"

"그럼요, 대학 신입생 때 만나서 둘째가 군대 3년 갔다 오고, 대학 졸업하고, 취직해서 3년이 되었으니…… 10년이 되었지요……. 그 아가씨 부모님들께서도 당연히 서두를 만하지요."

아내도 처음에는 그들이 사귀고 있다는 사실을 모르고 지내다가 둘째가 군에 입대 후 군부대로 면회를 갔었는데, 공교롭게도 그때에 그녀도 면회를 와서 처음으로 마주치게 되었다 했다. 그 후 둘째는 대학에 복학하여 학업을 마쳤고, 둘째의 졸업식장에서 아내는 그녀를 다시 한번 마주쳤고, 그것이 전부라 했다.

그녀는 둘째가 군대에 가있는 사이 학교를 먼저 졸업하고, 어느 회사에 다니면서 계속 둘째와 사귀어왔다고 하니, 나는 그들의 순수성과 일편단심(?)을 새삼 가상히 여겼다. 그리고 그런 그녀를 빨리 만나보고 싶었다.

"이번 토요일에 집으로 오지 말고, 수원에서 보자고 해요. 수원화성을 답사하면서 그 아가씨를 보려 하니까……."

나는 그녀를 보다 자연스럽게 대하기 위해 수원화성에서 보자고 했고, 아내는 수원화성이 생소하고, 또 처음 만나는 자리가 불편하지 않겠냐며 시큰둥한 반응을 보였다. 하지만 집에다 그녀를 마주 앉혀놓고 신문하듯 이것저것 신상에 대해 묻는 것이 그녀를 더 불편하게 할 것 같았다. 그리고 그녀와 우리 내외는 공통의 화젯거리도 없을 것이고, 특히나 처음 보는 나와는 더욱 서먹할 것 같았다.

그들이 수원화성을 가본 적이 없다 하니, 이참에 풍광 좋고 볼 것도 많은 화성성곽을 둘째와 그녀 둘이서 데이트하듯 한 바퀴 죽 돌아보게 하는 것도 의미 있을 것 같았다. 그리고 그들과 우리 내외가 서로 앞서거니 뒤서거니 산책도 하고 쉬기도 하면서, 짬짬이 여러 이야기도 나누는 것이 더 자연스럽고 편안할 것이라 생각했다.

나는 그녀가 편하고 안정된 마음으로 우리를 대하고, 그리하여 진솔한 대화도 스스럼없이 충분히 나누기를 바랐다.

수원화성은 언제 보아도 감탄을 자아내게 했다. 견고하게 쌓아올린 성곽은 물론 전술적으로 배치된 각종 공격 및 방어시설들이 과학적이면서도 아름다워 군사시설이라기보다는 품격 있는 예술품으로 보였다. 팔달문과 장안문은 서울의 숭례문보다 그 규모가 크며, 또 반원형의 옹성을 갖추고 있어 어느 성곽의 성문보다 더 견고하고도 우아했다. 각종 포루(砲樓)와 치(雉)는 견고했고, 특히 공심돈(空心墩)이라는 검정 벽돌로 견고히 쌓아 만들어진 포대는 군사시설이라기보다 잘 디자인된 건축조형물로 보였다.

나는 둘째와 그녀에게 수원화성에 대하여 내가 알고 있는 여러 가지 사항을 설명해주었다. 성곽 기단(基壇)은 화강석으로 축조했고, 또 여장(女墻)부분은 검정 벽돌로 쌓은 것이며, 성곽에 벽돌을 써서 규격화한 의미와 장점에 대해서도 설명해주었다.

특히나 화성을 축조한 정조대왕이 부친이신 사도세자에 대한 효심이 극진하여 수원화성을 축조하기 전에 사도세자의 묘를 수원 인근에 이장하고 현륭원(훗날 융릉)이라 이름 붙였고, 결국은 수원화성도 축조하게 된 사연을 소상하게 일러주었다. 또 현륭원에 관련하여 정조의 지극한 효심에 대한 일화들도 소개해주었다.

화성성곽에서 제일 높은 팔달산 정상 부근에 화려한 구름과 연꽃 그리고 용의 문양이 양각되어있는 효원(孝園)의 종이라는 청동 범종도 있었다. 나는 둘째와 그녀에게 그 청동범종을 타종해보라 했다. 그들은 길이가 6자는 되어 보이는 묵직한 당목(撞木)을 서너 번 굴려서 힘차게 타종하였다. 더~엉~ 하고 울려 퍼지는 종소리는 아름다웠다. 첫 번째 타종은 이 사회의 이웃 사람들을 위해서 살라는 의미이고, 두 번째는 부모와 가족들, 그리고 마지막은 너희 둘을 위해서 치는 것이라고 그 의미도 설명해주었다.

팔달문에서 시작하여 화성성곽을 절반쯤 돌아 화홍문 옆 방화수류정(訪花隨柳亭)이라는 정자에 이르러 자리를 펴고 앉았다. 쾌청한 푸른 하늘과 방화수류정 아래의 연못 주변에 만발한 꽃들이 우리의 기분을 한결 상쾌하게 하였다.

그리고 그녀도 마음이 안정된 듯 자연스럽고 편안한 얼굴을 하고 있었다. 나도 그녀를 새삼 자세히 볼 수가 있었다. 그녀는 얼굴이 갸름한 형이었고, 이목구비가 뚜렷했으며 몸도 마음도 건강해 보였다.

나는 사람들의 결혼생활에 대한 나의 생각을 두서없이 이야기해주었다. 그리고 내가 어느 결혼식의 주례사에서 들은 외눈박이 비목어의 사랑에 대해 이야기도 해주었다. 왼쪽 외눈박이 비목어가 오른쪽 외눈박이 짝을 만나 결혼하여, 늘 붙어 다니면서 온전한 눈을 가진 물고기로 일생을 살 수 있었다는 이야기다. 결혼 전에는 외눈인 줄 모르다가 결혼 후에 알게 되듯이 배우자의 결점들이 결혼 후에야 나타나게 마련이고, 그러한 결점을 서로 보완하여 사는 것이 결혼이란다, 하고 말해주었다. 둘째와 그녀도 다 아는 이야기였겠지만 그들은 사뭇 진지하게 들어주었다. 나는 두 사람의 태도를 보고 그들 마음속의 확고한 결심을 느낄 수 있었다. 또 내가 보아도 그만하면 일생을 서로 믿고 서로 보완하며 잘 살아갈 수 있는 어울리는 한 쌍이라 생각했다.

수원화성을 다 돌아보고 나서, 나는 한결 가벼워진 마음으로 그녀에게 '오늘 너와의 만남이 나에게는 의미 있고도 아름다운 만남이 되기를 바란다'고 말했다. 그리고 그녀는 그해 유난히도 청명했던 어느 가을날, 나의 며느리가 되었다.

그로부터 6년이 지난 오늘, 귀하게 얻은 나의 첫 손녀인 지원이의 돌날이 바로 내일 모레이다. 나는 오늘 새삼 그녀와 처음 만났던 수원화성에서의 기억들이 불현듯 떠올랐다. 그리고 그때의 그녀의 얼굴과 지원이의 얼굴이 겹쳐졌다.

만남·2

　나의 큰아들은 둘째아들과는 달리 학창시절에 사귀었던 아가씨가 없었던 것 같았다. 큰아들은 결혼적령기가 되자 여러 번 맞선을 보았다. 하지만 연분이 없었는지 성사되지 못했고, 결국은 둘째가 먼저 혼례를 치러야 했다. 나의 아버지는 당신의 둘째손자의 혼례로 손자며느리를 보게 되자 크게 기뻐하셨다. 그러나 한편으로는 큰손자의 혼례를 늘 바라셨고, 나에게 재촉도 하시곤 하셨다.

　둘째가 혼례를 치른 후 2년째 되는 어느 가을날, 드디어 큰아들에게도 좋은 만남이 있었다. 당시 막 결혼한 큰아들 친구 부부의 주선으로 친구 아내의 친구인 어떤 아가씨를 만나게 되었다 한다. 말하자면 신혼부부가 서로의 친구를 서로 소개해주었던 것이었다. 큰아들과 그 아가씨가 만나본 지 몇 개월이 지난 후, 드디어 서로의 마음이 통하게 되었다 한다. 그들이 만난 바로 다음 해 어느 봄날, 큰아들은 그 아가씨를 나와 아내에게 인사시키고 싶다고 했다. 양측 부모님들의 허락만 받으면 언제라도 혼례를 치를 수 있게 되었다 했다.

"여보! 오늘 일찍 들어오세요. 큰아이가 만나는 아가씨……. 그 아가씨가 저녁에 인사 온대요."

"그래? 둘째는 대학 입학 직후 만나고 나서 10년이란 뜸을 들였는데……. 큰아이는 수월하게 풀리네……."

"수월하게 풀리긴요? 그동안 큰아이는 너무 안 풀린 것이지요. 혼례는 원래 서로 천생연분이면 일사천리로 되는 건가 봐요."

그렇게 어렵던 일이 수월하게 풀리는 것 같았다. 너무 수월하게 풀리다 보니, 나와 아내는 서로를 보고 소리 없이 빙긋이 웃음을 지었다.

요즘의 젊은이들은 부모나 어른들이 소개하여 만나게 되는 경우보다, 오히려 먼저 결혼한 친구나 선배를 통하여 만나는 경우가 결혼까지 더 성사가 잘되는 것 같았다. 아마도 세상의 모든 것이 급변하여 사람들의 결혼관도 달라졌고, 배우자를 고르는 관점도 달라진 것 같았다. 그러다 보니 세대 간의 사고방식에도 많은 차이가 있게 되어, 부모나 어른들이 적절하다고 골라주는 배우자감은 당사자로서는 적절치 못한 경우가 많은 것 같았다.

나는 큰아들이 데려올 아가씨를 빨리 만나보고 싶었다. 이러저러한 약속을 다 취소하고 일찌감치 집에 들어와 그들을 기다렸다. 얼마 후 그들이 드디어 우리 집에 들어섰다. 큰아들이 데려온 아가씨는 서글서글한 눈망울에 귀여운 모습이었다. 그리고 눈에건 입술이건 특별하게 화장을 한 흔적이 없었다. 단정히 빗어 내린 생머리에 깨끗한 얼굴과 하얀 치아가 생긋이 웃을 때마다 돋보였다. 그녀를 처음 보는 우리 부부는 그녀의 외모뿐 아니라, 이심전심으로 그녀의 마음까지도 짐작할 수 있었다. 위로는 오빠가 둘, 아래로 남동생이 하나 있는 외동딸이었다. 부모의 사랑을 듬뿍 받고 자라서 그런지, 명랑하고 구김살이 없었다. 순수하고도 풋풋한 젊음이 돋보였다.

양측 가족들의 상견례다, 결혼 예식장이다, 청첩장 발송이다, 신접살림 집 물색이다 등, 큰아들의 혼사는 일사천리로 진행되었다. 큰아들과 그녀는 혼례를 끝내고 해외로 신혼여행을 갔다가 귀국을 했다. 그들은 신혼부부가 되어 그녀의 전주 친정집에서 1박 후, 드디어 우리 집으로 오게 되었다. 새 며느리를 맞이하려 집안 식구가 모여 집안도 정리하고 음식도 준비했다. 나도 퇴근하자마자 서둘러 집으로 달려왔다. 하지만 새신랑신부는 이미 와서 나를 기다리고 있었다.

"여보 안방으로 들어와 어서 앉으세요. 새 며느리가 절하려고 기다리고 있어요!"
아내가 막 들어온 나를 재촉했다.

그런데 내가 황급히 방에 들어가서 앉고 보니 새 며느리는 털 스웨터의 평상복으로 나에게 큰절을 하려고 주춤거리고 있었다. 나는 순간,

"아니 시집에 와서 처음 올리는 절인데……. 옷차림이 그게 뭐냐?"

하고 못마땅해하면서 절을 받고는, 덕담도 없이 서둘러 방에서 나왔다.

나는 왜 새 며느리가 한복을 곱게 차려입고서 큰절을 하지 않고 평상복을 입고서 절을 하려 하는지 이해가 되지 않았다. 그것도 처음 시집에 와서 시아버지에게 올리는 첫 절이 아닌가? 어떻든 시아버지의 말 한마디로 한순간에 집안 분위기가 싸늘해졌다. 새 며느리는 며느리대로 어찌할 바를 모르고 있었고, 아내는 아내대로, 식구들은 식구들대로 당황해했다. 나는 또 나대로 마음이 언짢았다.

새 며느리는 신혼여행에서 돌아와 밤늦게 전주 친정집에 도착하여 다음 날 아침에 바로 서울 시집으로 오느라고 쉬지도 못하고 피곤이 쌓였던 것 같았다. 새 며느리는 한복을 곱게 차려입고 점심때를 조금 지나 시집에 일찍 도착해서, 시아버지인 내가 퇴근하여 집에 오기를 오후 내내 기다리고 있었다 한다. 그런데 시어머니인 아내가 보기에 한복을 곱게 입고 있던 새 며느리가 불편해하는 것 같아서 평상복으로 갈아입고 기다리라고 했다고 한다. 시아버지는 저녁 늦게 도착했고, 새 며느리는 시집이 낯설고 긴장을 했는지, 시어머니의 말에 따라 평상복을 입은 채로 깜빡하고 시아버지인 나에게 큰절을 올리려 했던 것 같았다.

새 며늘아기가 워낙 순진하여 시어머니의 말에 순종하려고 한복을 벗어 놓고 평상복으로 갈아입었고, 또 외동딸로서 부모와 주변 사람들로부터 늘 사랑만 받고 곱게 자란 터라, 처음 대하는 시아버지로부터 들은 말 한마디에 충격을 받은 듯 크게 당황하며 어찌할 바를 몰라 했다.

나도 순간적으로 뱉은 한마디에 새 며느리가 그토록 당황할 줄은 짐작하지 못했다. 그냥 모른 체하고 아무 말 없이 며느리의 절을 받아둘 걸 하는 생각도 들었다.

어떻든 시집에 처음 온 날, 이 무슨 어이없는 일인가? 그동안 모든 것이 일사천리로 잘도 이루어지더니……. 하지만 한번 엎질러진 물을 어찌 하겠는가? 비 온 뒤에 땅이 더 굳어지고, 살다 보면 이러저러한 고비도 있고, 그러다 보면 정도 깊어지는 것이라고 서로가 위안할 수밖에 없었다.

그리고 3년이 지난 오늘, 나와 어색하게 만났던 그때의 새 며느리에게 나는 아래와 같은 편지를 썼다.

큰아기 보아라!

큰아기야! 네가 시집온 지 어느덧 3년이 지난 것 같구나.

그동안 네가 같은 식구로서 잘 지내온 것을 고맙게 여기면서, 나의 마음을 여기에 글월로 전하고자 한다.

너를 만나서 지내오는 동안 나는 너의 순진함과 착한 품성을 차츰 알게 되었다. 남편의 뜻에 따라 성당에 나가기 시작했고, 또 세례도 받았고, 그리고 늘 남편을 따르며 행복해하는 너의 모습이 퍽이나 좋아보였다. 남편을 대하는 너의 눈빛 하나만으로도 네가 진심으로 너의 남편을 위하고, 지극히 사랑하고 있음을 느낄 수가 있었다.

그리고 언젠가는 시아버지와 시어머니를 비롯한 시집 식구들과 다 같이 서울 근교 산으로 등산 한번 가자고 하던 너였다. 시집 식구들은 물론, 산을 늘 즐겨 찾는 시아버지인 나와의 관계를 더욱 두텁게 하려는 의도였음을 알 수 있었고, 그런 너의 마음에서 나는 그 진실함을 읽을 수 있었단다.

부부가 되어 시집와서 생활하는 것은 그동안 서로 다른 환경에서 지내온 사람과 함께 사는 것이다. 그리고 낯선 시집 식구들과도 싫든 좋든 가까이서 지내게 되는 것이다. 그래서 종국에는 어느 누구보다도 서로를 잘 이해해주고, 더 편한 사이가 되는 것이다. 그러자니 좀 불편하고 힘들었던 일들도 당연히 있었을 것이다. 하지만 큰아기야! 너는 그 모든 것들이 즐거운 일인 듯, 늘 명랑하고 밝은 표정으로 지내왔구나. 나는 그런 너의 생활태도가 무척 고마웠다.

큰아기야! 시집와서 사는 것이 어떠했냐? 즐겁고 기쁜 일도 있었겠지만, 혹시 불편하고 힘들었던 일이 훨씬 더 많았다고 느끼지 않았느냐? 그러나 앞으로도 지금처럼만 지내다오. 그런다면 시집의 사람들이 친정의 부모 형제보다 오히려 더 가깝고도 편한 사이가 될 것이다. 그리고 세상에서 제일가는 훌륭한 아내, 제일가는 소중한 며느리가 될 것이라고 나는 확신한다.

그리고 너를 통하여 하느님의 축복된 아기가 우리에게 오게 된다니, 나는 물론이고 너의 시할머니를 비롯한 온 집안 식구들 모두가 기뻐하고 있단다. 특히 너의 남편을 그토록 아껴주셨던 너의 시할아버지께서도 하늘나라에서나마 크게 기뻐하실 것이다. 그리고 지난번 그 기쁜 소식을 듣고, 내가 너에게 당부한 것을 다시 한번 말하려 한다.

좋은 일이건 아니건 들뜨거나 흥분하지 말고, 늘 차분하고 조용한 마음을 가져라.

음식은 입맛에 따라 과식하거나 편식하지 말고 골고루, 적당히 섭취해라.

어떤 약이든지, 특히 치료약을 복용하는 것에 조심해라.

누구나 다 아는 것이지만 특히 이 세 가지는 꼭 명심해 주기 바란다.

큰아기야! 네가 처음 시집에 오던 날, 너와의 어색했던 만남이 오히려 득이 되어 지금은 세상에서 가장 의미 있고 아름다운 이야기의 첫 페이지가 되고 있다고 확신하게 되었구나. 너를 통하여 우리에게 올 축복된 아기를 나는 들뜬 마음으로 기다리고 있단다. 그리고 나와 너의 시어머니는 아기와 네가 늘 건강하고, 늘 하느님의 은총이 있기를 기도드리고 있단다.

만남·3

아들 삼 형제 중 큰아들과 둘째는 좋은 배필들을 만났고, 각각 살림도 나서 나하고는 떨어져 살게 되었다. 물론 좋은 직장에 다니면서 좀 늦은 감이 있지만 둘 다 나에게 손주들까지 안겨줘서 나와 아내에게 최고의 기쁨을 주고 있다. 둘째가 먼저 손녀 지원이를 낳았고, 작년에는 큰아이도 그렇게도 고대하던 손주를, 그것도 한꺼번에 원준이와 려원이 쌍둥이를 낳는 경사가 있었다.

다만 막내아들만 아직 짝을 만나지 못한 상태에 있었다. 막내는 서울의 국립 최고 일류대학을 졸업하고 공군에서 장교로 군 복무를 마쳤다. 그 이후 어느 기업평가전문단체의 연구원으로 3년 근무하다가, 한의약을 공부하겠다 하여 한의대 본과에 재학 중이었다. 그러다 보니 결혼 적령기에 도달해있었다. 그러던 어느 날 아내는 나에게 "여보, 막내가 사귀는 아가씨가 있나 봐요. 저희들끼리는 결혼도 생각하고 있어 한번 데리고 오겠다고 해요."라고 말한다.

나는 그 말을 듣는 그 순간, 돌아가신 부친 생각이 얼핏 머리에 스쳤다. 부친께서는 당신의 장증손이 태어나기 2년 전에 돌아가셨다. 부친께서는 살아계실 때 장손의 결혼이 늦어지는 것을 두고 '남자는 서른을 넘겨서는 안 되는데…….'라고 말씀하시며, 늘 나에게 장손의 결혼을 채근하셨다. 부친께서는 손주며느리는 보셨으나, 장증손인 원준이가 태어나기 2년 전에 돌아가셨다. 그 이후 나는 결혼은 적령기를 넘기지 않는 것이 좋겠구나 하는 생각을 늘 해왔다. 그러던 차에 막내의 결혼 이야기는 나에게 매우 반가운 일이었다.

"그래……? 그 아이가 여태껏 전혀 그런 내색이 없었는데……. 다행이군! 그 아가씨가 누군데?"

하고 물었다. 아내는

"저도 모르지요. 엊그제 갑자기 결혼 이야기를 꺼내서 저도 당황했어요. 아직 자세히는 말하지 않았는데……. 막내 말로는 전번 직장에서 같이 근무했던 아가씨라고 해요."

하고 말하고,

"그런데요……. 다른 것은 차치하고 아가씨 나이가 막내보다 네 살이나 연상이라니……."

하고 말하며 난감한 듯 말끝을 흐린다. 나도 아내에게,

"왜 하필 연상의 아가씨야……? 그럼 나이가 서른 중반을 넘겼단 말인가? 그 나이면 애도 못 낳겠다. 안 된다고 해요."

하고 말했다.

나는 순간 그들의 결혼은 있을 수 없다고 생각했다. 그리고 나는 두말할 필요도 없다는 듯, 화제를 전혀 다른 것으로 돌렸다.

그리고 며칠이 지난 후, 아내는 막내가 사귄다는 아가씨에 대해 다시 이야기를 꺼냈다. 아내는

"막내는 당사자를 한번 만나보지도 않고 왜 거절부터 하느냐고 해요. 거절할 때 하더라도 한 번은 만나보는 게 도리가 아니냐고 말하네요……. 집으로 데리고 올 테니 한 번 보고 난 후에 결정하라고 매일 조르고 있어요."

하고 말하며, 막내의 소원대로 한 번쯤은 그 아가씨를 보는 게 어떠냐고 넌지시 나의 의중을 물었다.

그녀를 만나본다고 해도 막내와의 결혼을 승낙할 수 없음은 분명했다. 그럼에도 불구하고 그녀를 우리 집으로 오게 하여 만나본다는 것은 그들에게 더욱 안된 일이라고 생각했다. 하지만 막내가 처음 직장생활을 시작했을 때, 나이로 미루어 선임자이었음이 틀림없었을 그녀가 배려와 친절을 아끼지 않았음을 짐작할 수 있었다. 그렇다면 막내의 짝으로가 아니라, 막내의 친절했던 선임자인 그녀를 만나보고 그 고마움도 표하고, 결혼이라는 인생의 전환에 대해 나름대로 참고가 될 의견을 말해주는 것도 좋으리라고 생각되어, 다음 주말쯤에 그녀를 만나보기로 했다.

주말이 되었다. 그녀는 단정한 모습으로 손에는 조그만 선물까지 들고 막내를 따라 거실로 들어섰다. 그녀는 우리 막내처럼 얼굴이 희지도 않았고 키도 훤칠하지도 않았다. 여자 키로는 조금 큰 키에 까무잡잡하고 갸름한 얼굴이었다. 다만 성품은 온순하고 착해 보였으며, 체격은 운동선수처럼 단단해 보였다. 그녀는 다소 불안한 듯 막내 옆에 붙어 나란히 소파에 앉았다. 나는 이들이 결혼을 재고토록 하기 위해서는 무슨 말을 먼저 꺼내야 할까 잠시 생각했다. 아내가 차와 과일을 주방에서 내와서 티테이블에 올려놓을 때까지 어색한 분위기가 잠시 흘렀다. 아내도 그 어색함을 느꼈는지,

"뭐라고 말씀을 해보세요……. 안 된다는 것을 알아듣도록 말해주세요……."

하고 말했다.

나는 먼저 그녀에게,

"우리 아이가 처음 연구단체에 들어갔을 때에 아가씨가 선임자로서 많은 도움을 주었다지요?"

하고는, 그래서 그 고마움을 이 기회에 표하고자 한다고 말했다. 그리고 필요하다면 참고가 되도록 더 오랜 삶을 살아온 인생 선배로서 결혼에 대한 나의 소견을 말해줄 수 있다고 말했다. 나는 그녀에게 내가 예비 시아버지의 자격이 아닌 직장 후배의 아버지이며 인생 선배의 입장에서 말하고 있다는 것을 분명히 해두고 싶었다. 그리고 그들이 자기들의 결혼을

다시 생각할 수 있도록 그들의 결정이 잘못된 것이라는 나의 생각에 공감하도록 해주고 싶었다. 막내는 자기의 결정은 아주 잘된 것인데 다만 아버지의 말씀이니까 들어보겠다는 듯이 입을 굳게 다물고 앉아있었고, 그녀는 어디에 눈을 두어야 할지 모르는 듯 눈을 내리깔고 다소곳하게 앉아있었다. 나는 먼저,

"결혼하여 긴 인생을 좋은 동반자로 함께할 수 있으려면 두 사람이 서로 잘 어우러져야 하지, 그렇지 못하고 아무리 봐도 잘 어울리지 않는다면…… 그것을 불식시킬 두 사람의 공통적 삶의 가치가 있어야 하는데……."

하고 말하고, 몇 개월 전에 있었던 나의 학교 동창인 J군의 딸의 결혼 이야기를 꺼냈다. 미국의 아이비리그 중 한 명문 대학에서 디자인을 전공한 막내딸이 갑자기 결혼을 하겠다고 신랑감을 데리고 왔다고 한다. 그 신랑감은 딸이 다니는 직장의 디자인부서장으로 근무하는, 딸 나이에 비하면 꽤 나이가 있는 중국계 미국인이었다고 했다. 불과 얼마 전까지만 해도 딸은 늘 그 부서장의 흉을 보며 더는 못 볼 듯이 투덜대더니, 어찌된 일인지 그와 결혼을 하겠다고 했다 한다. 딸이 결혼하겠다고 내세우는 이유인즉, 그의 다른 장단점은 차치하고 그의 디자인에 대한 감각, 착상 그리고 그 능력이 자신이 지향하는 디자인의 가치와 일치하고, 그래서 그와 같이 일을 하면 마음이 즐겁고 편안하다는 것이다. 그런데 J군이 아무리 생각해도 금이야 옥이야 키운 그 똑똑하고 예쁜 20대의 꽃다운 딸을 그 신랑감에게 시집보내기는 너무 아깝고도 허무해서 승낙할 수가 없었다고 했

다. 그런 J군에게 나는,

"결혼에는 서로의 조건도 중요하나, 두 사람 간의 서로 일치되는 공통의 가치가 있다면 그것만으로 충분하다고 생각되네⋯⋯. 그런데 자네 딸과 그 신랑감은 디자인이라는 공통의 가치가 있지 않는가? 뭘 망설이나?"

하고 말해주었노라고 말했다.

나는 그들이 직장에서 호흡이 잘 맞는 상하 관계 내지는 동료였을 뿐 인생의 반려자로서는 어울리지 않게 보였다. 나는 그들에게 공통의 가치가 과연 있는지, 있다면 무엇인지 말해보라고 했다. 그녀는 난처한 표정으로, 또한 막내는 불만이 가득한 표정으로 대답이 없었다. 잠시 후 막내는 사뭇 도전적인 말투로,

"그렇게 말씀하시는 아버지와 엄마의 공통적인 삶의 가치는 무엇입니까?"

하고 말했다.

나는 막내의 말을 듣는 순간 약간의 화가 치밀어 올랐다. 나는

"네 엄마와 나의 공통의 가치는 바로 너희 삼 형제다. 너희 삼 형제가 우리의 삶의 가치라고⋯⋯. 나와 네 엄마처럼 평범한 생활을 하는 사람들도 자식이라는 공통의 가치를 가지고 산다."

하고 말하고, 그래도 부족해서 나는

"너 말 한번 잘했다. 솔직히 속 시원히 다 말해보자. 옛날 어른들도 서너 살 연상의 아내를 맞아 살았다. 그러나 그때는 연상의 아내라 해도 10대

후반 내지 20대 초반의 가임기에 결혼하여 자식을 갖는 데에는 전혀 문제가 없었다. 하지만 너희의 경우는 그렇지도 못한 것 같다."

하고 내뱉었다. 그 순간 그녀의 얼굴은 굳어졌고, 나는 '아차, 내가 너무 심한 말을…… 그것도 그녀 면전에다 했구나' 하는 후회스런 생각이 들었다. 사실 나는 그녀의 나이 때문에 자식을 갖지 못할 수도 있겠구나 하는 생각을 했고, 그렇게 된다면 당사자인 그들에게도 불행한 일이라 생각했었다.

그리고 두 달여가 지난 후에 아내는 나에게 막내와 그녀는 이미 결혼을 굳게 약속한 상태로 우리 부부의 반대에도 불구하고 곧 결혼식을 올릴 것 같다는 말을 했다. 이미 부산에 살고 계신 그녀의 부모님에게도 다녀온 것 같고, 예식장도 서소문의 어느 작은 성당을 봐두었으며 혼례 미사를 집전하실 신부님도 부산에서 오신다고 했다. 나는 그녀와의 어색한 만남이 오히려 그들의 결혼을 촉진시킨 것 같아 고민스러웠다. 아내도 그런 나의 속마음을 눈치챈 듯 조심스런 어투로,

"여보! 자식 이기는 부모가 없다 하던데……. 우리가 딱 그렇게 된 것 같아요. 그 아이들이 우리 말을 어기고 청첩장까지 곧 인쇄한다 하니……. 어떡하겠어요? 허락해줍시다. 막내아이가 지금껏 부모 말을 어긴 적이 없었지요. 그러나 이번 한 번은 어긴대요. 본인인들 마음이 편하겠어요?"

나는 며칠 동안 고민하며 여러 생각을 해봤다. 다 그들의 인생인데, 부

모로서 조언이나 의견을 말해줬으면 된 것이지, 부모 뜻대로 안 된다고 부자의 연을 끊을 수도 없는 일이 아닐까? 그들이 서로 죽자 사자 한다면 부모로서는 그냥 못 이기는 척하며 이쯤에서 허락하는 것이 옳지 않을까? 밤새 한숨도 못 잔 다음 날 아침, 나는 아내에게

"그 아이들이 결혼 준비는 어디까지 했다는 거야?"

하고 물었다. 아내는

"청첩장이고 예식장이고 다 정했나 봐요. 두 사람이 모아둔 돈으로 신접살림 할 단칸짜리 전세 아파트도 봐두었나 봐요."

하고 대답하며, 승낙하려면 빨리 승낙해주자고 했다.

그 후 한 달 남짓 지난 8월 중순, 그들의 결혼식 날 나는 예식장 입구에서 아내와 나란히 서서 하객들을 맞이했다. 그날의 그녀는 매우 밝은 표정이었고, 그 까무잡잡하던 얼굴은 혈색 좋은 건강한 얼굴로 예쁘고 기품이 있어 보였다.

해가 바뀌었다. 흰 눈이 소복이 내린 어느 겨울날, 아내는 나에게

"오늘 오후에 막내 내외가 다니러 온대요."

하고 말했다. 나는

"오늘은 눈이 와서 교통이 불편할 텐데……. 다음에 오라고 하지……."

하고 말했다. 아내는 막내 내외가 연초에 온 뒤로는 못 뵈어서 온다고 했다고 전했다. 막내 내외는 결혼한 지가 5개월 남짓 되었고, 막내며느리가 된 그녀는 시부모인 우리가 살고 있는 아파트를 방문할 때면 그 어색

했던 첫 만남을 다 잊은 듯 늘 다소곳이 미소 짓는 낯으로 우리를 대해줬다. 그리고 우리 집 현관을 들어설 때에는 늘 막내의 뒤에 붙어 숨어들어오듯 조용한 태도로 들어왔다.

그런데 오늘의 막내며느리의 태도는 좀 달랐다. 막내의 뒤를 따라 들어오는 것이 아니고, 배를 쑥 내밀고 만면에 웃음을 지으며 앞장서서 들어오는 것이었다. 개선장군이 들어오듯, 혹은 학교에서 전체 수석의 성적표를 받아든 듯 당당한 모습으로 들어왔다. 그리고 나에게

"아버님 저 왔어요."

하고 말하며 유독 크게 웃음을 지으며 들어오는 것이었다. 나는 으레 그랬듯이,

"그래 왔구나, 별일 없었니?"

하고 물었다. 그랬더니 뒤따르던 막내가

"별일이 있었어요."

하는 것이었다. 내가 의아한 표정을 짓자 막내는

"저희 아기 가졌어요. 지금 병원에서 오는 길입니다."

하며 피식 웃었고, 막내며느리도 의기양양한 표정으로 웃음 짓고 있었다. 나는 매우 기뻤다. 더욱이 요즘은 결혼하고도 대체로 최소한 3~5년 후에야 아이를 갖는 경우가 많고, 나의 큰아들과 둘째의 경우도 결혼 후 4~5년이 지난 후에 손주들을 낳았다. 나로서는 막내며느리가 결혼하자마자 손주를 갖는다는 것은 기대하지도 못했던 터였다. 나는 새삼 막내며느리와의 첫 만남에서 그 아이의 가슴에 대못을 치는 말을 했던 것이 무

척 후회스럽고 미안했다.

　그로부터 5개월여가 무사히 지났다. 드디어 고대했던 막내며느리의 해산 예정일이 다가왔다. 막내며느리는 다니는 직장에 1년간의 출산휴가를 내고, 출산을 위해 부산의 친정으로 내려갔다. 그런 후 며칠이 지나

　"아, 아들이라고? 산모는? 아……! 다행이다……. 알았다! 곧 내려가마!"

　조금은 흥분한 목소리로 전화를 받는 아내의 음성이 들렸다. 드디어 막내며늘아기가 3.47kg의 떡두꺼비 같은 손자 놈을 순산한 것이다. 순간 나는 무척 기뻤고, 몸과 마음이 날아갈 듯 개운해짐을 느꼈다. 사실 막내며느리가 아이를 가진 후에도 한편으로는 초산치고는 나이가 적지 않았던 점이 내 마음을 편치 않게 했다. 물론 막내며늘아기는 몸이 특히 건강하여 별일이야 있겠나 하는 마음도 있었지만 하여튼 그랬다. 나와 아내도 그러하려니와 부산의 사돈 내외분은 또 얼마나 마음을 쓰며 애를 태우셨을까? 나의 막내며느리이자 그분들의 금쪽같은 무남독녀 외딸이 첫아기를 낳으려 당신들 곁으로 갔으니 그 얼마나 조심스레, 정성스레 보살폈을까? 그리고 새로 태어나 꼬물대는 고놈이 그 얼마나 귀엽고도 기특했을까? 나의 머리에 그분들의 미소 짓는 모습이 언뜻 스쳐 지나갔다.

　그 기쁜 소식을 듣고 생각 같아서는 당장 한걸음에 달려가 새로 태어난 고놈을 안아보고 싶었고, 어미가 된 막내며늘아기의 손을 잡아주고 치하해주고 싶었다. 하지만 아내는

"지금 당장 우리가 가는 것이 아기와 산모에게 좋지 않을 수도 있어요. 아기와 어미가 잠시 숨이나 돌린 후에 갑시다."

하며, 한 일주일 정도 지난 후에 가보는 것이 좋겠다고 했다.

나는 순간 어린 시절 할머니의 모습이 떠올랐다. 옛날 내가 태어날 무렵 어머니는 은행원인 아버지와 서울에서 사셨는데, 출산 때는 시댁인 경기도 평택 본가에 내려가서 나를 낳으셨다 한다. 며칠 후 나의 출생 소식을 접한 나의 아버지는 막 해산한 어머니도 보고 갓 태어난 나도 안아보러 평택 시골집에 단걸음에 오셨으나, 나를 안아보기는커녕 어머니도 만나보지 못하고 다음날 다시 서울로 되돌아가셨다 한다. 할머니께서 아버지를 대문에서 가로막고 못 들어오게 하셨다는 것이다. 할머니께서는 큰물을 건너 처음 온 사람은 그 누구도 갓난아기와 산모를 만날 수 없다고 하시면서 다음에 와서 그때에나 만나보라고 하셨다 한다. 아버지는 하는 수 없이 이웃 친척집에서 자고 서울로 되돌아가셔야 했다. 아기와 어미가 잠시 숨을 돌린 후에 가자는 아내의 말을 듣는 순간, 나는 옛 선인들이 출산을 하면 붉은 고추와 숯으로 얽은 금줄을 대문에 치고 외간 사람과 먼 곳에서 온 사람들이 함부로 드나들지 못하도록 했던 그들의 지혜를 떠올리게 되었다.

나는 새로 태어난 손자의 이름을 항렬 자인 원(源) 자에 욱(煜) 자를 붙여 원욱(源煜)이라 이름 지었다. 새로 태어난 아이가 빛의 원천이 되어 언제나 세상을 밝게 비추는 사람이 되라는 소망이 들어있다. 할아비인 나와 손자인 원욱이의 첫 만남……. 그 어느 만남보다도 소중하고도 기쁜 만남이 아닌가? 이런 기쁜 만남이 어찌 나쁠이겠는가? 사돈 내외분도 또 막내 내외도 마찬가지일거다. 특히 막내 내외에게는 원욱이는 분명한 공통의 가치이며 가장 큰 축복이다. 솔직히 나는 막내의 결혼 이야기가 처음 오갈 때에 이런 소중한 만남이 혹시 없지나 않을까 하는 두려움이 있었다. 하지만 막내며느리와의 그 어색했던 첫 만남이 지금에 와서는 나에게 매우 소중하고도 아름다운 만남으로 이어진 것이다.

나는 손자인 원욱이로 이어진 이 소중한 만남이 지금 내 주변에서 끝날 것이 아니라, 훗날 이 아이와 만나는 모든 사람들에게도 그 만남이 그들의 인생에 가장 소중한 행운과 축복이 되기를 기원했다.

막내며느리와 손자 원욱이

아가야! 무럭무럭 자라거라

12월 15일 제법 쌀쌀한 겨울날 한밤중이었다.

"뭐라고……? 순산했다고……?"

아내가 전화를 받는 소리가 거실에서 들려와, 나는 막 든 잠을 깼다.

"여보! 당신 할아버지 되었대요. 둘째가 조금 전에 순산을 했대요."

아내는 침실로 들어서며 약간 흥분한 목소리로 외쳐댔다.

"그래……. 그럼 지금 가봐야 하지 않나?"

나는 아내에게 말했다.

"지금 밤 12시가 다 되었는데……. 산모가 안정해야 하고, 아기도 낳자마자 아기들 방에 보내져 볼 수도 없을 거고……. 모두가 경황이 없을 터이니 내일 일찍 가봅시다."

하고 아내는 말했다.

잘 정돈된 J병원 신생아 병동에는 관계자와 의료진 외에는 출입이 금지

된 아기보호방이라는 아기들만의 방이 있었다. 아기를 볼 수 있는 시간은 오전에 한 번, 오후에 또 한 번 하루에 단 두 차례로 철저히 통제되고 보호되고 있었다. 산모들까지도 아기보호방 옆에 붙은 수유실에서 수유할 때만 아기를 직접 만날 수 있다 했다.

이튿날 오전, 우리는 오전 아기 면회 시간에 아기보호방으로 갔다. 아기보호방에는 대형유리창 너머로 많은 아기들을 볼 수 있었다. 아기들은 투명 플라스틱 바구니 같은 아기용 침구에 누여 잠을 자고 있었다. 간혹 오물오물 움직이는 아기들도 있었고, 눈을 가린 채 인큐베이터에서 백열등을 쪼이고 있는 아기도 있었다.

우리 아기는 12번의 번호표에 제 어미 이름을 달고선 평온한 모습으로 잠들어있었다. 유리창 너머로 간호사가 아기를 안고 와서 우리에게 보여주었다. 조막만한 머리통……. 붉고 작은 얼굴……. 갈색의 솜털 같은 머리카락과 눈썹……. 얼굴 한쪽 아래에 오밀조밀 붙어있는 콩알만 한 작은 코와 입, 그리고 귀……. 작아도 있을 것은 다 있었다. 눈은 뜨지도 못해, 보이지도 않았다. 예정보다 한 열흘 조산하여 몸무게가 비교적 가벼운 3kg의 아기지만, 힘찬 고고성을 지르며 태어난 건강하고 예쁜 공주님이라 했다.

태어난 지 이틀 후 함박눈이 서설(瑞雪)로 내린 날, 아기는 어미를 따라 청담동 주택가에 위치한 St. Park이라는 산후조리원으로 옮겨졌다. 옮기던 날 저녁에 아내와 나는 그 산후조리원으로 아기를 보러갔다. 드디어 아기를 가까이서 직접 만날 수 있는 날이 온 것이다.

St. Park 산후조리원은 2층 건물로 고급 주택처럼 보였다. 내부는 깔끔하고 청결했다. 1층 중앙에는 아기들이 있는 아기보호방이 있었고, 가에는 산모들 방이 있어, 복도를 사이에 두고 빙 둘러서 마주보고 있었다. 2층에는 산모교육실과 운동실이 있었다. 산모들은 산후조리 등에 대한 교육과 상담을 받고 또 운동도 한다 했다. 그리고 아기들의 건강상태를 전문의가 매일 점검한다 했다.

아기보호방은 J병원의 그것과 흡사했다. 다른 점이 있다면, 아기들을 돌보는 보모들이 J병원에 비해 나이 지긋한 4~50대의 간호사 출신의 경험 많은 분들이었다. 그리고 대형유리창을 통해서만 아기를 면회하는 것이 아니고, 보모가 아기를 산모 방으로 데려와서 면회자들이 직접 아기를 안아도 보고 또 어르기도 하면서 아기의 작은 손과 발을 만져볼 수도 있다는 것이었다.

보모가 조심스레 우리 아기를 안아서 우리가 있는 산모 방으로 데리고 들어왔다. 아기는 눈을 꼭 감고서 새근거리며 자고 있었다.

"할아버지시다. 눈 좀 떠봐라! 조금 전에는 눈도 뜨고 방긋 웃기까지 했었는데……."

어미가 안타까운 듯, 아기에게 채근해도 아기는 전혀 움직일 기색이 없었다. 아기는 세수수건만한 작은 포대기에 감겨 눈을 꼭 감은 채로 나에게 안겼다. 몸이 너무 가벼웠다. 머리 무게가 반이고 나머지 몸무게가 반이었다.

나에게 안긴 잠시 후, 아! 드디어 아기는 오물오물 움직이기 시작했다. 그러더니 조그만 입을 삐죽 내밀며, 일 원짜리 동전만 하게 동글게 벌리는 게 아닌가⋯⋯. 나는 신기하면서도 당황스러워 아기를 침대에 뉘었다. 아기는 둥글게 벌린 입으로 이빨 없는 붉은 잇몸과 손톱만 한 혀를 보이며, 조그마한 콧구멍을 쫑긋거렸다. 그러고는 동시에 고 작은 팔과 다리를 쭉 폈다 오그렸다 하면서 고사리 같은 주먹을 불끈 쥐고, 발을 뒤틀어 발가락 사이사이를 벌렸다. 붉은 얼굴이 더욱 붉어졌다. 눈과 이마 전체와 머리에 겹겹이 제법 깊은 주름까지 잡혔다. 아기는 온몸으로 기지개를 켜며 하품을 하는 것 같았다. 아기는 귀엽고도 험한(?) 얼굴을 만들어 보이고 있었다. 그러고선 아기는 가늘게 실눈을 떴다.

"아! 눈 떴다."

"아가야! 할아버지께 더 크게 눈을 떠 보여봐라!"

어미가 그랬더니 아기는 우리가 하는 말을 알아듣는 듯이 제법 눈을 동그랗게 떴다. 새까만 눈동자⋯⋯. 새까만 눈동자가 온통 눈의 전부였다.

아기는 다시 스르르 눈을 감았다. 그러다가 입을 오물거리더니 입을 옆으로 삐죽 찌그러트려 벌리면서, 붉은 잇몸을 다시 보여주었다.

"이거 봐! 아기 좀 봐! 아기가 웃고 있네⋯⋯. 나를 보고 웃었다고⋯⋯."

하고 나는 아내에게 말했다.

"배냇짓을 하는 건데요……. 그래요……. 웃고 있다고 여겨도 돼요. 할아버지를 보고 반가워서……."

아내가 웃으며 말했다.

아직 눈도 똑바로 못 뜨고, 배꼽도 못 뗀 갓난아이……. 아기가 혼신을 다하여 얼굴과 몸 전체로 기지개를 펴는 것이, 웃는 듯 배냇짓을 하는 것이, 나름대로는 이 세상을 향해 하나의 생명임을 일깨우며 시작하는 첫 날갯짓이 아닐까? 나에게 아기는 새삼 신선하고도 새로운 존재임을 강하게 느끼게 했다. 나는 마음속으로 되뇌었다.

"아가야! 무럭무럭 자라거라. 이 할아버지는 너를 얻어 기쁘고 또 기쁘단다. 그리고 어미야! 수고 많이 했다."

나는 그 아이가 귀엽고 또 귀여웠다. '눈에 넣어도 아프지 않다' 혹은 '내 팔 한 짝을 뚝 떼어주고 싶다'는 등의 말이 나에게 실감나게 느껴졌다.

원복아! 지원아!

나는 심사숙고하여 아기의 이름을 원복과 지원, 둘을 지어놓고 어느 이름으로 정할까 고민했다.

최원복(崔源福)……. '백복지원(百福之源)', 세상의 모든 복의 샘이라는 뜻으로 항렬의 돌림자인 원(源)에다가 복(福)을 붙였다. 우리 최씨 가문은 물론 어느 곳, 어느 누구, 어느 때이든 이 아이와 함께라면 이 아이가 복의 원천이 되어 늘 복이 샘솟기를 기원하는 뜻에서 원복(源福)이라 하였다.

복은 오래 산다는 수(壽)는 물론, 건강하다는 강(康), 편안하다는 녕(寧)보다도 더 이상적인 개념이요, 좋은 운이라는 행(幸), 좋은 일이 있다는 길(吉), 부유하다는 부(富), 신분 높다는 귀(貴)보다도 더 높은 차원의 것으로, 좋다는 그 모든 것을 포괄하는 개념이라고 여겨진다. 다시 말하면 인간이 추구하는 가치 중에 가장 상위에 있는 것이라 생각되어 좋았다.

최지원(崔智源)……. 지식을 배우고 익히며 학문을 갈고 닦아, 세상의 이

치를 깨닫고 꿰뚫어볼 수 있는 슬기롭고 지혜로운 사람이 되기를 기원하는 뜻에서 지원(智源)이라 하였다.

선인들은 슬기롭고 지혜로운 사람은 재주가 뛰어나고 영리한 사람보다 더 이상적이고 상위에 있다고 하였다. 참으로 마땅하고도 옳은 말씀이다. 사람이 영리하고 똑똑하면 참 좋은 것이지만, 남의 시기와 경계를 받기 마련이다. 더욱이 본인의 영리함과 똑똑함만 믿고 남들을 우둔하다며 얕잡아보고 무시하면 독선적이고 오만방자해져 주변으로부터 쉽게 따돌림을 당한다. 결국은 본인의 똑똑함과 재주를 썩히게 되고, 주변을 늘 원망만 하는 우를 범하게 된다. 이런 점들을 감안하여 항렬자인 원(源)에다가 슬기롭고 지혜롭다는 지(智)를 더하여 지원(智源)이라 하였다.

순수한 한글 이름으로 부르기 쉽고 좋은 뜻의 이름도 있을 것이다. 그러나 앞으로 세상이 점점 세계화되고 영어와 함께 중국어 내지는 한문을 이해하는 세계 인구가 많아진다는 점을 고려하여, 순수 한글 이름보다는 한문으로 이름을 표기했을 때에 좋은 뜻이 나타나도록 했다. 그리고 영문으로 표기했을 때도 영문상의 발음이나 연상되는 뜻이 거부감이 없어 더욱 좋았다.

원복과 지원……. 지원과 원복……. 둘 다 마음에 드는 이름이다. 원복은 타고난 복이 있어 좋고, 지원은 지혜로운 사람이 되어 주변으로부터 존경을 받는다는 것이 좋다. 원복으로 정했다. 그러나 하루 자고 일어나니, 지원이 더 좋은 것 같다. 지원으로 다시 정하니, 역시 원복이가 더 나아 보인다. 결국은 아명(兒名)을 원복이로 정하여 집에서 부르도록 하고, 이름은 지원이라 결정하였다.

그 아이에게 좋은 이름을 지어주는 깃도 중요하지만 늘 사랑하고 아끼는 마음으로 불러주어, 부를 때마다 발복(發福)하고 부를 때마다 지혜로운 사람이 되도록 하는 것도 매우 중요하다.

나는 아기 이름을 짓는 동안 아기의 고조할아버지인 나의 할아버지의 모습이 계속 그려졌다. 할아버지께서는 나를 포함한 당신의 손자들의 이름뿐 아니라, 증손들의 이름까지 지으신 분이었다.

내가 결혼할 때, 할아버지께서는 내가 자식을 여럿 두기를 원하셔서, '첫아이는 아들이 분명하니 인용(仁鎔)이라 해라. 둘째도 아들인데 의용(義鎔)이라 하고, 셋째는 예용(禮鎔), 넷째는 지용(智鎔), 다섯째는 신용(信鎔)으로 해라.' 하셨다. 어른께서는 증손들이 태어나기도 전에 아들이라고 점지(?)하셨음은 물론, 이름까지 미리 다 지어놓으셨다.

"할아버지! 요즘 누가 자식을 다섯씩이나 두나요? 그것도 다 아들이라니요? 하하하……."

할아버지의 말씀을 그냥 가벼이 넘겼더니, 할아버지께서는

"아니다. 나도 5형제다."

말씀하시면서 큰할아버지서부터 다섯째인 막내할아버지까지 할아버지

의 형제분들을 상기시키셨다. 그러면서 진지한 표정으로 태어날 증손들의 이름에 인용된 인(仁), 의(義), 예(禮), 지(智), 신(信) 등 인간이 마땅히 갖추어야 할 다섯 가지 도리에 대해서도 새삼 길게 설명하셨다.

그 당시는 가족계획이라는 국가시책에 따라 '아들, 딸 구별 말고 하나 낳아 잘 기르자'라는 구호아래 산아 제한을 한 시절이었다. 나는 할아버지께 자식 다섯을 두는 것은 현시대의 여러 가지 여건상 어렵다고 말씀드렸다.

할아버지께서는 당신도 다 알고 있다고 하시면서,

"그럼 아이들을 셋 두되, 맏이와 둘째는 아들이 틀림없으니까 인용, 의용으로 하고, 딸도 하나 둔다면 딸은 항렬자를 따르지 않아도 되니 예지(禮智) 혹은 예신(禮信)이라 하렴."

하고 말씀하셨다.

그런데 나는 맏이와 둘째는 물론 셋째도 아들을 두어, 셋째를 예용(禮鎔)이라 이름 지었다. 결국 딸은 못 두어 예지, 예신이란 이름은 불리지 못하게 되었다.

내 주변에는 딸만 셋, 혹은 넷씩 둔 친구들도 있다. 일요일이면 늘 나와 등산을 같이하던 Y군도 딸이 넷인데, 하루는 등산길에서 등산멤버들에게

"자네들 딸이 얼마나 좋은지 모르지?"

하며 딸과 관련한 일상을 들려준 적이 있다.

"내가 등산을 마치고 샤워를 하고 거실로 나가 손톱을 깎노라면, 딸 넷이 앞다투어 '아빠! 발톱은 내가 깎아줄게⋯⋯.'라고 한다⋯⋯. 그럼 내가 '오늘은 셋째가 깎아라.' 하면 다른 딸들은 샐쭉 토라지고, 낙점된 셋째가 좋아라 내 발톱을 깎는단다. 발톱을 다 깎은 셋째는 대학을 다니는 다 큰 딸년인데도 '아빠! 나 예뻐?' 하면서 애교를 떤다. 그렇게 여우 짓을 하니 내가 딸년들을 예뻐 안 할 수가 있겠냐? 네놈들은 딸 부잣집에서 깨가 쏟아지는 것을 잘 모를 거다."

하면서 딸을 가진 즐거움(?)을 자랑했다. Y군의 가슴에는 늘 진솔함이 있어 인간미가 있었다. 그의 딸들에게서도 순진함과 부녀간의 정을 느낄 수 있었다.

또 딸만 셋을 둔 B군은 "나는 딸들 때문에 내가 잘한 일이건 아니건 간에 우리 마누라한테 늘 양보만 하고 산다."라고 하면서 몇 년 전에 딸들과 있었던 일이라며 다음과 같이 말했다.

"어느 날, 집사람과 부부 싸움을 심하게 했었다. 한참 싸우다가 내가 방문을 박차고 나갔는데⋯⋯. 아 글쎄, 딸 셋이서 방문 앞에 나란히 무릎을 꿇고 앉아 훌쩍이고 있더라. 깜짝 놀라 '아니 너희들 왜 그러고 있니?' 하고 물었더니⋯⋯. 큰 딸아이가 말하기를 '우리 딸들이 아빠에게 잘못해서 아빠가 힘드셔서 엄마에게 화를 내시는 것이지요.'라고 하면서 부부싸움의 원인을 자기들에게 돌리더라. 그 이후로는 딸들 때문에 마누라와 다툴 수가 없었고, 늘 내가 양보하며 산다."

그 말을 듣고 나는 B군의 딸들이 B군을 얼마나 끔찍이 받들어 공경하고 있는지 알 수 있었고, B군에게서도 딸들이 마음 아파할까 봐 가슴 조이는 지극한 부정(父情)을 읽을 수 있었다.

나는 부자간의 정보다 부녀간의 정이 더 애틋하고 키우는 재미(?)도 크다는 것을 늘 느껴왔다. 아들만 셋을 둔 나로서는 '나에게도 딸이 하나쯤은 있었으면 좋았을 텐데……' 하는 아쉬움이 늘 있었다. 나는 결혼 이후, 거의 40년이 지나서야 딸은 아니지만 손녀를 보게 되었다.

나의 첫 번째 손……. 그 아이는 나에게 자식을 얻었을 때와는 또 다른 그 무엇을 느끼게 하였다. 더욱이 딸에 대한 아련한 그리움 같은 것이 있을진대 손녀를 얻다니……. 마음속 깊숙이 흐뭇함과 자랑스러움이 느껴졌다.

또한 지난봄에 아이의 증조할아버지께서 갑자기 돌아가시더니 대신 그 아이를 우리에게 보내주신 것이라는 확신을 지울 수 없었다.

최원복! 파이팅!

그날도 나는 일을 다 마치고 서둘러 귀가했다. 현관문을 열고 들어서자마자……

"여보! 큰일 났어요. 원복이가 병원에 입원을 했대요. 어미한테서 조금 전에 연락이 왔어요. 신촌 대학병원에 했대요."

아내는 황망한 듯 두서없이 말했다.

"무슨 소리하는 거야! 자세히 말해봐요."

갑작스러운 아내의 말에 나는 의아했다. 원복이가 많이 커서 외출할 수 있다며 여기 상도동을 다녀간 게 바로 엊그제였는데……

아내의 말에 의하면 상도동을 다녀간 바로 다음 날 병원에서 디피티(DPT)와 소아마비 예방접종을 했다 한다. 그런데 이틀 밤을 자고 나니 심한 고열이 나고, 변도 나쁠 뿐 아니라 먹은 것을 토하고, 안색이 노랗게 변하며 얼굴이 질리면서 심하게 울어대어 의사의 권유에 따라 입원을 했다는 것이다.

아내와 나는 서둘러 병원입원실로 달려갔다. 원복이는 지친 기색이 역력했다. 소리 내어 울지도 못하고 어미 품에 그냥 안겨있었다. 그런데 고사리 같은 작은 손에 붕대를 칭칭 두르고 있었다.

"아니 이게 뭐냐? 원복이 손에 웬 붕대냐?"

하고 나는 어미에게 물었다.

"혈액 검사한다고 손등 혈관에서 피 뽑았어요. 그리고 혹시 나중에 혈관에 주사할 일 있으면 혈관 찾기 힘들다고 피 뽑은 바늘을 손등 혈관에 그냥 고정시켜 놓은 거예요."

하고 어미는 담담하게 말했다. 나는 당황스러웠다. 2개월 된 유아에게 주삿바늘을 여기저기 찔러 억지로 혈관을 찾아 피를 뽑고, 또 주삿바늘을 계속 꽂아두고 있다니…… 말 못 하는 어린것이 얼마나 아프고 불편할까……. 아내는 어린것에 대한 아픈 마음을 돌리려는 듯, 짐짓 태연한 표정으로

"어미야! 너도 원복이하고 같이 울었겠구나."

하고 어미의 마음을 꿰뚫어보듯 말했다. 어미는

"네…… 어린것이 너무 자지러지게 울어서요……."

하고 작은 목소리로 대답하면서 말끝을 흐렸다.

그 후 원복이는 혈액 검사뿐 아니라 소변 검사다, 혈압 검사다, 뭐다 하면서 정작 치료에 대한 처치는 없이 각종 검사에만 이틀 동안 시달렸다. 나는 뭘 어찌해야 좋을지 몰랐다. 아이 주변을 맴돌면서 붕대를 풀어

버리라는 둥, 어느 정도 열도 내렸으니 퇴원하여 집에 가서 자게 하라는 둥, 어린것을 힘들게 하지 말라는 둥 실제로는 도움도 안 되는 말만 해댔다. 혼자 동동거리며 안타까워하면서 어서어서 이 순간이 지나가주기를 바랄 뿐이었다.

검사 결과 아무런 이상이 없고, 예방접종의 부작용으로 판명이 났다. 그리고 원복이도 상태가 크게 호전되었다. 퇴원 다음 날에 어미에게서 전화가 왔다.

"원복이 어젯밤 잘 잤고요. 젖 잘 먹고, 이제 잘 놀아요."

매우 다행스러운 일이었다.

하지만 나는 원복이가 잘못된 예방접종 때문에 심한 부작용으로 병원에 입원까지 하고, 또 각종 검사에 시달린 것에 마음이 아팠다. 더욱이 2개월 된 유아로서 도저히 감당하기 힘든 상황을 아무런 의학적인 처치 없이 스스로 이겨냈다는 것이 기쁘면서도 마음이 안쓰러웠다. 또한 앞으로 원복이가 자라고 살아가면서 얼마나 더 많은 고난과 위기를 스스로 이겨내야 하나 하고 생각해보았다.

살다 보면 고난과 위기가 닥쳐오는 경우가 얼마나 많은가.

특히 그것이 주변의 부주의와 태만, 무지와 몽매, 착오와 미숙으로 인하여 닥쳐온 것이고, 또한 주변의 방치와 무성의, 질시와 반목, 중상과 모함으로 확대되어, 도리 없이 당사자 스스로 그 고난과 위기를 이겨내야만 하는 경우가 그 얼마나 많은가. 또한 당사자가 스스로 이겨내지 못하면 사람들은 그냥 그 사람의 운명이라 치부하지 않는가…….

 사람들은 인생을 자주 마라톤 경기에 비유한다. 마라톤 경기는 기복이 심한 긴 코스를 꾸준히 달려야 하기 때문에 처음에 잘나가거나 뒤처진다고 하여, 그것이 곧 승부로 연결되는 것이 아니다. 마치 인생의 기복과 흡사하기 때문일 게다.

 그리고 또 인생과 비슷한 것은 당사자인 선수 스스로가 고난과 위기를 이겨내야만 한다는 것이다. 마라톤은 한번 경기가 시작되면 감독과 코치의 작전 타임이라는 것이 없다. 감독과 코치, 혹은 응원하는 사람들은 주변을 맴돌며 '파이팅! 파이팅!' 하고 외쳐댈 뿐이다.

 원복아!
 이 세상에는 주변과 함께 기뻐하고 즐거워하는 경우도 많지만, 반면에 혼자서 감당해야 할 고난과 위기가 닥칠 경우도 많단다. 그러한 고난과 위기의 원인이 본인의 잘못이건 아니건 스스로 극복해야만 하는 것이란다. 그런 경우가 닥쳐온다 해도 너는 너의 현명함과 지혜로움, 그리고 강인함과 타고난 복으로 결국은 이겨내리라고 이 할아비는 믿는다. 그때를 생각하며 이 할아비는 우리 원복이에게 외친다.
 "최원복! 최원복! 파이팅! 파이팅!"

 어미야! 그리고 애비야!

얼마나 놀라고 당황했냐? 참 고생 많았다. 예방접종을 한 그 의사가 너무 무책임했구나. '큰 병원에 가보세요'라고 했을 때 무척 황당했겠구나…….

어미는 원복이를 안고 동네 병원으로, 대학병원으로 뛰었다니, 그 힘 다 어디서 났냐? 그리고 원복이에게 주삿바늘 찔러댈 때에는 얼마나 마음 아팠냐? 할 수만 있다면 원복이를 대신하여 아팠으면 하는 생각도 들었겠구나…….

어미야!

너의 시어머니는 원복이도 원복이려니와 어미, 너를 많이 걱정하고 안타까워했다. 네가 원복이하고 같이 울고, 또 갑자기 아이를 들고 뛰고 하여 팔과 종아리에 알이 배긴 것, 너의 시어머니는 이미 다 알고 있었다. 그러면서 원복이가 젖 잘 먹고 잘 놀고 있다는 말을 듣고,

"어미와 애비는 아이 돌보느라 힘들 텐데……. 잠도 못 잤을 테고……. 먹는 것도 그렇고……."

하면서 너희에게 줄 밑반찬을 새벽에 일어나 만들었단다. 시어머니가 이럴진대, 어미 너의 친정 부모님은 또한 그 심정이 어떠하셨겠냐…….

오늘 나는 역삼동에 계신 나의 모친이자, 네 시할머니를 뵈었다. 그리고 원복이가 입원했던 것을 오늘에서야 말씀드렸다. 네 시할머니께서 대뜸 하시는 말씀이

"어린 것은 물론이려니와 어미와 할미가 얼마나 놀라고 애를 태웠을꼬?"

하시면서 원복이도 원복이려니와 너와 네 시어미를 오히려 더 걱정하시며 마음 아파하셨다. 나는 너의 시할머니께서 늘 귀엽게 여기시는 손주며느리를 걱정하신 건 짐작하고 알겠다만, 너의 시어머니까지 걱정하실 줄은 정말 몰랐다.

그리고 김소월의 「부모」라는 시의 한 구절이 새삼 내 머릿속에 떠오르더구나…….

묻지도 말아라 내일 날에
내가 부모 되어서 알아보랴

또한 나는 자식이나 손주를 걱정할 줄은 알아도, 부모의 내리사랑이란 것을 이 나이가 되어도 아직도 잘 몰라서 부모심정을 가늠하지는 못하였구나…… 하는 생각도 들었단다.

첫돌

　원복이는 병치레 한번 없이 무럭무럭 자랐다. 태어나서 2개월 남짓 되어 병원에서 예방주사를 잘못 맞아 그 부작용으로 한 3일 고생한 것을 제외하고는 감기 한 번 앓지 않았다. 이 모두가 다 제 어미가 지극정성으로 보살핀 결과라 하겠다. 그리고 또 원복이의 타고난 복이 많은 덕분이기도 했다.

　요즘 원복이는 어찌나 빠르게 기어 다니면서 여기저기 말썽(?)을 피워놓는지 정신이 없을 정도이다. 한번은 어미가 주방에서 설거지에 열중하고 있었는데, 원복이가 있는 거실이 너무 조용하여 '아차 무슨 일이 일어났구나' 하는 생각으로 거실 쪽을 황급히 내다보니, 거실에 웬 흰 이불이 죽 깔려있는 것이 보였다 한다. 이상하여 다시 보니 원복이가 티슈 갑에서 화장지를 계속 뽑아내어 늘어놓는 바람에 거실이 온통 화장지로 뒤덮여있었다 했다.

　또 요전에는 제 어미의 스마트폰을 여기저기 누르다가 엉뚱하게 직장

에서 일하는 제 아비와 우연찮게 연결되어 통화도 했다 한다. 며칠 전에
는 원복이가 할아비 집에 왔었는데, 제 어미와 할미가 이것저것 이야기
하는 틈을 타서 마음 놓고 거실과 안방을 휘젓고 기어 다니더니, 제 할
미 속옷 서랍을 열고서 스타킹이건 속옷이건 마구 꺼내놓고 한바탕 수선
을 피웠다.

아무튼 원복이의 이 모든 짓이 나에게는 귀엽고, 내 얼굴에 미소를 짓
게 한다. 그리고 첫돌이 되는 지금까지 잘 키운 어미와 또 잘 자라준 원
복이가 더욱 예쁘고 고마웠다. 그뿐 아니라 주변의 모든 사람에게도 고
마운 마음이 들었다.

오늘은 원복이의 돌잔치가 있는 날이다. 어미와 아비는 증조모님을 비
롯한 직계가족과 할미 친정가족, 외가가족 등 가까운 친척들만 초대하여
시내의 호텔에서 깔끔하게 돌상을 마련했다. 돌상 뒤 벽에는 '부귀공명
무병장수 수복강녕 입신양명(富貴功名 無病長壽 壽福康寧 立身揚名)'이라고 오
늘의 돌쟁이 원복이가 무럭무럭 자라서 귀하게 되라는 좋은 글귀가 병풍
처럼 둘러져있었다.

돌상에는 건강과 복을 기원하는 백설기, 악귀를 물리친다는 수수팥떡,
색색가지 송편들과 대추, 감, 배, 사과, 포도 등 색깔 고운 과일들, 그리
고 청실홍실과 청홍 보자기 등등이 놓여있었다. 그리고 돌잡이로는 장수
한다는 실타래, 국수, 미나리단과 부자가 된다는 쌀, 돈, 동전 꾸러미, 공
부 잘하고 출세한다는 벼루, 먹, 붓, 마패와 손재주가 좋아진다는 오방색

214

한지, 실패, 자, 반짇고리 등을 차려놓았다.

돌 빔으로는 다홍 긴치마와 색동소매의 연두색 당의저고리를 입혔다. 그리고 머리에는 매듭과 술 그리고 산호줄과 비취로 된 보패류가 장식된 남바위를 씌웠다. 발에는 수놓은 타래버선에 꽃신을 신겼다. 그리고 허리엔 오방색주머니를 단 돌띠를 두르고, 복주머니와 아기 노리개도 찼다.

그러나 원복이는 돌빔을 곱게 차려입고 있는 것이 어색하고 불편한 표정이었다. 그리고 짜증도 내고 울기도 했다. 그러다가 돌잡이로 놓여있는 여러 물건들이 의아하고도 신기한 듯 두리번거리며, 이것저것 만지다가 붓을 잡아 올렸다. 식구들 모두는 원복이가 이다음에 공부를 잘할 것이라며 좋아했다. 사진촬영사는 순간순간 셔터를 마구 눌려댔다. 어쩌다 방긋 웃거나, 의젓하게 폼을 잡을 때를 놓치지 않고, 여러 장의 사진을 찍어댔다.

나는 원복이가 돌잔치를 하는 동안 여러 가지로 힘들고 불편해하는 것이 안쓰러웠다. 화려한 돌빔은 평소에 입지 않아 불편했고, 여러 사람들의 얼러대는 소리나 눈길도 부담스러웠을 것이다. 특히나 멋진(?) 포즈를 유도하여 연출시키며 사진 세례를 퍼붓는 것도 어린것으로서는 매우 힘든 일이었을 것이다. 그러다 보니 원복이는 돌잔치 내내 제 어미한테서 전혀 떨어지지 않으려 했다.

하지만 원복이는 무난하게 맡은 바 자기의 역할(?)을 잘도 소화해내었다. 돌상에 의젓하게 앉아서 사진촬영도 하게 해주었고, 돌잡이도 붓을 쳐들어 어른들의 기대(?)에 부응해주었다. 그러고는 대충 행사를 끝내고 어른들이 식사를 시작할 무렵, 원복이는 잠에 곯아떨어졌다.

모두가 식사를 하면서 원복이의 건강과 행운을 빌며 건배도 들었고, 덕담도 나누었다. 특히 원복이를 낳고, 지금까지 잘 키운 어미는 오늘의 이 돌잔치가 그 누구보다도 기쁘고, 감회도 깊어 보였다. 어미는 인사말로,

"원복이를 낳고 키워보니 엄마의 사랑이 너무나 크다는 것을 이제야 알게 되었습니다. '진자리 마른자리 갈아 뉘시고 손발이 다 닳도록 고생하시네…….'라는 말의 참뜻을 이제야 알게 되었습니다. 여기 계신 모든 어머님들께 다시 한번 고개 숙여 존경과 감사를 드립니다."

하고 말했다. 어미의 짤막한 인사말은 나에게 자식에 대한 어머니의 자기희생과 지극한 사랑이 무엇인지 새삼 느끼게 하였다. 돌잔치건 생일잔치건 당사자가 주인공이고, 당사자가 축하를 받는다. 당사자가 생일 케이크의 촛불도 끄고, 축하 노래 선물도 받는다. 하지만 당사자와 함께, 아니 오히려 당사자보다도 그 부모에 대한, 특히 어머니에 대한 존경과 감사의 자리가 되어야 한다는 것을 재삼 느끼게 하였다.

오늘의 돌잔치의 주인공이 되어야 하는 사람은 원복이와 함께 바로 어미라고 생각되었다. 지극정성으로 보살핀 어미에게 감사와 찬사를 보내야 되지 않을까.

어미는 학교를 마치고 시집오기 전부터 사무원으로 어느 회사에 나갔

으며, 시집와서는 조그만 아파트에서 둘째와 단둘이서 신혼살림을 해왔다. 말하자면 핵가족에 맞벌이 부부인 것이다. 핵가족으로의 생활이 층층시하의 대가족보다 단출하여 편한 점도 있겠으나, 아기 양육에 관한 한 대가족일 때보다 훨씬 더 큰 어려움이 있다는 것을 느낀다. 육아에 경험이 풍부한 시어른들이 늘 같이 있다면 아기 키우기에는 의지도 되고, 도움도 되리라 생각한다.

요즘의 전문 교육을 받은 젊은 엄마들은 과거보다 가사를 배울 수 있는 기회가 훨씬 적고, 결혼 후 핵가족의 맞벌이 부부인 경우에는 배울 만한 시간도 여건도 없다. 그러다 보니 맞벌이 젊은 엄마의 경우 가사는 그렇다 치고, 육아는 감당하기 매우 힘들겠다고 느껴진다.

하지만 어미는 출산휴가를 얻어 누구의 도움도 없이 잘도 해내고 있다. 도우미 아줌마를 불러 처음 몇 달 도움을 받은 것이 전부였다. 어미는 육아에 대한 지식과 정보를 인터넷으로 검색하거나 책을 보거나 혹은 전문의에게 문의하여 잘도 찾아내고, 잘도 알아서 원복이를 감기 한 번 안 걸리게 하였다. 그리고 얼굴이나 온몸의 피부도 뽀얗고 건강하게 유지시켰고, 언제나 활발하게 놀도록 하고 있다.

그런 어미가 나로서는 대견하고 고마웠다. 어떨 때는 몽땅 다 자신이 도맡아서 혼자서 애쓰는 모습이 안쓰럽기도 했다. 시어머니인 아내가 나름대로는 밑반찬이며 건강에 좋다는 먹거리를 이것저것 가끔 싸다주고는 하지만, 함께 살면서 돌보아주는 것보다는 훨씬 못하고, 어미는 무척 힘들겠다는 생각이 든다.

　한번은 아내가,

　"여보! 어미가 원복이 돌보느라고 너무 애쓰고 또 꼼짝을 할 수가 없어 자신의 일도 못 볼 것이니, 아기를 우리에게 맡기고 일도 좀 보고, 하루 쉬라고 하는 것이 어때요?"

　하고 말한다. 이에 나는

　"그거 좋은 생각이야……. 당신도 그런 생각을 했어? 요즘은 원복이가 낯가림도 없고, 우리 집에 와서도 거부감이 없으니 그렇게 합시다."

　하고 대답했다. 하지만 어미는 자신이 직접 아기를 돌보지 않고, 누구에게 하루 종일 맡기는 것이 마음이 불안한지 대답만 "예", "예" 할 뿐이었다.

　다만 얼마 전에 어미는 국민건강검진을 받으러 병원에 가면서 원복이를 3~4시간 우리에게 맡겼다. 그때도 틈틈이 전화를 걸어 원복이가 잘 놀고 있는지, 밥은 다 먹었는지 확인을 했었다. 아기를 할미에게 맡겨도 마음이 놓이질 않아 생각만은 늘 아기한테 있다는 것을 느꼈다. 이런 제 어미의 애틋한 마음을 원복이는 언제쯤이나 알 수 있을까?

　오늘의 돌잔치를 어미와 아비, 할아비와 할미는 물론 여러 집안 식구들은 오랫동안 기억하여도, 막상 돌 빔을 차려입고 오늘의 주인공으로서 의젓하게 끝낸 원복이는 평생 동안 기억하지 못할지도 모른다.

218

하지만 먼 훗날 원복이가 어느 귀여운 돌쟁이 아기의 어미가 되어 그 아기의 돌상을 차릴 때에는, 그 옛날 진자리 마른자리 갈아 뉘던 어미의 지극한 정성과 애틋한 마음을 알지 않을까? 또한 오늘의 이 때때옷 돌 빔을 집안의 보물처럼 보관했다가 이미의 진한 체취를 새삼 맡을 수도 있시 않을까?

그리고 또 더 먼 훗날, 그 귀여운 돌쟁이 아기의 아기가 또 태어나서 오늘의 돌쟁이 원복이는 할미가 되고, 그 할미의 아기 시절에 입었던 돌 빔이며, 돌잡이한 붓이며…… 오늘의 돌잔치 일을 그 옛날의 전설처럼 이야기하지 않을까?

청개구리와 엄마 말

　세 돌을 갓 지난 원복이는 요즘 무척 말도 늘었고, 호기심도 많아졌다. 놀다가도 전화벨이 울리면 '내가 받을 거야!' 하면서 먼저 달려가 전화를 받고 한다고 한다. 아직은 발음이 분명하진 않지만, 할아비인 나와 전화 통화도 가끔 한다. '하머니(할머니) 바꿔.' 혹은 '하버지(할아버지) 바꿔.' 소리를 잘하는데, 통화 중에 말이 막히거나 표현이 잘 안 되면 그러는 것 같다. 또한 할아버지 집에 와서는 눈에 띄는 물건마다 '하버지 이게 뭐지?' 라고 연속적으로 물어보며 호기심을 보인다.

　지난 달 한식 즈음 가족들과 함께 나의 조부모님과 부모님의 묘소가 있는 시골 선산에 다녀왔다. 나의 모친이 지난 가을에 갑자기 돌아가시어 이미 3년 전에 먼저 가신 부친의 묘소에 두 분을 합장하여 모셨다. 그리고 합장된 묘소의 봉분을 다시 조성하고, 묘소의 상석과 간단한 비문도 새긴 비석도 세웠다. 그 후 한 해 겨울을 지내고 나서 새로이 조성한 두 분의 묘소에 혹시 이상이라도 있을까 하여 둘러도 보고 성묘도 하였다. 다행히 이상은 없었고, 봉분과 묘소 주변에는 봄을 맞이하여 잔디가 푸르고 촘촘하게 돋아나 있었다.

성묘하는 내내 원복이는 또래 6촌 꼬마들과 묘소 주변 잔디에서 뛰어다녀 보기도 하고 비석 주변을 빙빙 돌면서 마치 신기한 놀이터처럼 뛰어놀았다. 그러다가 성묘를 끝낸 나에게 다가와서 비석을 가리키며 "하버지(할아버지)! 이게 뭐야?" 하고 묻는다.

"아, 이것은 비석이라고 하는 건데…… 사람이 죽으면 이름을 새겨놓는 것이란다."

하고 말해주었다.

"저것은 뭐야?"

하며, 아랫부분이 둘레석으로 둘러진 봉분을 가리킨다.

"저것은 사람이 죽으면 들어가는 무덤이라는 것이란다. 원복이 증조할머니도 돌아가셔서 지금 저 속에 계신 거야! 그리고 원복이가 조금 더 크면 이 할아버지와 할머니도 죽어서 들어가야 되고, 엄마와 아빠도 원복이가 이다음에 엄마만큼 크고 난 후 죽게 되면 들어가는 거란다."

하고 말해주었다.

원복이는 "왜?"라고 말하며, 이해할 수 없다는 듯 시무룩한 표정을 지었다. 산을 내려올 때까지도 말이 없던 원복이는 걷는 것이 좀 힘이 드는 듯 나에게 안으라고 팔을 벌린다. 원복이는 나에게 안기어 산을 내려오다가 느닷없이 나에게,

"엄마는 들어가면 안 돼……!"

하고 말한다. 처음에 나는 원복이가 아직도 무덤에 묻히는 것에 대하여 말하는 것인지 몰랐다. 선산의 묘소에서 원복이는 사람이 죽는다는 것과 땅에 묻힌다는 것을 듣고 난 이후 계속 심각하게 생각에 잠겼던 것 같았다. 나는 그러는 원복이에게,

"엄마는 우리 원복이가 커서 어른이 되어도 죽지 않고 원복이하고 같이 살 거야."

하고 말하여 안심시켰다. 그러면서 선산을 내려왔다.

한식 성묘 이후 일주일 정도가 지난 어느 날, 아내는 나에게 원복이가 어린이집에서 울면서 집으로 왔다고 말한다. 그날 어린이집 선생님이 읽어주는 동화를 듣고 갑자기 소리 내어 울었다는 것이다. 당황한 선생님이 원복이를 계속 다독거려도 울음을 그치지 않고 어린이집 수업이 끝나서 집에 가는 통학용 버스를 타고서도 계속 훌쩍거리며 갔다고 했다. 울음을 그치지 않는 원복이의 모습을 보고 그 선생님이 걱정이 되어 직장에 근무 중이던 원복 어미에게 전화 연락을 했고, 원복 어미는 다시 인근에 사는 원복 할미인 아내에게 도움을 청했다는 것이다. 그래서 아내가 원복이네 집으로 한걸음에 달려갔더니, 원복이는 울음을 간신히 그쳤다가도 제 할미를 보더니 다시 통곡을 하며 울어서 겨우 달래주고 원복 어미가 퇴근하고 집에 도착할 때까지 놀아주고 오는 길이라고 한다.

나는 어린이집에서 선생님이 무슨 동화를 어떻게 읽어주었기에 울었냐고 물었다. 선생님이 그날 읽어준 동화는 「엄마 말 안 듣는 청개구리」였다고 했다.

"옛날에 엄마 말 안 듣는 아기 청개구리들이 살았대요. 엄마 청개구리가 '앉으라' 하면 일어서고, '일어서라' 하면 눕고, 또 '산으로 올라가라' 하면 개울 물가로 가고, '개울물가로 가라' 하면 산으로 가고……. 아기 청개구리들은 엄마의 말을 안 듣고 하라는 것을 언제나 반대로만 행동했대요.

그러다가 엄마 청개구리는 병이 들어 죽게 되었대요. 그런데 엄마 청개구리가 죽으면 비가 와도 떠내려가지 않도록 산에다 묻어야 하는데, 엄마 말을 안 듣는 아기 청개구리들한테 엄마가 죽으면 산에다 묻어달라고 하면 분명히 반대로 개울 물가에 묻을 것이 뻔했지요. 그래서 엄마 청개구리는 죽으면서 '얘들아! 이 엄마가 죽으면 개울 물가에 묻어다오' 라고 유언을 했답니다. 그래야 말 안 듣는 아기 청개구리들이 죽은 엄마 청개구리를 산에다 묻을 것이니까요.

하지만 아기 청개구리들은 막상 엄마가 죽은 후, 엄마가 살아있을 때에 엄마 말을 안 듣고 반대로만 행동했던 것이 몹시 후회가 되었답니다. 그래서 아기 청개구리들은 이번에는 엄마 말을 잘 듣기로 했답니다. 그리고 엄마의 유언대로 죽은 엄마를 개울 물가에 묻었답니다. 그런데 아기 청개구리들한테 걱정이 생겼습니다. 비가 오면 개울물이 불어나 엄마의 무덤은 물에 잠기고 떠내려갈 것 같았답니다. 그래서 지금도 청개구리들은 비만 오면 엄마 무덤이 떠내려가지 않을까 걱정하면서 '맹꽁맹꽁'

하며 웁답니다.”

선생님의 동화 구연기술이 뛰어나 꼬마들의 마음을 사로잡고, 또 이야기가 재미있다 못해 슬퍼진 것 같았다. 선생님의 동화 읽기가 끝나자마자 원복이는,

“그러니까 엄마 말을 잘 들어야 해, 잘 들어야 한다고…….”

하고 소리 지르듯 말하면서 혼자 울먹이더니, 잠시 후 엉엉 소리 내어 울기 시작했다. 당황한 선생님이 원복이를 안고서 다독여도 그치지 않았고, 집에 가는 통학버스를 타고서도 계속 훌쩍이며 갔다고 한다. 버스에서 내려서는 아파트 입구에 기다리고 있던 엘리자베스 할머니(그 아이를 돌봐주시는 보모 할머니)의 품에 파고들듯 안기더니 또 한바탕 소리 내어 울었다는 것이다.

나는 그 말을 전해 듣는 순간, 지난 한식 성묘 때에 그 아이와 있었던 일들이 생각났다. 죽음이며 무덤이며, 또 그 아이의 심각한 표정과 ‘엄마는 들어가면 안 돼……!’라고 소리 지르듯 말하던 그 모습이 떠올랐다. 갓 세 돌이 지난 아기에게 내가 너무 충격적인 말을 곧이곧대로 해주지 않았나 하는 생각이 들었다. 그 아이로서는 할아비는 언제까지나 할아비로 있는 것이고, 할미는 계속 할미로 있는 것이다. 백번 양보한다 해도 제 어미는 언제까지나 어미로 있어야 하는 것인데…….

그 아이의 조그만 머리에 혼란이 온 것이 틀림이 없었다. 그리고 그 아이는 그 혼란을 며칠 밤낮을 두고두고 생각해보고 고민했으리라. 그날

의 내말은 그 아이에게는 너무나도 끔찍하게 무서운 말이었던 것이 확실했다.

  하지만 아가야……! 이 세상은 그보다도 더 무섭거나 생각조차 하기 싫은 것들도 많단다. 그리고 그 무서운 것들을 견디어내고 또 어떤 경우라도 이겨내어야 마침내 이 세상은 아름답게 되는 것이란다.

4장

주변의 즐거움

흙과 함께하는 즐거움

　나는 수년 전 지인으로부터 청자 한 점을 선물 받은 적이 있다. 그 청자는 미려한 곡선과 은은한 푸른 색상, 그리고 전체적인 형태의 안정감이 돋보여 보면 볼수록 아름답다는 느낌을 주었다. 나는 그 후 도자기에 관심과 흥미를 갖게 되어 시간이 날 때마다 도자 전시회에 참관도 하고, 이천 등지의 도자기 가마도 가끔 돌아보곤 하였다. 또 제법 많은 도자기를 구입하기도 하는 등, 자연스레 도자기의 매력에 빠져들게 되었다.

　그러던 중 내 사무소 근처에 모 대학 교수가 도자기 만들기를 가르치는 문화교실이 있음을 알게 되었다. 그리고 나는 그곳에서 도자기를 배우기 시작하였다. 나에게는 도자기의 원료인 흙부터가 신기하였다. 백자는 흰색의 백토 뿐 아니라 갯벌 흙처럼 검은 흙으로도 만들어졌고, 황토 같은 붉은 흙을 구우면 푸른 청자가 만들어졌다. 나는 흙을 반죽하는 방법부터 배우기 시작했다. 물레로 성형을 하기 전에 먼저 흙을 충분히 반죽해야 했다. 흙을 반죽할 때면 교수님은 흙 반죽이 도자 만들기의 절반이라며, 늘 흙 반죽의 중요성을 강조하셨다. 흙을 반죽하면 흙 속의 공기가 제거되고, 흙이 골고루 섞이게 될 뿐 아니라 차지게 된다며, 그래야 흙에 힘이 있어 형성을 해도 주저앉지 않고, 불에 구워도 금이 가거나 터지지 않는다고 했다.

반죽된 흙을 물레 위에 놓고 돌려서 기물로 성형을 한다. 성형된 기물을 건조시킨 후, 가마에 넣고 약 950도의 고열로 1차 초벌구이를 한다. 초벌구이 된 기물을 가마에서 꺼내어 샌드페이퍼로 표면손질을 한다. 그리고 유약을 바르고 다시 건조시켜 1,500도 이상의 고열로 2차 재벌구이를 하면 신기하게도 돌처럼 단단하고 우아한 색상의 도자기가 되어 나왔다.

드디어 내가 만든 도자기들이 처음으로 가마에서 나오는 날이었다. 그런데 가마에서 나온 도자기들 중 다른 사람들의 도자기는 다 멀쩡한데, 내가 만든 도자기는 모두가 다 금이 가거나 터지거나 혹은 일그러진 불량품들이었다. 나는 당황스러웠고, 한편으로는 부끄러워 얼굴을 들 수조차 없었다. 반죽이 잘못되어 공기가 흙 속에 남아있었는지, 아니면 총체적인 기술 부족 때문인지 알 수가 없었다.

그러나 해를 거듭하여 여러 번 반복함에 따라 나도 제법 그럴듯한 도자기를 만들어내기 시작했다. 시장에서 파는 도자기처럼 날렵하지 못하고 투박해 보였지만, 나는 내가 만든 도자기들을 자랑스레 나의 아내에게 보여주기도 하고, 친구나 친지들에게 직접 만든 도자라며 선물로 주기도 하였다. 또한 내가 만든 사발이나 접시들이 식탁에 올라 있거나 장식용으로 거실 장에 놓여있는 것을 보며 혼자 흐뭇해하기도 하였다. 그러던 어느 날 아내는

"여보! 당신이 만든 도자기 그릇들을 사용하지 않으면 안 될까요."

하고 말하는 것이었다.

아내는 내가 만든 도자기는 둔탁하고 무거워 다루기가 힘들고, 또한 설거지 할 때에 아내가 아끼는 비싼 도자기 그릇과 부딪히면 늘 아내가 아끼는 그릇이 깨지거나 귀가 나간다는 것이었다. 그리고 식탁의 도자기 그릇뿐 아니라 거실 장의 장식용 도자기도 치워버리는 게 어떻겠냐고도 했다. 나는 갑작스런 아내의 말과 태도에 당황하였다.

나는 만든 도자기 중 그래도 좀 잘 만들어진 것은 친구들이나 친지들에게 자랑스레 선물로 주었고, 우리 집에는 못난 것들만 남게 되었다. 또한 비록 금가고 터진 것이라도 과감히 없애버리지 못하고 집안 여기저기 모아두다 보니 집에 들어오면 발에 걸리는 것이 도자기들이고, 거실 장도 비좁아 집안 정리가 잘 안되었다. 나는 아내의 불평을 충분히 이해할 수 있었다.

그러나 일그러지고 못난 것이라도 만든 정성을 생각하면 없애기가 아까울 뿐 아니라 못난 것들도 다른 각도에서 보면 오히려 더 멋스럽고 색깔도 우아해 보였고, 못난 자식이 더 사랑스럽듯이 나에게는 더욱더 정감이 갔다. 나는 막무가내로 없애버리기를 주장하는 아내와 합의하여 몇

230

개만 거실 장에 남겨두고, 대부분의 도자기들은 시골집 지하실에 쌓아두는 것으로 간신히 못난 도자기들의 목숨(?)만은 유지시킬 수 있었다. 내가 만든 도자기가 어쩌다가 천덕꾸러기가 되어 아내에게 외면당하고 거실 장과 식탁에서도 퇴출당하는 수모를 겪게 되었는지, 나는 울적한 마음마저 들기도 하였다.

도자를 배운지 3년째 되던 해 추석이었다. 아내는 송편을 빚는다며 큰 대야에 물과 쌀가루를 넣고 반죽을 하고 있었다. 아내의 반죽하는 솜씨가 능숙하지 못한 것 같았고, 특히나 쑥을 넣고 하는 반죽은 더욱더 서툴러 보였다. 나는 아내에게 '반죽이 그게 뭐냐'며 아내의 서투른 반죽 솜씨에 핀잔을 주었다. 아내는 반죽이 얼마나 힘들고 어려운 일인 줄 당신은 모를 거라며, 나보고 한번 해보라 했다. 나는 순식간에 뚝딱 해치웠다. 도자를 배우면서 3년 동안 흙 반죽 하던 실력(?)을 유감없이 발휘한 것이다. 아내는

"당신이 언제 반죽을 해 보았다고 이렇게나 잘하나요?"

하고 말하면서, 나의 능숙한 반죽 솜씨에 놀라워했다. 아내는 도자기 만들기에도 반죽하는 게 있다는 나의 설명에 수긍하면서도,

"송편 만드는 쌀가루는 밀가루와 달리 풀기가 없어 반죽이 어려운데……. 반죽이 차지게 아주 잘되었어요."

하고 말하며, 나의 반죽 실력이 믿기지 않는다는 듯 계속 의아한 표정을 지었다.

"여보 송편이 너무 차지고 맛있네요……. 반죽이 잘되어서 그런가? 터진 것도 없고……."

하면서, 아내는 김이 무럭무럭 나는 갓 쪄낸 송편을 들어 보이며 좋아했다. 그러면서

"앞으로는 송편이나 수제비 반죽은 당신이 늘 해줘요."

하고 말했다. 그리고 아내는 송편이건 수제비건 반죽이 제일 중요하다면서

"오늘 처음으로 당신의 도자 배운 덕을 톡톡히 보았어요."

하고 말했다.

내가 '도자 선생님도 도자는 반죽이 반이라 하던데…….'라고 했더니, 그동안 내가 만든 도자기를 구박(?)하고 얕잡아(?) 본 것에 미안하다는 듯 아내는 반죽을 그리 잘하니 앞으로 좋은 도자가 나올 것이라는 등 도자에 대한 격려와 함께 칭찬 아닌 칭찬을 늘어놓았다. 그 이후 나는 우리 집의 반죽 담당이 되었고, 도자보다는 송편이나 수제비를 잘 만든다는 명성(?)을 얻게 되었다.

여러 해 동안 도자 작업을 하는 순간순간은 언제나 나에게 세상만사의 온갖 시름을 잊게 했다. 흙을 반죽하고 또 물레를 돌려 성형 작업을 하면 내 등은 땀으로 흠뻑 젖어들었다. 육체적으로 쉽지 않은 작업의 연속이지만 힘든 줄도, 시간 가는 줄도 몰랐다. 오히려 도자 작업은 내게 많은 즐거움을 줄 뿐만 아니라 어린 시절의 추억들을 떠오르게 했다.

나의 시골 고향의 뒷산은 붉은 황토 흙의 야산이었다. 마을 사람들은 이른 봄에 그 붉은 황토를 채취하여 논에다 뿌리곤 하였다. 그리고 설사 복통이 나면 그 황토 흙을 먹기도 했고, 또한 집수리를 할 때도 지게로 져다가 벽에 바르곤 했다. 아이들은 황토로 동그란 흙구슬을 만들고 건조시켜 아주 딘딴한 새총알을 만들었고 그것으로 참새도 잡았다. 한번은 흙구슬 새총알이 얼마나 단단한지 시험한다며 고무줄 새총에 흙구슬 총알을 넣고 애호박을 겨냥하여 쏘아 구멍을 내게 했었다. 동네 어른들한테 호되게 야단을 맞고 고무줄 새총을 압수당한 기억도 생생하다.

흙과 함께하는 즐거움이란 어릴 때나 지금이나 나에게는 버릴 수 없는 기쁨이라, 아내의 갖은 수모(?)를 감수하면서도 지금껏, 아니 내일도 모레도 나는 도자기 만들기를 하는 게 아닐까?

물소리

　서울에서 중앙선 전철을 타고 가다 보면 팔당과 양수리 사이에 운길산(雲吉山)이라는 제법 높은 산이 있다. 서울 근교에 위치하고 교통도 편리하며 그런대로 등산하기에도 좋아 휴일이면 많은 등산객이 찾는 산이다.

　그 산을 오르다보면 수종사(水鍾寺)라는 절이 있다. 수종사는 북한강과 남한강 줄기가 한눈에 다 내려다보이는 등, 눈앞이 탁 트여 전망이 좋다. 전망 좋기로도 이름 있는 사찰이다.

　그런데 수종사의 건립 유래가 흥미롭다. 이조 초기 세조가 두물머리(양수리의 본래 명칭) 근처에서 사냥을 하다가 산속에서 하룻밤을 유숙하게 되었다. 그런데 그 밤 내내 산속 어디선가 맑고 아름다운 종소리가 댕~ 하고 들리고 한참 후에 또 댕~ 하고 들렸다. 세조는 인적조차 전혀 없는 산림이 우거진 산속에서 종소리가 들린다는 것을 무척 신기하게 생각하였다.

　다음 날 아침 신하들을 시켜 그 종소리의 진원지를 찾아보니, 지금의 수종사 터에 작은 동굴이 있었고 그 동굴 바닥 웅덩이에 천정 바위틈에 맺힌 물방울이 한 방울씩 떨어져서 나는 소리였다. 그리하여 그 자리에 절을 세우고 수종사라 이름 지었다 한다.

물방울이 떨어져 나는 소리가 얼마나 맑고 아름다운 종소리 같았으면 절까지 세우고 이름까지 수종사라 붙였을까. 그때를 상상해보면 지금도 마치 그 맑고 아름다운 소리가 들리는 듯하다.

물소리가 아름답다는 것은 비단 수종사의 예를 들지 않아도 얼마든지 있다. 여러 해 전에 설악산 한계령에 갔었다. 한계령에 가는 길목에 있는 옥녀탕 휴게소에서 하룻밤을 자게 되었다.

휴게소 바로 옆으로는 큰 계곡이 있어 맑은 계곡물이 철철 흐르고 있었다. 한계령에서부터 흘러내리는 계곡물인 것이다. 그 흐르는 물소리는 밤새도록 들려왔다. 아마 설악산이 생겨난 이후 계속하여 소리를 내며 계곡물은 흘렀을 것이다.

나는 계곡물 소리를 들으며 그 밤을 달게 잤다. 그리고 아침에 이름 모를 산새들이 지저귀는 소리에 잠을 깨었다. 계곡물 소리와 산새 소리는 잘 어우러져 아름답게 들렸다. 계곡물 소리가 배경음악으로 계속 흐르고, 각종 산새 소리는 그때그때 성악가들이 부르는 소프라노, 테너 혹은 합창 소리처럼 들렸다. 베토벤의 9번 〈합창 교향곡〉보다도 아름답게 들렸던 기억이 지금도 생생하다.

물소리는 그 음의 세기가 아주 큰 경우라도 듣기에 고통을 느끼거나 거부감이 들지 않는다. 폭포수의 경우 그 음의 세기는 아주 크다.

예전에 나는 백두산 천지와 장백폭포를 구경할 기회가 있었다. 천지 물이 빠른 속도로 흘러나와 장백폭포를 이루고 있었다. 장백폭포는 낙차가 68m로 클 뿐 아니라 그 수량도 아주 많아 폭포 소리는 몹시 요란했다. 폭포 옆에서는 아무 소리도 들리지 않았다. 오로지 폭포 소리만을 들을 수 있었다. 물론 큰소리로 대화를 해도 알아듣기가 어려웠다. 그러나 그 폭포 소리를 듣는 것이 고통스럽거나 거부감이 느껴지지 않았다. 오히려 내 머리는 물론 뱃속까지 시원한 느낌을 주었고, 그 웅장함과 굉음에 감탄할 뿐이었다.

우리들의 생활 소음은 약 40dB 정도이고, 일상 대화는 약 60dB, 비행기의 제트엔진 소리는 약 150dB 정도이다. 소음이 120~140dB을 넘으면 사람이 듣기에 고통을 느끼며 80dB 이상의 소음을 계속 들으면 청각 장애가 올 수 있다 한다.

폭포 소리는 과연 몇 데시벨이나 되는지는 모르겠으나, 일상 대화 수준은 훨씬 상회할 것이라 생각된다. 그러나 폭포 소리를 계속적으로 듣는다 해도 청각 장애는 없으리라 믿는다. 성악가나 명창들이 폭포 가에서 목에서 피가 터질 때까지 노래나 창 연습을 했다는 일화가 많다. 이는 성악가나 명창들의 목청이 크다 하여도 폭포 소리를 능가할 수는 없다는 말이 아닌가……. 그리고 그렇게 큰 폭포 소리를 들어도 청각 장애는커녕 성악가나 명창들의 귀처럼 더 좋아지고 예민해진다는 말이 아닌가…….

겨울이 지루하게 느껴지는 날이면 나는 주변을 훌훌 털어버리고 북한산의 소귀천계곡에 자주 오른다. 계곡은 두꺼운 얼음으로 덮여있다. 그 위를 아이젠을 신고 뽀득뽀득 소리 내며 오른다. 조용했던 겨울산은 얼음 밟는 소리에 그 정적이 깨어진다. 그리고 맑고도 차가운 산 공기는 내 머리와 마음을 깨끗하고 시원하게 만든다. 그러다보면 어디선가 희미하게 돌돌돌 하는 소리를 들을 수 있다. 그것은 계곡의 얼음장 밑을 흐르는 물소리인 것이다. 봄이 오고 있다는 소리이다. 봄소식을 우리에게 알려주는 신호로는 얼음물 흐르는 갯가에 막 눈뜬 은색 솜털의 버들강아지일 수도 있고, 또 산수유의 노란 꽃망울이나 목련의 하얀 꽃망울일 수도 있다.

그러나 이들에 앞서 우리에게 바로 이 돌돌돌 하는 희미한 계곡물 소리가 봄이 오고 있다는 것을 제일 먼저 알려주고 있다. 물소리는 나뭇가지에 움트는 새순보다도, 언 땅을 뚫고 솟는 새싹보다도, 또는 그 어떤 봄 꽃망울보다도 먼저 봄의 소식을 알려주는 대자연의 목소리인 것이다.

봄비 내리는 어느 날, 거실에 호젓이 앉아 창밖을 내다보고 있노라면 어디선가 비발디의 〈사계〉 중 1악장의 선율이 조용히 흐르고 있음을 느낄 수 있다. 봄비 내리는 소리는 아름다운 음악이요, 새 생명을 부르는 신의 자애로운 목소리가 아닐까…….

또한 비 오는 날 창밖을 내다보면서 쇼팽의 〈빗방울 전주곡〉을 들어보라. 피아노 선율이 빗소리의 아름다움을 알게 할 것이다. 아니면 고요한 새벽에 슈베르트의 피아노 5중주곡인 〈송어〉를 홀로 들어보라. 송어들이 뛰노는 소리와 함께 개울물 흐르는 소리의 선율을 들을 수 있을 것이다. 내 머릿속이 평온해질 뿐 아니라 평화로운 마을의 모습이 그려질 것이다. 이처럼 물소리는 대자연이 내는 아름다운 음악 소리인 것이다.

　요즘 아파트의 침실에는 화장실이 대부분 붙어있다. 아주 청결할 뿐 아니라, 잠자다가 용변을 보기에 편리하게 되어있다. 예전에는 화장실은 집 안 저쪽 한쪽 편에 있었고, 농촌의 경우는 별채로 떨어져 나가있는 경우가 많아 사용하기는 불편했다. 그러나 사용 시 소음 문제에 있어서는 오히려 요즘의 화장실이 예전 것보다 더 문제가 있다.

　어느 날 나는 자다가 잠을 깨어 눈만 감고 있었다. 그때 공교롭게도 아내는 거실에 슬그머니 나갔다 왔다. 나는 아내가 왜 거실에 나갔다 온 것인지를 알면서도,

"여보, 당신 잠자다 어디 갔다 오는 거야?"

하고 물었다.

"당신……. 깨어있었어요? 화장실 갔다 왔어요."

하고 아내는 대답했다.

"이 침실에도 화장실이 있는데 왜 불편하게 나갔다 오지……?"

하고 나는 물었다. 아내는 내가 알면서 괜히 묻는다는 듯, 아무 대답 없이 자리에 누웠다. 내 아내는 밤에 자다가 볼일이 있으면 언제나 침실 밖으로 나가 거실에 있는 화장실을 사용하고 슬그머니 들어오곤 한다. 변

기의 물 내리는 소리가 내가 잠자는 데에 방해가 되지 않을까 하는 배려일 것이다.

변기나 하수관의 물 내려가는 소리는 화장실 입구에 옷방이나 파우더룸이 붙어있고 방음이 잘된 경우라 해도 고요한 밤에는 들리게 마련이다. 그 물소리가 아주 작은 소리라 해도 듣는 사람은 불유쾌하고, 또 소리를 내게 한 사람도 왠지 좀 미안하고 부끄럽다. 특히나 윗집이나 아랫집에서 사용하는 변기 소리가 들린다면 더욱더 불유쾌하다.

같은 물소리라 하여도 얼음장 밑에서 흐르는 물소리, 계곡이나 개울물 소리, 봄비 소리, 빗방울 소리와 같이 자연이 내는 소리는 아름다운 음악이고 우리 마음을 편안하게 해준다. 아마도 자연이 내는 소리의 리듬이 우리 몸속의 파장과 잘 맞아떨어지기 때문이 아닐까. 그러나 하수관이나 오수관, 또는 수돗물 소리처럼 인간이 내는 물소리는 기분 나쁜 소음이 아닌가……. 또 혹시 인간이 내는 물소리도 자연의 소리를 흉내 내어 음악처럼 들리게 할 수는 없을까…….

아기 똥

　나의 큰손자 원준이는 태어날 때에 조산으로 인하여 워낙 작게 태어났다. 병원 인큐베이터에서의 생육 일수가 보름 이상 되었고, 산후 조리원에서도 열흘 이상 인큐베이터에 있었다. 그렇지만 크게 다행스럽게도 원준이는 하루가 다르게 커갔다. 담당 의사의 말에 의하면 '신생아로는 보기 드물게 좋은 심폐기능과 강한 구강 흡입력을 가지고 태어났다'는 것이었다. 하지만 그 무엇보다도 어미의 세심한 돌봄과 지극한 정성이 있었기에 별 탈 없이 커가고 있었다.

　그런데 며칠 전 아침, 아내는
　"여보! 오늘 큰아이가 원준이 데리고 대학병원에 간다 했어요. 그래서 나도 병원에 가서 원준이 좀 보고 오려고요."
　하고 말했다. 나는 깜짝 놀라
　"왜? 원준이한테 무슨 일이 있나?"

하고 물었다.

"어제 오후에 어미한테 전화가 왔는데요. 아기가 잠도 잘 안 자고, 특히 똥이 나쁘대요. 지금껏 어미와 아비 그리고 외할머니까지 오셔서 식구들 모두가 다 원준이를 지극정성으로 돌보고, 백일도 지나고 해서 이제는 안심해도 되나 보다 했는데……."

하고 말끝을 흐린다.

"똥이 어떻게 나쁜데……?"

하고 나는 물었다. 건강한 아기의 똥은 색깔이 황금색이어야 하고 또 묽지도 되지도 않고, 마치 찰흙 같아야 하는데…… 어미 말에 의하면 원준이의 똥은 녹색을 띠고, 누런 콧물 같이 점성이 없는 똥을 눈다는 것이다. 그것도 매일 똥을 싸는 것이 아니고, 3일에 한 번 정도로 싼다고 했다.

원준이는 태어난 뒤 인큐베이터에 여러 날 있으면서 모든 것을 잘 이겨냈다. 지난주 정기검진에서도 담당 의사는 '아기가 숨도 잘 쉬고 식욕도 왕성하여 젖도 잘 먹어 몸무게도 부쩍부쩍 늘고 있다, 보기 드문 경우다.'라고 말씀했었다.

그리고 그때 내가 보았을 때도 원준이는 활발하게 잘 놀았다. 그래서 나는 별 문제 없을 것이라고 생각하면서도 내심 하루 종일 걱정이 되었다. 의사의 진단결과가 기다려졌다. 전화가 울릴 때마다 신경이 쓰였다.

"아버님! 저예요."

어미의 전화였다. 어미의 목소리는 명랑했다. 나는 순간적으로 마음이 놓였다.

"그래……. 의사가 뭐라고 하더냐?"

하고 나는 물었다.

"네……. 별거 아니래요……. 건강한 아기들도 변 색깔이 녹색을 띨 수도 있고요. 모유를 먹는 아기들은 소화 흡수가 잘되어 3일에 한 번 변을 보는 것도 정상이래요. 그리고 똥에 점성이 없는 건 아기 똥은 그럴 수도 있고요. 곧 좋아질 거래요."

어미는 신이 나는 듯 했던 말을 또 하며 장황하게 설명했다.

나는 봄철에 피는 애기똥풀이라는 들꽃을 아주 어렸을 때부터 알고 있었다. 애기똥풀은 노란색의 작은 꽃으로, 늦은 봄에 들판에 나가면 쉽게 볼 수 있는 꽃이다. 줄기를 자르면 노란 즙이 나오는데, 그 즙이 아기 똥 같다 하여 애기똥풀이라 이름 붙은 들꽃이다.

어린 시절, 나는 시골에 사시는 할아버지에 이끌려 서울의 부모님 곁을 떠나 시골에서 지낼 때가 많았다. 할아버지와 할머니는 내가 맏손자라 하여 특히 나를 귀여워해주셨다. 그리고 나를 시골로 데려가 당신들 곁에 두고 지극히 아껴주셨다. 나는 시골집에 가면 늘 마을 꼬마들하고 어울려 다녔다. 그날도 나는 들판으로 쏘다니며 놀다가 방죽주변에 여기저기 만발한 노란 들꽃들을 보게 되었다.

"얘들아~! 여기 꽃들이 많이 피어있다. 아주 노란 꽃이네……."

나는 무슨 큰 것이라도 발견한 듯, 아이들에게 소리쳐 외쳤다. 그러나 아이들은 모두가 다 알고 있는 꽃이라는 듯이, 시큰둥하게 바라볼 뿐이었다.

나는 그 꽃들을 마구 꺾었다. 노란 꽃잎이 특히 예쁜 작은 들꽃이었다. 꺾어서 손에도 쥐고, 머리에도 꽂고, 옷에도 꽂았다. 그 꽃가지 줄기에서 노란 즙 같은 액체가 흘러나와 머리에도 얼굴에도 옷에도 묻었다. 그러나 나는 아랑곳하지 않고 꽃을 꺾고 노는데 정신이 없었다.

오후 늦게 집에 돌아왔다.

"아니 너 점심도 안 먹고 어딜 가서 놀다 오는 거냐? 배도 안 고프니? 그리고 옷에 꽂은 그 꽃은 또 뭐니……? 이거 애기똥풀이잖아……. 너 애기똥풀 꺾어 가지고 놀았구나. 옷에 노란 물이 들었구나……. 손 하고 머리도 엉망이고……. 이거 어떡하니?"

하고 할머니는 말씀하시면서 세숫대야에 물을 받아 내 얼굴과 손을 씻겨주셨다. 그리고 옷에 든 노란 물은 옷을 빨아 삶아도 없어지지 않을 거라고 걱정하셨다.

"다시는 그 애기똥풀 꺾지 마라. 이것아! 거기서 똥이 묻잖아……."

나는 예쁜 꽃 이름이 애기똥풀이라는데 이상했고, 똥이 묻어난다는 데에 의아했다. 예쁜 꽃을 왜 똥이라고 할머니는 말씀하실까……?

애기똥풀, 애기똥풀……. 나는 그 이후 내 머릿속에 그 꽃 이름과 꽃 모양이 오랜 기간 동안 맴돌았다.

바로 어제였다.

"아버님이세요? 저 어미에요. 어제저녁에 원준이를 목욕시키고 난 후부터는 원준이가 잠도 잘 자고, 똥을 좋게 싸요. 황금색의 찰흙 같은 똥을 싸요."

하고 어미는 무슨 좋은 것이라도 얻은 듯, 의기양양하게 말했다.

봄바람이 잦아들고 나들이하기 좋은 화창한 봄날이 오면, 어미는 오랜만에 들꽃 핀 교외 들판에 바람을 쐬러 가지 않을까. 교외 들판에는 노란 꽃들이 아니, 아기의 노란 똥이 여기저기 있을 테지. 어미는 너무나도 반갑고 기뻐하겠지……. 아기가 눈 노란 작은 똥……. 어미의 바람은 오직 원준이가 건강하게 무럭무럭 자라는 것, 젖 잘 먹고 똥 잘 싸는 것이다. 노란 아기 똥은 원준이가 어미에게 보내는 건강 신호였다. 어미의 눈에는 아기의 노란 똥이 더러운 똥이 아니고, 애기똥풀처럼 예쁜 꽃인 것이다.

낯가림

원욱이는 백일이 가까이 되자, 제 어미 곁을 잠시도 떨어지지 않으려 했다. 어디서나, 또 누구에게나 눈을 둥그렇게 뜨고 무덤덤하게 안기곤 했던 아이였었다. 그러다가 백일이 지날 무렵부터는 눈의 초점이 보다 또렷해지더니, 제 어미 외의 주변 사람들한테 노골적으로 거부감을 표시했다. 할아비의 집에 와서도 낯설다는 듯 얼굴이 굳어지는 등 긴장하는 표정이 역력했고, 할아비인 나나 할미인 아내에게도 예외 없이 경계의 눈빛을 보이며 울상을 지어 보였다.

"까~ 꿍~. 까~ 깍~ 꿍~. 쯔~ 쯧~ 쯧~. 으르르르……."

아내가 장난감을 아이의 손에 쥐어주며 얼러 보기도 하고, 갖은 우스운 표정을 지어도 늘 울상을 지었다. 특히 내가 가까이 가면 울음을 터트리는 등, 더욱더 노골적인 거부감을 나타냈다. 제 어미가 안타까운 듯

"할아버지시다……. 빵긋 웃어야지……."

말하며 다독이면, 제 어미 품에 꼭 붙어서 경계하는 표정으로 우리를

빤히 쳐다보고는 했다.

 또한 낯선 분위기에 대해서도 제법 뭘 느끼는 것 같았다. 낯선 사람들에 둘러싸여 자신에게 관심이 모이는 것을 매우 낯설게 느끼는 듯했다. 가족 모임에서도 친척 어른들이 아이 곁에 모여 '아이가 귀엽다', '제 아비를 닮았다'는 등 자신에 대한 이야기를 주고받는 것은 물론, 특히나 여러 사람들이 자신을 주시한다는 것을 매우 부담스럽게 여기는 것 같았다. 그럴 경우 더욱 굳은 표정으로 제 어미의 옷깃을 꼭 움켜쥐고, 품에서 조금도 떨어지지 않으려 했다. 원욱이는 소위 말하는 낯가림을 하는 것이었다. 하지만 어미는 원욱이가 자신만을 그렇게 힘들게 해도 제 새끼라서 그런지,

 "우리 원욱이는 엄마 껌딱지랍니다."

 하고 말하며 귀엽다는 듯 빙긋이 웃기만 하였다.

 지난 11월 중순, 돌아가신 나의 어머니이자 아이의 증조모의 49제가 있었다. 나의 직계 가족들은 물론, 여든이 훨씬 넘으신 나의 큰고모님, 둘째와 막내고모님 그리고 고모부님들께서도 49제에 참여코자 우리 집에 오셨다. 모처럼 집안 어른들이 모이다 보니, 제사보다도 새로 태어난 원욱이가 단연 화제의 중심이 되었다. 큰고모님을 비롯한 여러 어른들이 어미에게 덕담도 해주시고, 돌아가면서 아이를 얼러도 주셨다.

 "이 아이가 예용이 아들이냐?"

 "어디 보자……. 이제 5개월이 되었다고? 제 애비를 쏙 빼닮았구먼, 귀

엽기도 해라……. 내가 너의 애비의 대고모할머니니까…… 너에게는 어떻게 되는 거냐? 왕대고모할미인가? 증대고모할미인가?"

아이를 처음 보신 나의 고모님들은 아이를 어르며 귀엽고 반가운 듯, 한 말씀씩 하셨다. 그런데 원욱이는 앙~ 하며 울음을 터트렸다. 그리고 계속 울어댔다. 그렇지 않아도 아이에게는 여러 사람들이 모이는 등 낯선 분위기라 얼굴이 굳어질 대로 굳어져 제 어미 품에 꼭 붙어있었다. 그러던 중 흰머리 성성하시고 주름 잡힌 얼굴의 왕할머니들께서 가까이 다가와 모두들 어르시니 그만 울음을 터트린 것이었다.

그런데, 신통하게도 처음 보는 아이의 2살배기 6촌에게는 전혀 낯가림을 하지 않고 오히려 빙긋빙긋 웃으며 친밀감을 보였다. 이에 아내는

"제 또래는 용케도 알아보네……. 할아버지나 할머니들보다 또래 아이들을 좋아하는 것 같네……. 또래라고 좀 만만히 보는 것 아닌가? 갓난아이도 보고 느끼는 게 있나 봐요……."

하고 말했다. 어미는 이 말을 받아,

"그런가 봐요……. 며칠 전에는 원욱이를 안고 외출하려고 아파트의 엘리베이터를 타고 내려오는데 다음 층에서 어떤 할머니가 타셨어요. 방긋방긋 웃던 원욱이가 그 할머니를 보자 갑자기 '앙~' 하고 우는 거예요. 민망해서 혼났어요. 근데 백화점에서 운영하는 문화교실의 유아교육실에 가면 또래 아기들을 보고는 너무 잘 웃어서 늘 인기 최고예요."

말하며 맞장구를 쳤다.

원욱이는 할아비인 나나 할미인 아내, 혹은 왕할머니들의 성성한 흰 머리카락과 늘어지고 주름 잡힌 큰 얼굴이 아마도 사자나 호랑이의 사나운 모습쯤으로 보였을지도 모른다. 또한 귀엽다고 '깍~ 까꿍~' 하며 왕할머니들이 어르는 소리가 사자의 포효하는 소리쯤으로 들렸는지도 모른다. 그리하여 자기를 해하려는 그 어떤 무서운 존재(?)들을 경계하려는 듯, '앙~' 하고 울어대었던 것은 아닌지······.

어미는 아이가 예뻐해주는 집안 어른들을 몰라보고, 특히나 그 누구보다도 귀여워해주는 할아버지를 못 알아본다고 안타까워했다. 그러나 그 아이는 최소한 제 어미와 모처럼 만나는 다른 낯선(?) 존재들을 구분할 줄 알고 있었다. 그리고 나름대로는 자신의 상태가 위험(?)한지, 혹은 안전한지를 알고 있었다. 현재로서는 제 어미의 품만이 확실한 안전지대임을 알고 그 품에 있으면서, 주변을 빤히 쳐다보며 살펴보는 똑똑한 아기가 아닌가?

비록 제 할아비의 집이라 할지라도 아이에게는 늘 먹고 자는 자신의 집을 나와 낯선 곳으로 가는 것이고, 또 만나는 사람이 친할미라 하더라도 아직은 낯선 사람을 만나는 것이다. 그러다 보니 할아비 집에 가는 것이나 할아비나 할미를 만나는 것 자체가 스트레스요, 고통일 수 있다. 특히나 더욱 낯선 왕할머니들을 만난다는 것은 더욱더 큰 괴로움(?)일 것이다. 나는 그 아이의 그런 모습이 서운하기보다는 무척 귀여웠다.

설날이 되었다. 원욱이도 8개월이 되고 있었다. 아내의 설날 차례상 준비를 도우러 어미가 아이를 데리고 우리 집에 왔다. 아내와 어미는 주방에서 설날 차례상 준비를 하다 보니, 내가 그 아이를 돌보게 되었다. 처음에는 나를 경계하더니, 잠시 후에는 신기하게도 환한 표정으로 나를 대했다. 나에게 거부감을 보이질 않았다. 내가 굴려 보내는 장난감 공을 툭툭 건드려보는 등 관심을 보이기도 했다. 그리고 나에게 기어와서 내 앞에 앉아서 곧잘 노는 게 아닌가…….

그러더니 그 후 보름쯤 지나 다시 만났을 때에는 그 아이는 드디어 나와 아내를 알아보고 빙긋이 웃기 시작했다. 뿐만 아니라 나에게로 기어와서 막 덤벼들며 내 휴대폰을 빼앗아 움켜쥐고서 제 입으로 가져가기도 했다. 그리고 제 아비 품에 안겨있다가, 나에게로 오겠다고 두 팔을 뻗치며 상반신을 내 쪽으로 심하게 기울여 나에게 안겨오기도 했다. 나에게 안겨서 내 안경을 잡아채기도 하고, 내 귀를 움켜쥐기도 했다.

"원욱이 좀 봐라……. 요놈이 내 안경을 잡아챘다……."

"원욱아! 할아버지께 그렇게 행패(?)를 부리면 안 되지……. 아버님! 원욱이 이리 주세요……."

어미는 송구스러운 듯, 아이를 내게서 옮겨 안으려 했다.

"아니다. 내버려둬라……. 이제는 내가 제 할아비인 줄 확실히 아나 보다……."

나는 그 아이가 이제는 나에게 낯가림 없이 마구잡이로 덤비는 것이 귀엽고도 신통했다.

"얼마 전부터 낯선 사람들에게도 심한 낯가림은 덜 하는 것 같아요."

어미는 그런 아이가 대견스럽다는 듯 말했다.

그 아이는 사물을 보고 생각하며 보다 많은 것을 스스로 알게 되었다. 할아비와 할미와의 만남이 괴로움이 아니라 즐거움이요, 부담스런 것이 아니라 편안함이라는 것을 깨닫게 된 것이다. 뿐만 아니라 사자의 으르렁거리는 소리쯤으로 들렸던 왕할머니들의 어르는 소리가 이제는 정겨운 소리로 들리고, 엘리베이터에서 만난 이웃 할머니의 얼굴이 인자한 이웃으로 보이는 것이다.

제 어미 외에도 자신을 귀여워해주고, 또 응원해주는 많은 사람들이 있다는 것을 스스로 터득하고 알게 된 것이다.

사실 우리는 이웃이 우리를 응원해주는 소중한 존재이며, 그들이 있기에 우리가 살아갈 수 있다는 것을 터득하지 못하고 지내는 경우가 많다. 거리에서 만나는 사람은 물론, 심지어 같은 아파트에 사는 사람을 엘리베이터에서 마주친다 해도 무표정한 얼굴로 모른 체하며 지나치기도 한다. 특히 우리나라 사람들은 모르는 사람들에게는 혐오감을 느낄 정도로 냉랭하다. 아직도 낯가림을 심하게 하고 있다고 할 수 있다. 반면 서양인들이나 이웃 나라 일본인들은 낯선 사람을 마주치더라도 '굿모닝' 혹은 '곤니찌와'라고 서로 인사를 주고받거나 아니면 반가운 눈빛으로 목례를 하는 경우가 대부분이라 한다.

사람은 사회적 동물이기에 혼자서는 살기가 힘들며 이웃과 함께 사회의 일원으로 살아가야만 한다. 서로 의지해야 존재할 수 있고, 서로 도와야만 살아갈 수 있다. 그렇다면 우리 이웃은 우리가 살아가는 데에 없어서는 안 되는 소중한 존재들이다. 이웃과의 만남을 괴롭고 부담스럽게 여기기보다는 즐겁고 편안하다고 느껴야 한다.

물론 함께 살다 보면 기쁘고 즐거운 일뿐 아니라 괴롭고 화가 나는 일들도 있게 마련이다. 하지만 그 화나는 일을 언제까지나 화나는 일로만, 괴로운 일을 언제까지나 괴로운 일로만 안다면, 그것이야 말로 깨우치지 못한 사람의 우둔함이요, 불행인 것이다. 우리가 인간의 삶을 옳게 깨닫고 세상을 깨우친다면, 그리하여 인생에 대한 지혜를 얻게 된다면 인생의 모든 것의 참된 모습을 볼 수 있을 것이다.

우리에게 닥치는 대부분의 화나는 일이나 괴로운 일이 실은 즐거운 일이요, 대부분의 아픔이나 슬픔이 실은 기쁨임을 알게 될 것이다. 결국은 화(禍)를 복으로 바꾸는 슬기로움을 갖게 될 것이다.

선물·1

　주는 것도 받는 것도 즐거운 것이 선물이다. 정성이 깃든 선물 하나로 관계가 몇 배는 더 살갑게 느껴질 수 있다. 좋은 선물이란 가능한 한 소지하기 가볍고 너무 비싸지 않으며, 받는 사람이 필요로 하는 것이 좋을 듯하다. 하지만 무엇보다도 선물은 주는 사람의 마음과 정성이 깃든 것으로 받는 사람이 기쁜 마음으로 받을 수 있어야 한다고 생각된다. 나의 젊은 시절에는 전통 문양이 새겨진 책갈피나 그림엽서, 직접 만든 카드나 엽서, 직접 수놓은 손수건, 자그마한 복주머니 등 정성이 깃든 작은 물건이 무난했다.

　하지만 요즘의 세태는 돈으로 판단하기 때문에 효도도 돈으로 하고, 훌륭한 부모의 기준도 죽을 때에 돈을 얼마나 남겨주느냐로, 좋은 직업의 기준도 자기에게 맞는 직업이 아니라 돈을 얼마나 많이 받느냐로 판단하곤 한다. 선물 또한 그 선물이 얼마나 귀하고 좋은 선물인가는 그 선물이 얼마짜리인가로 가늠하는 경우가 대부분이다. 정성을 들여 직접 만든 선물은 할 일 없는 사람이 궁상스레 만든 것으로 치부되어, 오히려 받는 사람의 마음을 안쓰럽게 한다고 여겨지는 경우가 많다. 어쩌다가 이렇게 되었는지는 알 수 없으나, 선물에서 정성 따위는 크게 중요하게 생각하지 않는 것 같다.

얼마 전 주말의 일이었다. 지원이가 어미와 같이 우리 집에 왔다. 지원이는 들어오자마자 불쑥 무엇인가를 나에게 내민다. 스케치북에서 뜯어낸 A4 용지보다 조금 큰 용지에 그린 그림 한 점(?)이었다. 지원이가 직접 그렸다는 그 그림을 대충 보니, 건물 위에 꽃이 핀 작은 장난감 집을 어린 아이 4명이 둘러서 있는 광경을 그린 것처럼 보였다. 내가 지원이에게 이 그림이 어린이집에 같이 다니는 친구들을 그린 것이냐고 묻자, 지원이는

"이건요, 생일 케이크고요. 이건 촛불이고, 그리고 여기는 려원이와 원준이고, 이건 나야. 그리고 또 이건 원욱이를 그린 거야."

하고 말하며, 다음 주에 있을 할아버지 생일날에 생일 케이크의 촛불을 할아버지의 손주 넷이서 끄고 축하해주는 모습이라 설명했다. 지원이 나름대로의 설명을 듣고 보니, 생일 케이크를 중앙에 놓고 네 손주들이 할아비의 생일을 축하하고 있는 모습이 여간 잘 그린 그림이 아니었다. 지원이는 그 잘 그린 그림을 생일 선물로 할아비인 나에게 준다고 했다.

나는 그 그림을 찬찬히 몇 번이고 다시 들여다보았다. 만 네 살도 채 안된 어린 꼬마가 그렸다기에는 너무나 잘 그렸다. 검은색 외에 붉은색, 초

록색, 푸른색, 주황색 등 여러 가지 색연필로 그려진 그림이었다. 지원이
는 특히 자신의 모습을 자기가 제일 좋아한다는 붉은색으로 화려(?)하게
그려놓았다. 출렁이는 듯한 긴 머릿결과 진하고 선명하게 그린 눈코와 입
이며, 고운 색깔의 윗옷과 치마가 눈부셨다. 또한 원준이 모습은 좀 작게
그렸으나 눈과 코를 크고 반듯하게 그렸으며 머리스타일을 독특하게 그
려, 단박에 원준이임을 느끼게 했다. 그리고 려원이와 원욱이도 지원이
자신이 보는 관점에서 느껴지는 대로 그린 것 같았다. 려원이는 좀 크게
그렸고, 그리고 아직 어린 원욱이는 작게 그려놓았다.

　또한 그림 중앙에 붉은 색과 주황색의 커다란 촛불들이 꽂혀있는 생일
케이크를 그려 넣어 할아비인 나의 생일날임이 잘 표현되었다. 보면 볼수
록 전체적인 그림의 구도며, 색상이며, 대상물의 그림 크기며, 모든 것이
매우 훌륭하게 그려졌고 그 정성과 애씀이 컸음이 역력했다.

"이~ 야~ 이런 그림을 어디서 구해서 도자기 접시에 그려 넣으셨어요? 그림이 너무 좋아요."

도자기 공방 사람들이 모두다 탄성을 질렀다. 나는 지원이가 생일선물로 준 그 그림을 복사하여, 내가 다니는 도자기 공방에서 접시 도자기에 그려 넣고 구워내었다. 접시 도자기에 그려진 지원이의 그림은 더욱 돋보였다. 공방 사람들은 이구동성으로

"어린 꼬마들의 그림은 간단하고 소박하면서도, 맑고 순수한 면이 있어요. 도자기에 그려 넣으면 이렇게 멋진 줄 미처 몰랐어요. 그 꼬마의 다른 그림들로도 여러 점의 그림 도자기를 만들어, 손녀와 할아버지의 그림과 도자기 합동 전시전을 한 번 여셔요."

하고 말하며, 도자기도 도자기려니와 도자기에 그려진 지원이의 그림에 많은 찬사를 보내주었다.

내 생일이 지난 두 달 후 지원이의 생일이 왔고, 나는 그 그림 도자기를 지원이의 생일선물로 주었다. 지원이는 그 도자기를 받고 너무 좋아했다 한다. 밥 먹을 때에나 놀 때에나 심지어 잠잘 때에도 곁에 두고 손으로 만져도 보았다가 물로 씻어서 수건으로 닦아보기도 하는 등, 잠시도 그냥 놔두는 경우가 없었다 한다.

그러더니 다시 두어 달 후 지원이는 정월 설에 외가 모임에 가게 되었는데, 지원이는 외갓집에 갈 때에 그 도자기를 싸들고 가겠다고 고집을 피웠다 한다. 도자기를 가지고 왔다 갔다 하다가 잘못하면 도자기가 깨

질 수도 있다고 말려도 지원이는 부득불 가져가겠다고 떼를 썼고, 아비가 하는 수 없이 신줏단지 모시듯 싸 가지고 갔었다 한다. 외가에 가서 지원이는 그 그림 도자기를 꺼내놓고, 외할아버지와 외할머니는 물론 이모부와 이종사촌들에게도

"이건 내가 그린 그림인데요. 이게 생일 케이크고요, 이건 촛불이고, 이건 나고, 이건 원준이예요……."

하고 도자기속의 그림을 몇 번씩이나 설명(?)하고 또 설명하며 자랑이란 자랑은 있는 대로 다 하고 왔다고 한다.

그러다가 개학이 되어 지원이는 어린이집에 나가게 되었고 어린이집에까지도 그 그림 도자기를 가지고 가겠다고 난리를 부려, 결국은 그 도자기를 제 어미가 싸서 가지고 갔다 한다. 어미는 그 그림 도자기의 자초지종을 담당 선생님에게 말씀드리고 수업에 방해되지 않는 범위 내에서 동료 어린이들에게도 보여주고, 지원이의 자랑도 들어주십사 하고 양해를 구했다 한다.

그 그림 도자기로 엉뚱하게 어미와 아비가 고역(?)을 치러야 했었는데, 이후 지원이는 계속 그림을 그려 나에게 보내주었고, 나는 몇 점의 그림 도자기를 더 제작해야만 했다. 그리고 지원이와 사촌인 려원이도 그림을 그려와, 나는 손주들 덕(?)에 더 많은 도자기를 만드는 수고와 기쁨을 누려야 했다.

그간 나는 수십의 생일을 보냈고 수십의 생일 선물도 받아보았지만, 지

원이가 그날 나에게 준 그림 생일 선물은 나에게는 그 어떤 생일 선물보다도 좋은 생일 선물이었다. 또한 내가 지원이에게 생일 선물로 준 그 그림 도자기도 그 아이에게 꽤나 의미 있는 선물이 되었으리라 믿고 싶다. 훗날 그 그림과 그림 도자기를 보면서 손녀와 할아비의 애틋한 정을 느껴보고, 또한 좋은 선물이란 것이 과연 어떤 것이지 음미해보았으면 한다.

선물·2

겨울이 지나고 이른 봄이 되어가고 있던 어느 날, 그날도 평시와 같이 일찍 집에 돌아왔다.

"그래? 두 돌도 채 되지 않은 아이들이 그네 타는 것을 좋아하다니…….
알았다! 그럼 그네도 하나 사다 줘야지……. 이만 전화 끊자."

아내는 인천송도 아파트에 사는 원준 어미와 전화 통화를 하다가, 내가 퇴근하여 들어서는 것을 보고 서둘러 전화를 끊었다. 그리고 나에게 쌍둥이인 원준이와 려원이의 두 번째 생일이 다가왔는데 생일 선물로 무엇이 더 필요한 것인지 상의했다는 것이었다. 생일 선물로는 어린이용 홍삼 세트를 사주기로 이미 결정했었다. 이유식을 끝내고 밥을 먹기 시작한 지 불과 몇 개월 되지 않은 터라 과연 인삼이 그 아이들에게 먹여도 되는 것인지 인삼에 관하여 잘 아는 분에게 의견을 물어 괜찮다는 답을 듣고 결정했었다.

하지만 꼬마들이 좋아하는 것이 장난감과 놀이기구인지라, 그것 중에서 적당한 것을 골라 사주고도 싶었다. 그러나 장난감이나 놀이기구의 종류가 너무 많고, 또한 몇 번 가지고 놀다가 곧 싫증이 나면 필요 없는 물건이 되기 때문에 고르기가 여간 힘든 게 아니다. 그런데 다행스럽게도 송도 아파트 단지에 장난감과 놀이기구, 그림책 등을 일정 기간 빌려줬다가 회수해 가는 단체가 있어 다양한 물건들을 빌려서 놀 수 있다 했다. 그리고 그중에서 더 오래 보관하며 가지고 놀고 싶은 물건이 있으면 새 것으로 구입해 준다고 했다.

빌릴 수 있는 놀이기구 중에는 방 문틀 위쪽 양쪽에 파이프 바를 버티어 대고, 그 파이프 바에서 그넷줄을 내려서 그네를 탈 수 있게 하는 실내용 그네가 있었다. 바로 그 실내용 그네를 한 달 전쯤에 그 단체에서 빌려와 태워주었는데, 두 꼬마들이 다 좋아했다한다. 특히 려원이는 밥을 먹인 후 그네를 태워 뒤에서 천천히 밀어주면 10분도 안 되어 잠이 든다는 것이다. 어미가 원준이를 등에 업고, 려원이는 그네에 태워 뒤에서 밀며 얼러주면 두 꼬마가 동시에 잠이 든다 했다. 또한 그렇게 하는 것이 두 꼬마들을 동시에 잠재우는 아주 편한 방법이라 했다. 그런데 그 그네를 빌려주는 단체의 규정상 한집에서 오래도록 빌려 사용할 수 없어 반납을 했는데, 려원이가 자꾸 그 그네를 찾는다는 거였다.

나는 그런 그네를 일단 인터넷에서 검색해보았다. 다행히 쉽게 그 그네를 판매하는 대형마트를 찾아낼 수 있었다. 우리 동네에서 전철 한 번 타고 가면 그리 멀지 않은 곳에 그 마트가 있었고, 어린이 물품 코너에서 케이스에 포장된 상태로 있는 그 그네를 찾아낼 수 있었다. 나는 찾는 물건이 있음에 반가운 나머지 두말할 것도 없이 즉각 구입했다. 구입 전에 사용상의 주의 사항을 읽어보거나, 혹은 구입 후 케이스를 뜯어 그 그네의 조립 부품들을 면밀히 확인하여 어떤 위험 요인이 있을 수 있는지 점검하지도 않았다. 그리고 구입 포장상태 그대로 려원이의 생일 선물로 송도 아파트에 보내주었다.

그로부터 5개월 후, 어느 여름날 저녁이었다.

"려원이의 잇몸을 꿰매다니……? 뭐가 어쩌고 어째? 그게 무슨 말이냐? 병원에서 뭘 했다고……? 아니 그 조막만한 얼굴에……. 내일이 토요일이니, 내가 한번 가보겠다."

아내는 당황한 표정으로 전화를 끊었다. 그리고 잠시 말을 잇지 못하다가,

"엊그제 밤에 려원이가 저녁 식사 후 잠을 재우려 그네에 태웠는데 사고가 났는데…… 입속 잇몸을 다섯 바늘이나 꿰맸다 하네요."

하고 횡설수설 하더니 당장 내일 송도에 가서 려원이를 보고 와야겠다고 했다.

그끄저께 밤 9시 즈음 일어난 일이라 했다. 원준이와 려원이는 저녁을 먹은 후 한동안 놀다가, 늘 그랬듯이 아비가 려원이를 그네를 태우고 뒤에서 밀어주며 잠을 재우고 있었다 했다. 그네 위에서 막 잠이 들 무렵,

그네가 앞으로 내딛는 순간 안전벨트가 헐거워졌는지 려원이는 몸 전체가 갑자기 그네 앞으로 고꾸라져 방바닥에 나가떨어졌다. 얼굴 광대뼈와 윗잇몸 부분이 먼저 방바닥에 짓찧은 후 몸 전체가 나가동그라졌다는 것이다. 려원이는 자지러지게 울었고, 일그러진 조그만 얼굴의 입에서는 쉴 새 없이 피가 솟구쳐 나왔다. 큰아이 내외는 놀라고 당황스러워 한동안 뭘 어찌해야 할지 모르다가, 간신히 마음을 가다듬어 염치불구하고 이웃집 현관을 두드려 옆집 부인에게 도움을 요청했다 한다. 큰아이 내외는 원준이는 옆집 부인에게 맡기고, 얼굴이 피범벅인 려원이를 간신히 차에 태워 인천의 종합병원 응급실로 데려갔다.

입속의 잇몸이 깨진 것으로 판단한 응급실 담당 의사는 퇴근한 잇몸 전문 치과의사를 그 밤중에 부랴부랴 수배하여 병원으로 오게 했다. 치과의사는 연락을 받고 달려왔지만 려원이가 계속 크게 울며 제 어미 품에서 떨어지려 하지 않아 상당 시간 동안 어떠한 조치도 할 수가 없었다. 한참 후에 치과의사는 억지로 려원이의 얼굴 여기저기를 겉에서 만져보고 또한 엑스레이를 촬영한 결과, 다행히 치아나 치주가 부러졌거나 치조골(잇몸 뼈)이 으스러지지 않았고, 치열에도 이상이 없다고 판단했다. 다만 인중 왼쪽 부분의 윗잇몸의 치주인대가 옆으로 길게 찢어져서 깊은 곳은 치조골이 보일 정도였다 했다.

악을 쓰고 우는 아이의 입술을 억지로 벌리고 찢어진 윗잇몸의 치주인대를 꿰맸다. 려원이는 입술을 억지로 벌려진 상태에서 다섯 바늘이나 꿰

매는 시술을 받고 있으려니 너무나 아프고도 괴로운 듯,

"엄마 나 집에 가줘……. 집에 가줘……."

하고 말도 제대로 못하는 어린것이 '집에 데려다 달라'고 악을 쓰며 울부짖었다. 옆에 같이 있던 어미도 아비도 시술하는 내내 함께 울기만 했다는 것이다. 땀을 흠뻑 흘리며 어려운 시술을 한 치과의사에게 수고하셨다는 인사도 못한 채로 허겁지겁 집으로 돌아왔다. 려원이는 울다가 지쳤는지 집에 돌아와서는 울지도 못하고, 몸 전체가 아프고 쑤시는 듯 밤새도록 끙끙 앓는 소리를 내며 자다 깨다를 반복하였다 했다.

아내는 그동안 려원이에게 일어났던 일들을 듣고 와서 나에게 소상히 알려주면서,

"조막만한 아이 얼굴이 시퍼렇게 멍들었고, 퉁퉁 부어 볼 수가 없었어요. 그래도 그게 어제보다는 붓기가 좀 빠진 것이라 했어요. 얼굴이 부어 아무것도 먹지 못하다가 지금은 미음을 조금씩 마시던데……."

하고 말을 잇지 못했다. 또한 아내는 려원이도 려원이지만 마음 여린 아비나 어미는 그 마음이 얼마나 아팠겠냐며 계속 눈물지었다. 그동안 두 내외는 우리에게 사고 소식을 알리면 크게 걱정할 것이라 여기고 즉시 알리지도 못하고 이제야 알렸던 것이었다. 그동안 두 내외는 잠도 잘 못 자서 며칠 사이에 얼굴이 홀쭉해졌다고 했다.

나는 그날 려원이 이야기를 들은 이후 며칠간을 우울하게 지냈다. 저녁

에 자리에 누웠는데 잠이 오지를 않았다. 자꾸 려원이의 뚱뚱 부어오른 조그만 얼굴 모습과 그 마트의 어린이 용품 매장에 포장된 채로 수북이 쌓여있던 그 그네들이 눈에 어른거렸다.

려원이가 그 그네를 타다가 다치고 잇몸 수술까지 한 이 모든 일이 내가 보내준 생일 선물 때문이라고 생각되었다. 나는 구입 전후에 그 그네를 잘 점검하지도 않았다. 그 그네가 필요하다기에 그냥 돈을 내고 쉽게 사서 쉽게 보내주었던 것이다. 정성이 깃든 선물이 아니었다는 생각이 자꾸 들었다. 그리고 그런 선물을 한 나의 경솔한 행동이 몹시 후회가 되었다. 나는 그날 밤새도록 좋은 선물을 준다는 것이 얼마나 어렵고 또 얼마나 신중해야 하는지를 생각해보았다. 특히 어린 꼬마들에게 선물한다는 것이 얼마나 조심스러운 일인지, 여러 가지 면에서 생각해야 할 것들이 얼마나 많은지 새삼 느꼈다.

그나마 다행인 것은 려원이가 하루가 다르게 빠르게 회복되었고, 한 달이 지난 후에는 얼굴도 말짱해진 것이었다. 또한 그때의 사고에 대한 트라우마(trauma)도 없는 듯, 사고 후에도 그 그네를 즐겨 탄다는 거였다. 이것이야말로 할아비인 나의 마음을 편하게 해주는 려원이의 큰 선물이었다.

국가(國歌) 부르기

　몇 년 전 캐나다에서 열린 세계피겨선수권대회에서 김연아 선수가 우승을 하여 시상대에 올랐다. 그 대회의 시상식은 우리나라는 물론 세계 많은 나라에 생중계되었다. 통상 국제운동경기 시상식에서는 우승자와 2, 3위 선수들이 대표하는 나라의 국기 게양과 함께 우승자 나라의 국가가 연주된다. 하지만 그 대회의 시상식은 특이하게도 우리나라의 애국가 연주와 함께 그곳의 여성합창단이 애국가를 제창하였다. 그 모습이 아직도 생생하게 내 머릿속에 남아있다. 그리고 그 합창단이 캐나다 온타리오 주에 있는 인구 약 40만 명의 런던이라는 소도시의 '아마빌레 콰이어스 오브 런던(Amabile Choirs of London)'임을 나는 아직도 잊을 수가 없다. 세계 사람들이 주시하는 가운데 우리나라 말로 애국가가 불리고, 또한 그 여성합창단이 부르는 우리의 애국가가 제법 또렷하고도 정확한 발음으로 합창되었기 때문이었다.

캐나다의 세계 피겨선수권 대회가 있은 직후, 매주 일요일마다 있던 고교 동문 등산회 일요 산행에서 그 대회의 시상식에서 불린 '아마빌레 합창단'의 애국가가 단연 가장 큰 화젯거리가 되었다. 어느 동문은 해외여행을 하면서 우리나라 국기가 게양되거나 혹은 우리나라 노래가 불리는 것을 보고 들은 적은 있었으나, 애국가가 불리는 경우는 한 번도 경험해보지 못했다 했다. 그 밖에도 애국가에 대한 이야기가 여러 동문들 입에 오르내렸다. 그중에서도 나보다 10년이 손위이신 A선배가 들려주는 애국가에 관련된 에피소드가 재미있었다.

"내가 고교 2학년 때였지……. 6·25전쟁이 그치게 되어 우리는 학교로 돌아왔지. 학교는 폭격을 맞아 다 파손되다시피 하였고, 파손된 교사(校舍)들을 미 공병대가 복구해주었지……."

A선배는 부산으로 피난을 갔다가 서울 수복으로 모교에 돌아왔으나, 모교 교사들이 대부분 파손되어 노천 천막 교실에서 수업을 받는 등, 정상적인 학교 수업을 받을 수가 없었다 했다. 당시 서울은 학교뿐 아니라 대부분의 건물이 파손되어 폐허가 되었고, 이를 복구하는 것도 건축 자재와 건축 기능공이 태부족하여 쉽지 않은 상태에 있었다. 하지만 다행히도 우리 모교에는 미군 공병부대에서 목재와 시멘트 등 건축 자재를 지원해주게 되었고, 또한 미군 공병대 병사들을 대량 동원하여 그들이 직접 교사 복구공사까지도 해주게 되었다. 미군들에 의해 공사가 진행되자 복구공사는 차질이 없이 빠르게 진행되었다. 학교 당국은 물론 학생들도 매

우 고마워했고, 그 고마움을 표하기 위하여 복구 교사 인수식을 성대히 열기로 했다고 한다.

그리고 인수식에서는 학생들이 합창 음악회를 열어 미국 가곡들을 들려주기로 했다. 이에 합창단을 급히 조직하여 매일 방과 후에 음악선생님과 영어선생님이 미국 가곡들의 화음 뿐 아니라 영어 가사의 발음도 수정하면서 한 달 이상 맹연습을 했다. 그 결과 교사 복구공사가 거의 끝이 나고 인수식을 가질 무렵에 급조된 합창단의 노래는 미국의 어느 유명 합창단 못지않게 화음은 물론 영어 가사의 발음까지도 정확했었다 한다.

드디어 복구공사가 끝이 나서 교사는 물론 강당까지도 몰라볼 정도로 새 건물이 되었고, 교사 인수식을 겸한 합창 음악회가 새로 복구된 강당에서 열렸다. 복구공사에 참여한 미군 병사들 전원과 상급 부대의 지휘관들, 그리고 관계 내빈까지 참석하여 모교 강당은 초만원을 이루었고, 미국 가곡들이 한 곡 한 곡 멋지게 불릴 때마다 대단한 환호와 갈채를 받았다고 한다.

특히 그중에서 〈켄터키 옛집(My old Kentucky Home)〉과 〈올드 블랙 조 (Old Black Joe)〉라는 가곡을 부를 때에는 많은 미 병사들이 콧물을 훌쩍이며 고향 회상에 잠긴 듯했고, 어떤 덩치 큰 흑인 병사는 어린아이처럼 엉엉 소리 내어 울기도 했다. 또한 합창 마지막에 'O say, can you see, by the dawn's early light…….'라고 시작되는 미국의 국가 〈성조기여 영원하라(The Stars and Stripes Forever)〉를 부를 때에는 지휘관들을 포함한 미군 병사들은 모두가 일어났고, 합창단을 따라서 힘차게 함께 불렀다. 그리고 계속 환호하며 박수를 그치지 않고 '앙코르'를 연호하여 하는 수 없이 두 번이나 다시 불렀다 한다.

"그런데 말야……. 더 재미있고 감동적인 일이 내가 공부를 마치고 직장 생활을 할 때에 일어났지……."

하고 A선배는 말하며, 국가와 관련된 또 다른 에피소드를 말해주었다.

A선배는 학교 졸업 후 첫 직장으로 체신부에 들어가 일하게 되었다 한다. 그런데 당시는 정보통신은 물론 교통도 발달하지 못하여 지금처럼 스마트폰이나 택배 같은 것은 아예 없었고, 심지어 전화도 아주 귀했던 시절이었다. 지방의 경우 읍내에 한 곳 있는 우체국을 통하여 모든 연락을 편지나 전보로 했던 시절이었다. 그래서 당시 지방 우체국이면 아주 중요한 공공기관이었고, 그 지방의 우체국장이면 그곳의 최고 유지였다. 그런 시절 A선배는 강원도 도계읍이라는 곳의 우체국장으로 근무를 하게 되었다. 그런데 그 도계읍에는 기관장 협의회가 조직되어 있어 도계읍장과 파출소장, 철도역장, 도계초등학교 교장 그리고 우체국장 등 주요 기관장들이 매월 정기적으로 만나 업무 협조도 하고 친목도 도모하였다고 했다. 그리고 가끔은 그 지역 인근에 주둔하는 군부대의 부대장도 참석을 했다고 한다. 또한 그곳에는 미군부대도 주둔하고 있어, 한번은 그 미군부대의 부대장도 참석하게 되었다고 한다.

당시 참석했던 미군 부대장은 한국인 기관장들에게 매우 우호적이었고, 대화도 손짓발짓을 해가며 서툴지만 일부러 한국어로 했다. 모처럼 미군 부대장이 참석하게 되어서 그 회의가 끝난 후 회식 자리를 갖게 되었고, 회식 말미에는 각자 노래자랑도 하게 되었다. 그 미군 부대장도 자신의 차례가 되자 노래를 부르게 되었는데, 의외로 우리나라의 애국가를 또렷한 한국말로 4절까지 불렀다 한다. 참석자 모두는 자신들도 애국가 3, 4절은 잘 모르는 판에 그 미군 부대장이 너무나도 정확히 불러 크게 놀랐고, 애국가가 끝난 후에는 모두 감격에 겨운 환호와 박수를 보냈다고 했다.

그 미군 부대장이 애국가 부르는 동안 A선배는 고교 시절의 일들이 새삼 생각이 났고, 특히 한 달 이상 연습하고 모교 복구교사 인수식 합창 음악회에서 부른 미국의 국가 〈성조기여 영원하라〉가 생각났다. 그리고 당시 합창회장에서 환호하던 미군 병사들의 모습들, 그리고 즐거웠던 고교 시절의 추억도 연이어 파노라마처럼 A선배의 머리에 지나갔다고 했다.

그 미군 부대장의 애국가가 끝나자마자, A선배는 벌떡 일어나 정확한 영어 발음으로 〈성조기여 영원하라〉를 불렀다. 당시 참석했던 기관장들은 A선배가 부르는 노래가 무슨 노래인지도 모르고 그저 벙벙한 표정으로 지켜만 보았고, 다만 그 미군 부대장만이 반갑고 감격에 겨운 표정으로 둥실둥실 온몸을 움직이며 A선배의 노래에 맞춰서 서투르게 노래 지휘까지 했다고 한다. 그 미군 부대장은 만리타국에서, 그것도 어느 시골

촌구석에서 낯선 한국인이 정확한 영어로 부르는 자신의 국가를 듣노라니 그 얼마나 가슴 뭉클했을까?

　노래는 악기에 의한 연주보다도 사람의 정서나 감정을 좌우하는 힘이 아주 크다. 노래 가사에 악곡을 붙이면 말이 가지지 못하는 열정과 표현력을 더욱 상승시켜 사람을 감정에 몰입하게 만든다. 그러다 보니 고향의 노래는 고향의 그리움에, 사랑 노래는 사랑의 기쁨에, 이별의 노래는 이별의 아쉬움에, 흥겨운 노래는 더욱 흥겨운 감정에 몰입되게 만드는 것이다.

　한 나라의 국가 역시 나라를 생각하는 가슴 뭉클한 감정에 몰입시켜 나라와의 합일의 체험을 하게 만든다 한다. 특히나 미국 사람들은 국기와 국가에 대한 애착이 큰 것 같다. 국기라는 깃발이 미국에서 유래되었고, 국가의 경우 역시 미국 국가가 다른 나라에 비하여 빠르게 만들어지고 불리게 되어 그런 것이 아닌가 싶다. 강원도 도계에서 있었다는 A선배의 노래하는 모습과 그 미군 부대장의 감격 어린 표정이 눈에 보이는 것 같다.

한국에 취업 오는 중국 동포들과 이를 맞이하는 한국인들에게

중국과 국교 정상화 이후, 금단의 땅이었던 중국 대륙을 자유롭게 여행하게 되었다. 그 바람에 나도 백두산 트래킹도 했고, 중국의 명승지라는 몇몇 곳도 가보았다. 하지만 아직도 가볼 만한 곳이 얼마든지 남아있다고 한다. 중국 사람들 간에는 중국 땅이 워낙 넓은 것을 빗대어 말하는 우스갯소리가 있다. 중국 사람들이 평생 결코 이룰 수 없는 3가지가 있는데, 하나는 아무리 열심히 공부해도 결코 중국의 한자를 다 익힐 수가 없고, 두 번째로 매일 바꾸어가며 요리를 먹어도 중국요리를 다 맛볼 수가 없고, 마지막으로 평생 여행을 다닌다 해도 중국의 명승지를 다 가볼 수가 없다는 것이다. 그만큼 배우기 어려운 한자와 많은 종류의 음식과 넓은 땅이 있다는 말이다.

또한 수년 전부터는 우리나라의 노동시장이 중국 동포들에게 개방되어 많은 중국 동포들이 우리나라에 취업을 하고 있어 쉽게 그들을 볼 수가 있다. 나의 학교 선배 한 분은 일찍 외손녀를 얻게 되었는데, 사위와 딸 둘다 맞벌이 부부이다 보니 외손녀를 돌봐줄 사람으로 연세 지긋한 중국 동포 아주머니를 두게 되었다 한다. 그런데 그 아주머니는 아기를 지극정성으로 돌봐주고, 또한 아기가 잠이 들면 딸 부부의 식사 준비는 물론 집 안 청소, 빨래까지 다 해주는 그야말로 만능 슈퍼우먼이었다.

그렇게 그 중국 동포 아주머니가 외손녀는 물론, 집안일까지 잘 보살펴 주셨던 덕분에 딸 부부는 맞벌이 직장 생활을 마음 놓고 할 수 있었음은 물론, 둘째아이로 외손자까지 낳게 되었다. 그러던 중 사위가 미국 지사로 발령이 났고, 선배의 딸 가족 모두가 미국으로 가게 되었다. 결국은 외손녀와 외손자까지 도맡아 키워주었던 그 성실했던 중국 동포 아주머니와는 헤어지게 되었다.

그런데 요즘 들어 미국에 가서 살고 있는 딸 부부에게 걱정거리가 생겼다. 미국에서 선배의 따님은 직장까지 그만두고 직접 5살배기 외손녀와 2살배기 외손자를 돌보고 있는데, 큰아이인 외손녀가 자주 칭얼거리며 그 중국 동포 아주머니한테 데려다 달라고 막무가내로 떼를 쓰고 있다는 것이다. 외손녀가 떼를 쓸 때마다 선배의 따님은 그동안 직장에 다닌다는 이유로 자신의 아이에게 어미로서의 정을 주지 못했구나 하는 안쓰러움이 몰려오고, 또한 직장 생활만 하던 자신이 그 누구의 도움이나 지도도 없이 두 아이를 양육해야 하는 어려움과 답답함으로 매일매일 힘든 나날을 보내고 있다고 한다.

나는 비단 그 선배의 딸 부부에게 크게 도움을 주었던 그 중국 동포 아주머니뿐 아니라, 우리 사회에서 일하고 있는 중국 동포들을 만날 때마다 그들에 대하여 여러 가지 생각을 하게 된다. 그들은 과연 누구일까? 그들은 과거 일제에 밀려 고향땅을 빼앗기고 만주벌판으로 쫓겨 갔던 순박한 우리 시골 이웃들의 자손들이거나, 아니면 조국을 찾겠노라 중국에서 독립운동을 하셨던 분들의 후손들이 대부분이다. 그들은 오랜 세월 동안 조국을 떠나 중국에서 살아왔으나 우리의 말이나 글은 물론 우리의 풍습이나 전통을 잘 지켜왔다. 나는 그들을 볼 때마다 애틋한 마음과 연민의 정을 느껴왔다. 그동안은 우리와는 분리되어 교류가 없었으나, 요즘 국내로 취업 오는 동포들이 많아져 얼마나 반가운 일인지 모르겠다.

제법 오래 전부터 그들에게 관심을 가지다 보니 나는 중국 동포 관련 사이트나 혹은 연변이나 길림에서 발행되는 조선어신문의 사이트도 알게 되었다. 그리고 그들이 수년 전에 우리 사회에 취업 오기 시작했던 무렵, 나는 취업 오는 그들에게 참고가 되도록 다음과 같은 편지 형식의 글을 관련 사이트와 조선어 신문 사이트에 올린 적이 있어 여기에 소개한다.

한국에 취업 오는 중국 동포들과 이를 맞이하는 한국인들에게

신문보도에 의하면 요즘의 중국 동포 사회는 한국 취업에 대한 기대와 희망으로 들썩이고 있다 합니다. 또한 현재도 옌지공항은 한국이나 일본

등 외국으로 돈을 벌기 위해 떠나는 조선족 동포들, 또는 돈을 벌어서 돌아오는 동포들, 배웅 혹은 마중 나온 가족들로 늘 북새통을 이루고 있다 합니다.

특히 한국으로 가거나 돌아오는 비행기가 있는 시간이면 옌지공항에서는 진풍경이 연출된다 합니다. 비행기가 도착 후 혹은 출발 수 시간 전부터 공항의 입출국장은 동포들로 가득 메워진다는 것입니다. 가난에서 벗어나기 위해 한국으로 일을 찾아 떠나는 젊은 아들 혹은 남편, 아버지를 배웅하기 위해 많은 동포들이 모여드는 것이랍니다.

가난한 집안을 일으키려 아들 혹은 남편, 아버지와 헤어지자니 복받쳐 오르는 슬픔과 눈물을 주체할 수 없을 것입니다. 시골에서 온 노부부가 먼 길을 떠나는 아들에게 비행기에서 출출할 때 먹으라며 삶은 달걀을 주는 모습도 눈에 띈다 합니다.

이렇듯 옌지공항은 중국 동포들에게는 이별의 눈물을 흘리는 공간이 되었으며, 한국의 노동시장이 더욱 확대되는 내년부터는 더욱더 그러할 것이라 합니다.

그런데 한국인들도 60~70년대에 해외 노무를 갔었답니다. 한국인들은 과연 어느 곳으로 갔고, 그때의 한국의 유일한 국제공항인 김포공항의 모습은 어떠했을까요?

60년대 초, 먹고살기 위해 한국 사람들이 처음으로 간 곳은 서독일이었습니다. 남자는 탄광의 광부로, 여자는 병원의 간호원으로 서독에 간 것입니다.

40년대 중반까지는 일제식민통치로 철저히 수탈당했지요. 일제수탈에 이기지 못하여, 혹은 일제에 항거하기 위해 많은 사람들이 만주로 쫓겨 갔었습니다. 그리고 해방 이후 50년대에는 한국전쟁 3년으로 국토는 완전히 초토화되었답니다. 뿐만 아니라 거리에는 전쟁고아들, 전쟁미망인들, 신체불구의 전상자(戰傷者)들이 넘쳐나 너무나 비참했습니다. 국민 대부분이 비렁뱅이 거지 신세가 되었답니다. 그러다가 정말로, 정말로 죽지 않기 위해 서독으로 해외 노무를 간 것입니다.

60년대 후반에는 베트남에 군인으로 파병되어 갔습니다. 베트남 파병은 군사적·정치적 이유도 있었겠지만 외화벌이가 더 큰 목적이었다고 말할 수 있지요. 한국군의 봉급을 미국 달러로 받고, 또한 한국군의 식량과 군복 일부를 한국에서 조달하기로 약속받아 당시 한국 경제에 상당한 보탬을 기대했었습니다.

70년대에 들어서는 당시 배럴당 1~2달러 정도 하던 원유가 5~6달러로 인상하여 급자기 부유해진 사우디 등 중동 산유국의 건설 현장에 한국인들이 갔습니다. 급격한 원유 가격의 상승은 한국과 같은 비산유국의 경우 국가 경제에 큰 충격을 주는 것이었고, 이를 극복하기 위해서는 달러가 필요했지요.

서독이건 베트남이건 중동이건, 말이 해외 취업이요 돈벌이이지, 그 실상은 견딜 수 없는 고행의 연속이요, 지옥(?)이 따로 없었다 합니다.

공기도 희박한 탄광 막장에서 탄가루를 들이마시며 하는 노동이란 참으로 피눈물이 나는 것이었답니다. 또한 병원 간호원 일이란 어린 처녀의 몸으로 덩치 큰 독일 환자들의 시중을 들면서 병원에서의 온갖 궂은 일을 도맡아서 해야 하는 중노동이었다 합니다. 서독 남자 환자들의 희롱(?)에 항의했다 하여 한국의 어린 간호원은 급여를 감봉당하는 수모도 겪었다 합니다.

베트남에 갔었던 사람들은 "서독에서의 중노동은 그래도 본인이 조심하면 목숨까지 잃는 일은 아니지 않는가?"라고 반문한답니다. 베트남에서는 포탄이 날아드는 정글에서 전쟁에 참여했으니, 힘든 것은 고사하고 목숨을 거는 일이었지요.

중동의 공사현장에서는 또한 얼마나 힘들었는가요? 50~60도가 넘는 모래바람 부는 황량한 사막에서 공사를 하는 고됨은 가히 짐작이 가고도 남습니다. 너무 더워서 피부가 노출되면 열상을 받았답니다. 더위와 열상을 막기 위해 얼굴이건 손등이건 온몸을 옷이나 천으로 뒤집어쓰고 장갑을 꼈지요. 그리고 눈만 내놓았는데, 눈도 선글라스를 쓰지 않으면 눈이 부셔 뜰 수가 없었답니다. 그러다 보니 겉옷은 바싹 건조되어있지만, 옷 속의 몸뚱이나 머리 그리고 얼굴은 온통 뜨거운 소금물로 범벅이 되어 일을 했었답니다. 아침 6시에 기상하여 7시에 작업을 시작했고, 12시부터 오후 3시까지 점심과 오침을 했습니다. 오후 작업은 8시에 끝나기도 했으나 보통은 밤 12시까지 야간작업을 강행했답니다.

당시 대부분의 중동 공사현장은 시내에서 뚝 떨어져 사막 벌판에 있었습니다. 막대한 오일 달러로 사람이 살 수 없는 사막에 건물을 짓고 신도시를 개발하겠다는 의도였다 합니다. 그러다 보니 시내에 나갈 기회는 거의 없었습니다. 마땅한 교통편도 없고, 어쩌다 시내에 나가 보아도 갈 곳이 없었겠지요.

얼굴에 차도르(아랍식 얼굴 가리개)를 쓰고, 온몸을 검은 천으로 감고 다니는 그들 여자들……. 외국인이 그 여자들과 마주치는 것은 회교 율법으로 금지되어 있었습니다. 그곳 여자들이 모여있는 곳에는 한국 사람들은 얼씬도 못하게 했습니다. 뿐만 아니라 무엇이든지 자국민을 우선하였다 합니다. 한국인은 줄을 서있다가도 자국민이 오면 앞 순서를 양보해야 했습니다. 심지어 한국인 차량을 자국민 차량이 추돌해도, 그 잘잘못을 가리지 않고 무조건 한국인이 변상해야 했습니다. '한국인이 우리나라에 입국하지 않았다면 사고도 없었다'고 억지를 부렸답니다.

또한 중동에서는 회교국의 특성상 사람들이 모이는 것을 극도로 경계하였습니다. 사람이 모일 수 있는 곳은 운동경기장, 모스크(회교 교회)가 고작이었고, 극장이나 놀이공원 같은 위락시설은 전혀 없었지요. 회교 율법에 따라 술도 마실 수 없었고요. 견디기 힘든 기후 조건, 사회의 제반 여건, 문화적 · 종교적 · 인종적 차이로 인한 이질감……. 그러다 보니 한국인들은 입국하고서부터 일을 끝내고 귀국할 때까지 사막 공사 현장에 처박혀 오직 일만 하다 올 수밖에 없었습니다.

그러나 그 시절 서독이고 베트남이고 중동이고…… 그 지옥(?) 같은 곳이지만, 서로 가려고 하여 선발 경쟁이 매우 치열했답니다. 선발되어 떠나는 사람들은 질서정연하게 발맞추어 손 흔들고 노래 부르며 김포공항을 출발하였습니다. 전송 나온 사람들은 '파이팅! 힘내라!'라고 외쳐대며 격려해 보냈답니다. 마치 올림픽이나 아시안게임을 위해 떠나는 대표선수들의 출정식을 연상케 했지요.

일단 선발되면 집안을 일으키는 좋은 기회로 삼았습니다. 남동생을 공부시키기 위해 누나는 희생을 감수했고, 아들을 위해 또한 살아남기 위해 아버지는 물불을 가리지 않았습니다. 소위 '동생을 공부시키느라고 시집 못 간 여자'가 넘쳤고, 또 '외국서 힘든 일 하느라고 골병든 남자'가 많기도 했다 합니다.

국가는 국가대로 그 돈으로 고속도로를 건설했고, 제철공장, 조선소, 자동차공장, 정유공장 등 대규모 공장들을 건설했습니다. 그간 가내공업 수준의 가발공장이나 봉제공장이 고작이었으나, 대규모 공장들이 세워지니 국내에서도 좋은 일자리가 새로이 생겼고, 또한 수출도 매년 급증했습니다. 그리고 한국인의 의식 구조가 세계화·국제화가 되는 계기가 되었고, 이는 또한 민주화를 이루는 바탕도 되었답니다.

개인이나 국가의 형편이 점점 좋아졌습니다. 그리고 88서울올림픽도, 2002월드컵도 무난히 치러냈습니다. 그 이후는 다른 나라에 앞서 공산품 제조 산업을 부가가치가 높은 컴퓨터, 정보통신, 생명공학, 조선 등 첨단 산업으로 구조를 바꾸었습니다. 이제 한국도 제법 먹고살 만한 나라 축에 끼기 시작했습니다.

저는 이 모든 것이 한국인 특유의 저력이라 생각합니다. 거기에는 물불을 가리지 않던 아버지와 형님들의 자기희생과 어머니와 누님들의 피와 땀이 있었습니다. 그리고 이제는 그분들의 희생을 딛고 올라온 아들과 딸들이 사회의 중견이 되어 한 차원 높게 한국을 발전시키고 있습니다.

옌지공항을 눈물지으며 떠나는 중국의 조선족 동포들……. 저는 그 동포들의 소식을 접할 때마다 과거 60~80년대의 우리들의 아버지들, 형님 혹은 누님들의 생각이 납니다. 한국에 취업 오는 조선족 동포들도 그때의 우리의 아버지나 형님들의 심정과 같을 것이라 믿습니다. 물론 한국이 과거 우리의 선배들이 일한 낯설고 물선 이역만리 타국보다는 그 조건이 좀 나을지도 모릅니다. 그렇지만 태어나서 자란 중국보다는 여러모로 불편하고, 또한 같은 민족이 사는 한국일지라도 타향은 역시 타향으로 느낄 겁니다.

내년부터는 더욱더 많은 동포들이 한국에 취업하러 온다 합니다. 본격적인 동포 취업 시대(?)가 열릴 것이라고 생각됩니다. 그렇다면 우리 한국인들은 어떻게 동포들을 대하는 것이 옳은 것일까요?

적극 도와주고 보살펴주지는 못할망정, 최소한 과거 우리 선배들이 타국에서 겪었던 그런 수모와 차별을 동포에게 주어서는 안 된다고 생각합니다. 편견 없이 같은 동포로서 우리의 이웃처럼 동등하게 대해주어야 합니다. 또한 입국 직후 필요하다면 한국 취업에 대한 사전 교육을 더욱 강화하여, 한국에 대한 들뜬 망상이나 쓸데없는 불안을 제거해주어야 합니다. 그리하여 동포들 모두가 성공적인 한국 취업 생활을 하게 해야 한다고 생각합니다.

그리고 조선족 동포 여러분……. 한국인들이 해외 노무했던 시절을 상상해보십시오. 너무도 어려운 여건 속에서 산전수전 다 겪은 한국인들입니다. 호락호락하거나 어리숙하지 않습니다.

한국에 너무 많은 기대를 걸지 마십시오. 그렇다고 너무 어렵게만 생각하지도 마십시오. 다만 성실하고 정직하게 일한다면, 그 대가는 틀림없이 주어질 것이라고 믿으십시오. 한국 사회는 그래도 정의가 살아있고, 한국 사람들은 그래도 인정도, 눈물도 있는 사람들임을 아십시오.

조선족 동포 여러분! 옌지공항을 떠나올 때 들뜬 마음도, 그리고 불안하고 슬픈 마음도 다 버리고 오십시오. 차분하고 담담한 마음으로 오십시오. 중국에 있는 자식들 혹은 가족들을 위하여 나는 희생하는 것이며, 더 좋은 미래는 나의 희생을 발판으로 다음 세대가 반드시 이룰 것이라는 신념을 가지고 오십시오.

부디 성실히 그리고 몸 건강히 일하시고, 한국인들이 이룬 것보다 훨씬 더 장대하고 성공적인 목표를 달성하십시오.

건투를 진심으로 빕니다.

옷 수선 가게

나이가 들면서 언제부터인가 나는 집에서 입는 평상복으로 개량 한복을 즐겨 입게 되었다. 특히 마름모 문양으로 엇박아 누빈 개량 한복은 쌀쌀한 가을에는 물론 겨울철에 가볍고도 따뜻했다. 아무리 추운 겨울날에도 얇은 내복에 개량 한복 저고리만 입고, 마고자나 혹은 조끼를 받쳐 입지 않아도 추운지 모르고 지낼 수가 있었다. 뿐만 아니라 저고리의 넉넉한 품과 풍성한 바지가 행동하기도 편하고, 앉아있기에도 답답하지 않았다. 그리고 보기에도 품위가 있었고, 늘 깔끔하고 정결해 보였다.

내가 입던 개량 한복 중에 나는 특히 검자주색의 저고리와 진한 갈색의 바지를 좋아했다. 그 저고리는 겉섶 부분에 당초 문양이 자주색 색실로 박혀있어, 저고리 자체의 검자주색과 잘 어울리게 디자인되어 있었다. 아내는 겨울이 지나면 겨울옷들을 세탁소에 주어 깨끗이 손질하고 얇은 비닐 포장을 한 채로 보관했다가 겨울이 가까워지면 그 옷들을 챙겨서 안방 침실 옷장에 내어놓곤 하였다.

그렇게 덥던 여름날도 가고, 갑자기 날씨가 좀 쌀쌀해졌다. 나는 예년처럼 늦은 가을서부터 겨울을 지나 초봄까지 늘 아껴 입곤 했던 그 자주색 개량 한복을 찾았다. 하지만 얼마 전에 아내가 정리한 안방 침실 옷장 속에 마땅히 있어야 할 그 개량 한복을 찾을 수가 없었다. 옷장 여기저기를 뒤지고 있는 나를 보고 아내는 무엇이 감지가 된 듯,

"그 옷이요? 소매와 깃이 낡아 해져서 버리려고 저쪽에 내놓았어요. 대신 거기 있는 스웨터와 코르덴 바지를 입으세요."

하고 말한다. 나는

"작년에 입었을 때도 멀쩡했는데, 뭐가 얼마나 낡고 해졌다고 그래? 난 그 옷이 편해서 좋은데……."

하고 말하며 그 옷을 가져오게 하여 이곳저곳 살펴보았다. 확실히 소매 끝과 깃이 그냥 입기에는 보기 민망할 정도로 해져있었다. 나는 우리 아파트 단지 뒤쪽에 있는 옷 수선 가게에 맡겨 수선하여 입으면 좋을 것 같다 말했다. 하지만 아내는 그 가게는 이미 작년 여름에 문을 닫았고, 요즘은 옷 수선 가게를 쉽게 찾을 수도 없다고 했다. 그러면서 나이 든 사람이 낡은 옷을 입으면 얼마나 궁상스럽고 후줄근한지 모른다며, 이참에 새로이 한 벌을 마련하는 게 어떠냐고 했다. 하지만 나는 내가 아끼던 그 옷을 입지 못하게 된 것이 못내 아쉬웠고, 해진 부분만 조금 수선하면 계속해서 더 입을 수 있을 것 같았다. 더욱이 오래 전에 구입한 옷이라서 그 옷을 제조한 메이커도 이미 없어졌을 것 같았고, 또 그처럼 내 마음에 꼭 드는 디자인에 따뜻하고 편한 옷을 쉽게 구할 수가 없을 것도 같았

다. 그래서 나는

"옷 수선 가게가 서울 시내에 전혀 없지는 않을 텐데……."

하고 말하며, 굳이 그 옷을 수선하여 입기를 고집하였다.

며칠 후, 수소문 끝에 우리 아파트 단지 뒤쪽에 있던 옷 수선 가게의 행방을 알아냈다. 버스로 두 정류장 떨어져 위치한 재래시장 어딘가로 그 가게가 이사를 갔다는 것이었다. 나는 그 가게를 찾아서 내 옷을 수선해 볼 요량으로 주말 오후에 시간을 내어 그 재래시장에 갔다. 그러나 재래시장 관리소에도 문의하고 또한 여기저기 둘러봐도 그 가게를 찾을 수가 없었다. 시장 사람들의 말에 의하면 옷 수선 가게가 이 시장 안에는 없고, 다만 의류를 만드는 소규모 봉제공장이 2개 정도가 있을 것이라고 했다.

나는 동네에서의 옷 수선을 포기하고 인터넷에서 검색한 강남에 있다는 옷 수선 전문점에다 수선을 맡길까 하는 생각도 해보았다. 하지만 이곳까지 온 김에 봉제공장을 찾아가 보기로 했다. 혹시 가까이에 있는 옷 수선 가게에 대한 정보도 얻을 수 있을 것 같아서였다. 나는 물어물어 시장 저쪽 끝 편의 2층짜리 건물 지하에 간판도 없는 봉제공장을 찾을 수가 있었다.

봉제공장은 별로 넓지도 않은 지하에 여러 종류의 원단과 완성된 의류들, 그리고 여러 종류의 수출포장용 종이박스들이 정리되지 않은 채로 여기저기 쌓여있었다. 그리고 두 명의 아주머니가 큰 테이블에 원단을 선별·분류하고 있었고 그 옆에서 어떤 젊은 남자가 누군가와 전화 통화를 하고 있었다. 그리고 저쪽으로 대여섯 명의 아주머니들이 모여 앉아 원단을 자르거나 발재봉틀을 돌리며 박음질을 하고 있었다. 사람들은 내가 들어가 한참이나 기다려도 나에게 눈길도 주지 않은 채로 작업하기에 여념이 없었다.

잠시 후 전화가 끝난 듯 젊은 남자가 그제야 나에게 어떤 일로 오셨냐고 물었다. 내가 옷 수선 이야기를 꺼내자 그 젊은 남자는 내 말을 다 들어보려고도 하지 않고 여기서는 그런 일은 안 한다고 말하며 다른 일이 있다며 휑하게 밖으로 나가버렸다. 바로 옆에서 원단을 분류하던 한 아주머니가 나를 힐긋 보더니, 멋쩍어 하는 내가 좀 안됐던지 나에게,

"요즘은 옷을 수선해서 입으려는 사람들이 거의 없어요. 매년 디자인도 바뀌고, 새로운 품질의 원단들로 만든 옷들이 시장에 쏟아져 나오니……. 누가 수선해서 입겠어요? 다 새로 사입지요."

하고 말을 붙인다. 나는 내가 특히 아끼는 옷이고, 또 우리 아파트 근처의 옷 수선 가게가 이곳 시장 어디로 이전해 왔다는데 찾을 수가 없었고, 혹시 이곳 봉제하는 곳에 오면 좋은 방법이 있을까 하여 왔노라고 말했다.

그때였다. 저쪽에서 가위질을 하던 한 아주머니가 내 이야기를 들었는지, 이쪽을 돌아보며,

"사시는 아파트가 어딘데요?"

하고 묻는 것이었다. 내가 상도아파트라고 대답하자, 그 아주머니는 바로 자기가 그 아파트 뒤편에서 옷 수선 가게를 운영하던 사람이라고 말했

다. 나는 너무 반가웠다. 그토록 찾아 헤맸던 옷 수선 가게 아주머니가 뜻밖에 이곳에서 일을 하고 있다니…….

그 아주머니는 옷 수선으로는 도저히 가게 운영이 되지가 않는다고 하면서, 그래서 이곳에 와서 의류메이커에서 일을 받아다가 메이커가 제공해주는 원단을 가지고 제시한 디자인에 따라 원하는 옷을 기계적으로 만들어 납품을 하고 있다고 했다. 이곳에서 자신들이 만드는 의류의 수량에 따라 봉제비를 받고, 그중 일부를 이곳 하청공장에 공장 사용료로 떼어주면 원청자와의 제반 관계 일 등, 모든 것은 아까 그 젊은 남자가 알아서 처리한다는 것이다. 자기는 죽어라 일만 하면 되어서 수선가게 운영 때보다 마음은 편하다고 했다.

그러면서 그녀는 내가 가지고 간 개량 한복을 여기저기 살펴보더니, 해져있는 소매 끝과 깃 부분 외에 겨드랑이 부분과 배래 부분 일부의 실밥이 터져있고, 단추도 한 개가 쪼개져 있는 것을 지적해줬다. 그리고 그녀는 저쪽으로 가서 자루 하나를 꺼내 와 그 자루에서 각종 문양의 여러 색깔의 헝겊 조각들을 쏟아내었다. 여러 가지 천에서 자르고 도려내어 수선할 옷에 대고 깁고 박음질하고 남은 헝겊 조각들을 버리지 않고 꼬박꼬박 모아놓았던 것 같았다.

그녀는 지금은 옷 수선 일을 하지 않고 있지만, 그곳까지 자신을 찾아준 고마움과 옷 수선 일에 대한 미련이 조금은 남아있어 나의 개량 한복만큼은 수선해주겠다고 하였다.

옷 수선을 맡긴 지 3일이 지나서야 그 옷 수선 아주머니로부터 옷 수선이 완료되었다는 전화를 받고, 나는 다시 그 봉제공장으로 그녀를 찾았다. 그녀는 나를 보자마자 그녀의 자리 뒤편에 보관되어있던 나의 개량한복을 냉큼 꺼내서 내 앞에 내놓았다.

"아니, 이 옷이 내가 맡겼던 그 옷이 맞나요?"

나는 수선된 옷이 너무나도 완벽하고도 더욱 멋진 새 옷으로 바뀌어있어, 내가 맡긴 옷으로 믿어지지가 않았다. 해져있던 소매에 조금 진한 꽃자주색의 천으로 끝동을 덧댔고, 해져있던 깃에도 같은 색의 천으로 동정을 덧댔다. 그리고 배래선과 도련을 따라 역시 같은 색의 천으로 가늘게 실선을 박아 돋보이게 하였다. 또한 단추는 5개 모두를 조금 화려하고 고급스런 느낌의 새 단추로 교환하여 달아놓았다.

옷 전체를 크게 손질한 것도 아니었다. 다만 해져있는 부분에 덧댄 천을 원래의 옷의 색과 질감과 비슷한 것으로 맞추어 곱게 박음질을 했고, 또한 배래선이나 도련 등에도 같이 덧대었다. 그리고 단추를 전부 새것으로 바꿔 달아놓았다. 쉽고도 간단한 방법으로 수선했지만, 완전히 다른 새 옷으로 멋지게 바뀌어있었다.

나는 믿기지 않는 표정으로 수선된 옷과 그녀를 번갈아 쳐다보았고, 그런 나의 표정을 바라보는 것이 즐거운 듯 그녀는 빙긋이 웃고 있었다.

아파트 이사의 경우 멀쩡한 가구나 가전제품은 물론 세면기에 양변기까지도 몽땅 바꾸고 버리는 경우도 흔하다. 휴대폰은 물론 자동차도 쉽게 바꿀 뿐만 아니라 아파트의 재개발이다 재건축이다 하여 얼마나 많은 것들을 쉽게 새것으로 대체하고 있는지 모른다. '제품의 사용주기'라는 말은 물론 선대로부터 물려받은 시계다, 카메라다, 소장품이다, 애장품이다 하는 말도 듣기 어렵게 되었다.

그동안 질질 끌어오던 내가 사는 아파트 단지의 재건축사업이 최종 결정이 되었다 한다. 곧 기존의 아파트를 모두 철거하고 새로운 아파트가 건축되기 때문에 이사 가는 세대들이 부쩍 많아졌다. 멀쩡한 가구나 가전제품은 물론 생활용품들이나 의류, 서적, 화분 등이 한도 끝도 없이 버려지고 있다. 버려지는 물건들은 낡아서 사용하기에 불편하거나 미관상 나쁜 것도 아니다. 전혀 사용한 흔적이 없는 새것 같은 것들도 많았다. 도무지 이해할 수가 없는 현상이다. 물론 이전하여 가는 집이 현재보다 작은 평수의 집이라서 물건들을 다 수용할 수가 없을 수도 있겠으나, 이렇게 함부로 버리는 것은 아닌 것 같다.

물론 사회 제반 분야의 발전 및 변화 속도가 빠르다 보니 기존의 일부 시설들은 고쳐 사용하기보다는 다 부수고 새로 건설하는 것이 더 경제적일 수도 있고, LED전등과 같이 새로운 신제품이 전력을 월등히 적게 소모하는 경우처럼 교체하는 것이 여러 면에서 이득인 경우도 있다. 하지만 막연하게 유행이나 시대에 뒤져있다, 주변과 잘 어울리지 않는다, 구닥다리이다, 색상이 칙칙하다 등의 이유로 우리는 너무 쉽게 그리고 획일적으로 부수고 바꾸고 하는 것은 아닐까?

지구상의 원자재가 유한함에도 불구하고, 생산하는 제품들의 소비 촉진이 경제에 도움이 된다는 이율배반적이고도 모순된 논리가 요즘은 마치 옳은 것인 양 여기지고 있다. 그래서 그런지 요즘은 모든 것에 수선이란 없다. 그냥 버리고 또 다른 새것을 장만하는 것이다. 종말론이나 최후 심판론도 기존의 세상을 다 없애고 새로운 세상을 다시 열자는 것이 아닌가?

　어디 그뿐이겠는가? 애인이나 친구나 이웃 등 사람들 간의 관계에 있어서도 서로 마음을 맞추고 고치고 개선해보려 하지 않는다. 한 번 틀어지면 그만 끝이다. 심지어 생을 크게 좌우하는 이혼도 너무 쉽게 하고, 다시 재혼하는 것도 크게 개의치 않는다. 요즘 이혼과 재혼을 몇 차례씩이나 하는 일은 외국의 어느 유명 여배우의 경우만이 아니다. 바로 우리 사회의 젊은 남녀들도 상당수가 그러고 있지 않는가?

　결혼보다 그냥 필요에 따라 쉽게 동거하고 쉽게 헤어지는 경우가 점점 늘어난다 하니 참 딱한 일이다. 결혼해 살다 보면 서로 간의 의견 충돌과 그에 따른 부부싸움 등 많은 어려움이 당연히 따른다. 이를 사랑과 이해로 서로 고치고 마음을 맞추는 과정이 바로 우리의 삶이다. 그런 과정이 힘들고 귀찮다 해서 그냥 쉽게 헤어진다면, 그것은 살아보지도 않고 그냥 쉽게 삶을 포기하는 것과 같다. 비단 옷뿐만 아니라 우리의 삶 전반에 대한 수선 가게가 우리에게 필요하지 않을까?

가슴에
넘치는
그리움

: